SUSAN WIGGS

Bienvenido a
Beach Town

Editado por Harlequin Ibérica.
Una división de HarperCollins Ibérica, S. A.
Avenida de Burgos, 8B - Planta 18
28036 Madrid

© 2023, Laugh, Cry, Dream, Read, LLC.
© 2025 Harlequin Ibérica, una división de HarperCollins Ibérica, S. A.
Bienvenido a Beach Town, n.º 309 - 22.1.25
Título original: Welcome to Beach Town
Publicado originalmente por HarperCollins Publishers LLC, New York, U.S.A.

Diseño de cubierta: Alan Dingman
Imagen de cubierta: © Stocksy United; from Unsplash
Imagen de interior: Leah Carlson-Stanisic

ISBN: 978-84-1062-996-7
Depósito legal: M-21656-2024
Impreso en España por: BLACK PRINT
Fecha impresión Argentina: 21.7.25
Distribuidor exclusivo para España: LOGISTA
Distribuidor para México: Distibuidora Intermex, S. A. de C.V.
Distribuidores para Argentina: Interior, DGP, S. A. Alvarado 2118.
Cap. Fed./Buenos Aires y Gran Buenos Aires, VACCARO HNOS.

Para Dee Neff. El amor de la vida de mi hermano.
La hermana de mi corazón.

Primera parte

«Consideran su peor enemigo a quien les dice la verdad».
Platón: *La república*, alrededor de 380 a. de C.

Capítulo 1

Día del Comienzo, 2008
Alara Cove, California

Hubo un instante, breve, pero tan notable como el picotazo de una avispa, en el que Nikki Graziola sintió su poder. Cuando llegara el momento de subir al atril, llamaría la atención de todo el mundo como nunca en sus dieciocho años de vida. Aquel era su momento para brillar. Sabía que, si conseguía la ceremonia de aquel día, su vida discurriría tal y como la había planeado.

Después de todo, ese era el objetivo de aquel día.

Era un comienzo. El primer capítulo. Era el momento en el que arrancaban las historias. Para Nikki y sus compañeros de clase de Thornton Academy, la vida debía ir hacia delante, no retroceder. Sin embargo, no podía quitarse de la cabeza el último partido del curso, que se había jugado seis días antes, después de que el comité de programación hubiera aprobado el borrador final del discurso que ella tenía que dar.

Habían estado a punto de cancelar las ceremonias del Día del Comienzo debido a la tragedia, pero la propia familia de Mark McGill había insistido en que todo siguiera tal y como estaba planeado. Los padres de Mark le habían asegurado a la dirección del centro que su hijo lo hubiera querido así. La vida debía continuar por el bien de sus compañeros de clase y, en especial, por su hermana gemela, Marian. Y, por deferencia y respeto hacia su compañero de clase, los demás alumnos y el profesorado llevaban un brazalete negro.

Los recién graduados ocupaban asientos por orden alfabético, y la hermana de Mark estaba sentada junto a una silla vacía. O, en realidad, la silla estaba vacía al comienzo de la ceremonia, pero se había ido llenando con los recuerdos y las ofrendas espontáneas que habían ido depositando en ella los asistentes que, gracias a su juventud y su estatus privilegiado, habían estado protegidos del dolor.

Ahora, sin embargo, estaban impactados y desorientados por una de las peores formas de realizar la transición a la vida adulta. Habían llevado flores y velas, tarjetas manuscritas, fotografías, un balón de fútbol, una máscara de teatro, un disco de vinilo antiguo... Un peluche que se apoyaba en un trofeo de un concurso de debate.

Mientras esperaba su turno de participación en la ceremonia, Nikki observó a la multitud que se había congregado en el estadio, situado en la cima de una colina. Estaban a finales de la tarde, uno de los momentos más hermosos del día en aquel pueblecito costero, cuando el atardecer lo teñía todo de matices dorados. Desde aquella posición elevada en el estrado, veía dónde se unían el mar, el cielo y la tierra. Nunca había visto el paisaje desde aquella perspectiva. La costa dibujaba una serie de curvas desde el sur al norte, y cada una de aquellas curvas era una playa diferente. En el extremo norte estaba el arco del puente que unía la costa con la isla de Radium, una instalación eléctrica de la Marina que estaba ya fuera de servicio. Aquel antiguo cuartel había dado nombre al pueblo; Alara era un acrónimo de seguridad radiológica formado por las siglas «tan bajo como sea posible». *As low as reasonably achievable*.

La siguiente playa era conocida mundialmente porque, en verano, sus olas eran las mejores para hacer surf. Más al sur estaba Town Beach, una playa familiar situada junto al puerto deportivo, con su bosque de mástiles y un equipo de radar que conectaba el club de yates con los embarcaderos. Y, después, justo antes de la última curva se atisbaba un leve indicio de la miasma de color que había en el cielo de Los Ángeles. Desde Alara Cove, la gran ciudad parecía una ensoñación.

La persecución de los sueños era uno de los temas centrales del discurso que había preparado ella, un discurso que había escrito, borrado y reescrito varias veces durante aquellas últimas semanas. Se había esforzado mucho para preparar el discurso de graduación. Había perdido horas de sueño, despertándose a medianoche en su habitación de Miss Carmella's para trabajar con una linterna, papel y bolígrafo, con la intención de escribir un discurso que pasara a los anales de Thornton Academy, una de las escuelas más famosas del país. Pero, ahora, ¿cómo iba a decir aquellas palabras sin echarse a llorar?

Trató de mantener la compostura y no dejarse llevar por los nervios mientras esperaba su momento. El orador principal estaba hablando en aquel momento. Era un antiguo alumno de Thornton, famoso porque en el presente ocupaba el cargo de embajador del Departamento de Estado, pero ella no conseguía concentrarse en lo que estaba oyendo. Antes del incidente de la noche anterior, mientras buscaba el tono adecuado para su discurso, tenía un sentimiento de asombro y de agradecimiento por haber estudiado en aquella escuela, y también tenía un sentimiento de propósito vital. El señor Florian, su profesor de Lengua Inglesa, había sido su primer lector y consejero. Ella le dio el primer borrador y, cuando él levantó la vista de las páginas, tenía un brillo en los ojos.

—Bien hecho, Nicoletta —dijo. Se quitó las gafas sin montura y limpió los cristales con un paño—. Está muy bien escrito y expresado de una forma muy hermosa.

—¿De verdad? —preguntó ella. Confiaba en su profesor, que había sido su mentor durante todo aquel último año, y valoraba sus comentarios—. ¿No es demasiado cursi?

—¿Tú qué opinas?

Florian siempre respondía a una pregunta con otra pregunta. Quería animarla a pensar por sí misma, a evaluar su propio trabajo. Sabía que ella era más dura consigo misma que cualquier otra persona.

—Supongo que lo he expresado de la mejor forma que he podido, pero...

—¿Pero qué?

—Me gustaría que el discurso fuera más divertido.

Él frunció los labios y se puso las gafas.

—¿Quieres decir algo divertido o algo auténtico?

Ella se encogió de hombros.

—Sería genial que resultara divertido.

—Cuando dices algo para hacer reír, normalmente el mensaje entra por un oído y sale por el otro. Cuando hablas desde el corazón, el mensaje cala más hondo. Creo que lo has logrado. Estas palabras muestran cómo es tu corazón. Has dicho tu verdad.

¿Lo había conseguido? En aquel momento, en su reunión con el señor Florian, probablemente sí. Había sentido todo el peso de su papel de mejor estudiante de la clase del año dos mil ocho. Durante sus ciento cincuenta años de historia, en aquella venerable institución se habían educado los hijos de las familias más importantes del país: gobernadores, legisladores, realeza extranjera e, incluso, algunos presidentes. Entre sus graduados había ganadores del Premio Nobel, magnates industriales, gigantes de la industria del entretenimiento. Dada su cercanía a Hollywood, Thornton era la escuela preferida de los ricos, los famosos, los poderosos y los hambrientos de poder.

Sin embargo, aquel año, después de todas las calificaciones, las declaraciones de los profesores y las recomendaciones del entrenador, la media de las evaluaciones y de las puntuaciones, el anuncio del nombre de la mejor estudiante del año había dejado sorprendido a todo el último curso. La elegida había sido Nicoletta Graziola. Una chica de la zona, una estudiante becada. Prácticamente, aunque no del todo, una huérfana.

Estaba bastante segura de que era la primera mejor estudiante del curso que se había criado en un remolque Airstream a la orilla del mar. Había crecido con arena en los ojos, la cara llena de pecas por el sol, las rodillas y los codos magullados por los días difíciles sobre una tabla de surf.

No se había tomado aquel honor a la ligera. En realidad, no era el tipo de persona que se tomaba cualquier cosa a la ligera. Era muy consciente de su bajo estatus social, y había trabajado mucho para llegar a lo más alto de su clase. Había estudiado el doble que cualquiera de sus compañeros, había entrenado el doble en tres deportes diferentes, había trabajado como una mula en los proyectos de servicios comunitarios, aun sabiendo que quienes iban a recibir aquellos servicios eran más pudientes que ella. Había pasado el doble de horas que los demás estudiantes preparando sus proyectos de arte.

Y, todo ello, para demostrar que era, al menos, la mitad de digna que los demás alumnos para recibir una educación en Thornton. Antes de la tragedia, esa era la imagen que quería dar: «Soy digna de ello».

El primer borrador había fluido de su cabeza a la página a través de una fina línea de tinta azul. Lo había escrito con la pluma que le había regalado la señorita Carmella por su dieciocho cumpleaños, el pasado abril, cuando Nikki había recibido la noticia de que la habían aceptado en la Universidad del Sur de California. Era la universidad de sus sueños. La gente consideraba que, para una chica como ella, era tener unas miras demasiado altas. Ella misma no esperaba poder entrar. Creía que no era lo suficientemente especial, ni tenía el talento necesario, para superar el proceso de selección. Sin duda, no tenía bastante dinero para costearse los estudios. Pero podía soñar. Y, milagrosamente, la habían aceptado y le habían concedido una generosa beca.

Al final, la constante ruina económica de su padre había servido de algo. Gracias a la declaración de bienes e ingresos de Guy Graziola, ella había conseguido acceder a las becas y los préstamos que necesitaba.

Que ella supiera, ningún Graziola había ido a la universidad. Ella sería la primera. De hecho, también era la primera Graziola que acababa el instituto, que ella supiera. No tenía demasiada información sobre los Graziola. Sus abuelos vivían en Nueva Jersey, y su padre solo los había visto un par de veces después de dejar la escuela secundaria e irse a vivir a California. Sin embargo, estaba bastante segura de que ella era la primera que iba a la universidad.

En abril, al leer en la pantalla del ordenador la carta de admisión, se había sentido como Dorothy cuando se le habían abierto las puertas de Oz y un coro de voces invisibles le había dado la bienvenida a su futuro. Había escrito su discurso para reflejar el orgullo, la sensación de poder y las oportunidades que había encontrado en la escuela. Una vez que la dirección del instituto había aprobado el discurso, había sentido el impulso irresistible de reescribirlo por enésima vez, y se había quedado despierta hasta muy tarde puliendo todos los detalles del escrito. El brillo de su linterna proyectaba sombras en el techo, y se oían los suspiros y suaves murmullos de Shasta, su hermana adoptiva, en medio de la penumbra. Y era eso, su incertidumbre sobre el discurso y su determinación por encontrar las palabras correctas, lo que la habían impulsado a ir en busca de Mark.

Ella era una de las pocas estudiantes que, al ser originaria de aquella zona, no residía en el campus de Thornton. Vivía en casa de la señorita Carmella Beach, una artista cuya familia llevaba tres generaciones afincada en Alara Cove. La señorita Carmella acogía niños en su casa. Ella no estaba bajo la tutela de los servicios sociales, pero podía haberlo estado perfectamente. Cuando empezó el sexto curso en el colegio, daba más problemas de los que su padre podía gestionar, así que él la había enviado a vivir con su antigua amiga, Carmella Beach. En su discurso, ella había incluido un homenaje especial para Carmella, que era una antigua y distinguida alumna de Thornton, donde había estudiado Bellas Artes. Desde entonces, había ganado muchos premios por su obra. Sin embargo, no era ese el motivo por el que ella la había homenajeado.

El hecho de haberse visto exiliada en casa de Carmella Beach a los doce años había sido lo mejor que le había sucedido en la vida. La finca familiar de la familia Beach era un lugar de estabilidad, de costumbres, un refugio seguro para niños asustados o abandonados, o para niñas a quienes sus padres no sabían atender cuando llegaban a la pubertad. Era la propia señorita Carmella quien se había encargado de que ella estudiara en Thornton, y esa era otra de las razones por las que se había esforzado tanto en destacar: para que su mentora se sintiera orgullosa de ella.

Desde el principio, supo que, si quería mantener su lugar en la escuela, tendría que cumplir las normas como si estuvieran escritas en piedra. Una sola infracción podía significar que la expulsaran. Así pues, durante cuatro años, había resistido las bromas habituales y las reuniones ilícitas a las que se entregaban la mayoría de los estudiantes la mayor parte del tiempo.

Sin embargo, la última noche del curso, después de que se apagaran las luces, se arriesgó. Sabía que su discurso de graduación no era lo suficientemente bueno, y se convenció a sí misma de que perfeccionarlo era más importante que respetar el toque de queda. Necesitaba ayuda, no de un profesor ni de un entrenador, sino de su mejor amigo, el más inteligente y mejor escritor que ella conocía: Mark McGill. Desde que se habían conocido, el primer año, Mark y ella se habían hecho muy amigos. Él sabía lo que iba a pensar ella antes de que lo pensara. Y, con solo mirarlo a la cara, ella sabía cuál era su estado de ánimo.

Mark era quien podía ayudarla a organizar todas las palabras que inundaban su mente. El problema era que, según las normas de Thornton, estaba prohibido ponerse en contacto con alguien en medio de la noche sin un permiso expreso. Los estudiantes de cualquier otra escuela se habrían enviado mensajes para quedar a aquellas horas de la noche. Sin embargo, eso no era una opción para los alumnos de Thornton, porque la escuela era conocida por su rigor académico, sus valores progresistas, su fomento de la vida al aire libre y por su política de apagón digital nocturno, sin excepciones.

Todas las noches, a las diez en punto, se apagaba la wifi y todas las conexiones de datos quedaban bloqueadas. Los teléfonos móviles, inutilizados. Los ordenadores portátiles y los grandes ordenadores de la sala de informática de la escuela se convertían en meros bancos de datos. Los estudiantes se veían obligados a leer y hablar unos con otros, a jugar al ajedrez o al *cribbage* u otro juego de mesa por el estilo.

El regreso nocturno al añorado mundo analógico de los fundadores se había convertido en una tradición sagrada. Algunos estudiantes habían tratado, desesperadamente, de encontrar la forma de evitar aquel congelamiento digital, pero la mayoría se lo tomaba con calma y, tal vez, disfrutaba de ello en secreto. Se esperaba que los estudiantes que no residían en el campus siguieran las mismas normas que los que ocupaban la residencia neogótica de aquel campus verde y extenso. A ella no le importaba aquella norma, que la señorita Carmella hizo que cumpliera durante todo el año escolar. No fue muy difícil. Su teléfono plegable era muy endeble, cobraba por minuto y, de todos modos, a ella le gustaba mucho leer. Siempre le había gustado.

Su madre, fallecida y olvidada durante dieciocho años, había dejado una pequeña colección de libros y poco más. Ella había leído metódicamente la biblioteca que guardaba su madre debajo de la banqueta de la caravana: *El corazón es un cazador solitario*, *El diario de Anna Frank*, *Beloved*, *El señor de los anillos*. Algunos libros de Stephen King. Había una novela de Hollywood, escriba por Judith Krantz, que era una locura, pero ella había disfrutado de sus páginas lascivas, preguntándose si el sexo era realmente así. *El club de la buena estrella*, una magnífica novela que tenía poco de alegría o de fortuna en sus páginas. Una de ellas, en las que una madre enloquecía y ahogaba a su bebé, estaba manchada y arrugada, seguramente por parte de su propia madre.

Casi todo lo que se refería a Lyra Wilson Graziola era imaginado, puesto que ella solo tenía unas semanas cuando su madre murió. Ni siquiera sabía cómo la habría llamado... ¿Mamá? ¿Mami? ¿Madre? Nunca supo cómo habrían estado juntas. ¿Habrían jugado en la playa, bañándose juntas y nadando entre las olas? ¿Habrían hecho macarrones con queso para cenar y se habrían acurrucado bajo las sábanas para ver películas de miedo? ¿Habrían ido a comprar ropa, maquillaje y pasadores para el pelo? ¿Le habría explicado su madre cómo se utilizaba un tampón, para que ella no hubiera tenido que averiguarlo sola? ¿Habrían ido a Indiana a visitar a su abuela materna, a la que ella no había conocido nunca? ¿Le habría dado su madre consejos sobre los chicos, los amigos y el colegio?

Nunca sabría lo que su madre le habría aconsejado que hiciera acerca de la noche en la que había muerto Mark McGill.

Con la intención de conseguir ayuda para su discurso, había salido a escondidas de casa a medianoche. Tomó la bicicleta y se dirigió hacia la escuela en busca de Mark. La residencia estaba organizada alrededor de un patio oblongo al que llamaban «el cuadrilátero», y la habitación de su amigo estaba en el segundo piso, a tres ventanas desde la esquina. Mark conocía el procedimiento: cuando ella lanzaba una lluvia de guijarros finos hacia su ventana, él se escabullía para que pudieran reunirse. Sin embargo, aquella noche no hubo respuesta. Esa fue su primera pista de que algo no iba bien.

El día de la graduación hubo un momento de silencio por Mark, y fue un momento de infinita tristeza. Comenzó a soplar el viento, que agitó los eucaliptos que había bajo el marcador del estadio. Además del himno de la escuela, *Halls of Ivy*, hubo una emotiva versión de *Bright Eyes*. Después, cantaron *Hearts Lifted to Heaven*, puesto que los McGill dijeron que era el himno favorito de Mark.

Nikki lo dudaba. A Mark le gustaban los Ramones, Cake y el rock de los setenta. Le gustaban Usher, Coldplay y Adele. Irónicamente, su canción favorita era *Another Brick in the Wall*, de Pink Floyd. Ella nunca le había oído decir que le gustaran los himnos.

Durante aquel inquietante silencio, que duró una eternidad, ella cerró los ojos y se imaginó a Mark, un chico a quien conocía desde que llegaron a la escuela para asistir al fin de semana de orientación para estudiantes de primer curso, hacía cuatro años. Solo se conocían desde hacía cuatro años, sí, pero habían compartido toda una vida. Nikki supuso que algunas amistades eran así: intensas y reales.

Trató de revivir cada momento, porque no iba a tener más momentos con él. ¿Qué querría él que dijera en aquel momento, cuando contaba con la atención de todo el mundo? Mark ya no estaba allí para decir su verdad.

Hacía cuatro años, ninguno de los dos podría haberse imaginado semejante pérdida.

Capítulo 2

Septiembre de 2004

El día de orientación para los estudiantes de primer curso, el padre de Nikki la llevó al colegio en su destartalada furgoneta blanca de reparto. El vehículo ya no se usaba para hacer entregas, pero las letras fantasma del logotipo del propietario anterior todavía eran visibles: *Alara Cove Catering. Le llevamos lo bueno.* Su padre había comprado la furgoneta por muy poco dinero y la utilizaba para transportar tablas de surf y equipo para los huéspedes de su parque para caravanas Airstream, Beachside Caravans.

Como Guy Graziola siempre estaba escapando de los cobradores del frac, se suponía que la furgoneta debía ser anónima, debía confundirse con los demás vehículos y no debía llamar la atención.

Aquel día no fue exactamente así, la furgoneta no encajaba en la fila de los coches de las familias que llevaban a sus hijos al internado más elitista de la costa oeste. Por el contrario, llamaba la atención en medio de los relucientes todoterrenos de lujo con los cristales tintados, los llamativos sedanes europeos, las limusinas brillantes y los vehículos a prueba de bala, como el que estaba aparcado delante de la furgoneta.

Nikki miró a su alrededor con nerviosismo. Los estudiantes de primer año, incluyendo los que no iban a quedarse internos en la escuela, pasarían tres días en la residencia para asistir a un programa de orientación. Con sus uniformes de color caqui y azul marino, conocerían el campus en una visita guiada, aprenderían dónde estaban sus clases, visitarían algunos de los clubes a los que podían unirse, sabrían qué deportes iban a poder practicar y a qué desafíos querían enfrentarse.

A Nikki le parecía que todos los estudiantes a los que veía eran atractivos y tenían muchísima seguridad en sí mismos. Viéndolos se sentía cohibida, con su pelo corto peinado en casa, llena de pecas y con músculos fibrosos que se le habían formado haciendo surf en los largos veranos y recorriendo el pueblo en bicicleta.

Un hombre con un traje negro y un auricular se bajó del vehículo negro y brillante que había delante de la furgoneta. Lo siguieron dos estudiantes, un chico y una chica. Ella reconoció a Mark y a Marian McGill. Su imagen estaba en una de las vallas publicitarias que había a un lado de la carretera de la costa, en los límites del pueblo. Era una de las campañas de publicidad de su madre. Los hermanos tenían un aspecto muy saludable y eran muy atractivos, rubios, de piel clara, con sonrisas resplandecientes y unas dentaduras perfectas que exhibían un experto trabajo de ortodoncia y con la postura de unos bailarines muy entrenados.

Los gemelos McGill necesitaban seguridad extra porque su madre, la senadora Barbara McGill, acababa de presentar un proyecto de ley controvertido y estaba recibiendo amenazas. Cuando era pequeña, ella había oído por primera vez el apellido McGill durante una discusión sobre política que mantenían unos invitados de su padre en el parque de caravanas, alrededor de la hoguera comunitaria. Después, ella le había preguntado a su padre: «¿Qué es un matrimonio del mismo sexo?». No recordaba lo que le había respondido. Seguramente, se habría encogido de hombros con desconcierto.

Mark era esbelto y tenía una actitud de modestia. Marian miraba el campus con el rostro iluminado de asombro y deleite. Seguía con los ojos brillantes a un grupo de deportistas que se empujaban unos a otros de camino a la puerta principal del cuadrilátero de la residencia. Mark, que estaba hablando con sus padres, parecía más cauteloso, incluso vulnerable. Abrazó a su madre y le estrechó la mano a su padre. Miró fijamente sus manos unidas y, después, dio un paso atrás y lo abrazó también. A ella le pareció que era un abrazo unilateral.

En la furgoneta, su padre tamborileó con los dedos en el volante.

—Sí, sí, no vayamos a darnos demasiada prisa, colegas —dijo.

—Estás impaciente por librarte de mí —respondió Nikki, en broma, pero solo a medias.

—No me cuentes rollos —dijo Guy—. Tengo que trabajar. Al contrario que todos estos pijos, no tengo todo el tiempo del mundo.

Ella dudaba que una senadora de Estados Unidos tuviera todo el tiempo del mundo.

Se arregló el cuello del polo del uniforme. Nunca había tenido un polo y no estaba del todo cómoda con él. La falda de color caqui, que le llegaba por las rodillas, era rígida y le quedaba grande en la cintura, y se le quedaba sujeta en las caderas. Además, había tenido que quitarse las chanclas de playa y ponerse unos zapatos cerrados, y se veía muy raros los pies.

Vio que Mark entró ligeramente en el coche y sacó a un perrito que se retorcía entre sus brazos.

—Vaya, ahora sacan a Lassie —dijo su padre,

moviendo la cabeza—. Tómenselo con tranquilidad, por favor. Tenemos todo el día.

Nikki puso los ojos en blanco y se trasladó al asiento trasero, pasando por encima de un montón de envoltorios de comida rápida, cajas de CD, trajes de neopreno, aletas y botes de cera para las tablas de surf: el rastro de un surfista muy bueno pero no muy pulcro. Apartó uno de los trajes, que olía a moho, y abrió la puerta deslizante de la furgoneta.

—Bueno —dijo—. Creo que me marcho ya.

Tomó su bolsa de viaje, en la que había colgado una tarjeta preimpresa que le había llegado a la caravana en el paquete de orientación al estudiante. Suite 4C. Esa era la habitación que iba a compartir con un grupo de chicas a quienes no conocía durante aquel fin de semana.

Inclinó la cabeza hacia atrás para observar el gran arco de hierro y piedra de la entrada del colegio. Había un letrero con un lema en latín. En aquel lugar todo parecía muy importante, y ella sintió su peso. Era el comienzo de un capítulo nuevo de su vida. Después de todo, aquella era la promesa de Thornton.

Su padre salió de la furgoneta y corrió hacia la acera.

—Te ayudo —le dijo.

—No te preocupes, puedo yo —dijo ella, y se colgó la bolsa del hombro.

—Ya. Bueno, escucha —le dijo su padre—. Es muy importante que hayas conseguido entrar en esta escuela. No la pifies.

Ella sabía a qué se refería su padre: «No te saltes las clases para ir a hacer surf porque haya buenas olas. Que no te pillen robando tampones porque te da vergüenza decirle a tu padre que los necesites. No dejes que el ayudante del entrenador te pille besándote con un chico debajo de las gradas del estadio. No te pelees con una chica porque le haya llamado gorda a tu mejor amiga».

Ahora que iba a Thornton, ya no tenía una «mejor amiga». Por supuesto, Shasta y ella se habían prometido que serían amigas para siempre, pero empezar a estudiar en un colegio nuevo significaba que habría una separación, y las dos lo sabían. Seguirían compartiendo su habitación en casa de Carmella, pero tenían la sensación de que las cosas no volverían a ser igual. Ella iba un curso por delante de Shasta, así que Shasta no iba a empezar la educación secundaria hasta el año siguiente, y asistiría a la escuela pública. Aquella separación entre ellas podía resultar demasiado amplia por el tipo de amistad que las había unido aquellos dos últimos años.

—No, no voy a echarlo a perder —le dijo a su padre.

Su abrazo fue breve, solo un latido del corazón, y se separaron. Su padre no era aficionado a los abrazos, y ella tampoco era aficionada a las muestras de afecto, aunque, algunas veces, hubiera querido serlo.

Por fin, el coche de los McGill se apartó de la acera, y su padre subió a la furgoneta y se alejó derrapando, algo que provocó miradas de desaprobación por parte de algunos de los demás padres. Ella se unió a la corriente de alumnos que se dirigían al cuadrilátero, el enorme espacio verde que cuidaba meticulosamente el padre de su amigo Cal. Iba a ser raro no volver a ver a Cal Bradshaw. Habían pasado juntos los primeros años de colegio, pero, la semana siguiente, Cal iba a empezar a estudiar en el Instituto de Alara Cove. El señor Bradshaw era el jardinero de Thornton.

De unos altavoces ocultos salía una música alegre. En el otro extremo estaba el Sanger Residence Hall, que recibía su nombre de una famosa familia de donantes. Sus alas gemelas se abrían como un gran abrazo. Algunos estudiantes del último curso y los supervisores estaban saludando a los nuevos alumnos y mostrándoles el campus. Más allá del cuadrilátero estaba el estadio, que tenía vistas a la curva de la bahía.

Un chico alto y pelirrojo, que llevaba una mochila y una bolsa de viaje en cada mano, pasó a su lado como una exhalación. La mochila chocó con ella y estuvo a punto de hacer que perdiera el equilibrio.

—Eh —protestó—. Ten cuidado.

El chico se giró con una sonrisa insolente.

—Oh, perdóneme, alteza.

Nikki lo reconoció. Se llamaba Jason Sanger; su apellido era el mismo que el del nombre de la residencia. También era un lugareño, pero, a diferencia de ella, él era tan rico y privilegiado como el resto de los estudiantes de Thornton. En Alara Cove todos sabían quiénes eran los Sanger. Su casa, la Sanger Mansion, era tan elegante que tenía nombre propio: Quid Pro Quo. Era un guiño a su éxito a la hora de ganar demandas judiciales. Los Sanger habían hecho fortuna con la práctica del Derecho. Su servicio público, como fiscales de distrito y abogados del condado, les procuraba suficiente influencia política como para poder hacer favores a sus amigos y perseguir a sus enemigos.

Antiguamente, había habido mala relación entre Charles Sanger y Henry Beach, el abuelo de la señorita Carmella. Charles Sanger, el fiscal del distrito, había intentado acusar a Henry por su matrimonio interracial allá por los años cincuenta y había tratado de prohibirle construir su casa dentro de los límites del pueblo. La demanda fracasó ridículamente, pero dejó un mal sabor de boca.

De todos modos, los Sanger aumentaron su poder, su riqueza y su influencia. Estaban presentes en las juntas de gobierno del ayuntamiento, ocupaban cargos en el organismo de vigilancia y control del Departamento de Recursos Naturales, dirigían la oficina del fiscal del distrito y tenían un bufete privado especializado en demandas por daños personales. Tenían amistad con los oficiales y administradores de la Marina que se encargaban de la isla de Radium; de hecho, que las instalación eléctrica se ubicara en la isla, tan cerca del pueblo, había sido gracias a ellos.

Los Sanger habían intentado cerrar el negocio de Guy Graziola, Beachside Caravans, en varias ocasiones, pero no lo habían conseguido.

—Son unos problemáticos —decía el padre de Nikki—. No valen para nada.

Sin embargo, Jason Sanger no tenía ni idea de quién era ella. ¿Por qué iba a saberlo? Aunque eran del mismo lugar, no respiraban el mismo aire. Alara Cove estaba perfectamente dividido entre los que residían en el pueblo y formaban el pueblo, y los ricos, que lo poseían y dirigían todo.

Jason la miró de arriba abajo con los ojos ardientes, entrecerrados, con grosería, de una manera que hizo que se sintiera incómoda. Los chicos hacían eso. A ella le había estado sucediendo bastante últimamente, desde que le había crecido el pecho.

—¿Qué pasa? —le preguntó ella en un tono molesto.

Al ser desafiado, su mirada se volvió malevolente.

—Nada —dijo, con el labio fruncido—. Me preguntaba qué hace una barriobajera de parque de caravanas aquí en Thornton.

Ah, así que sí sabía quién era. Tal vez hubiera visto alguno de los artículos que había publicado sobre ella el periódico local. Había ganado bastantes competiciones de surf *amateur* y su foto había aparecido varias veces en la sección de Deportes. En aquellas imágenes aparecía muy distinta. Llevaba traje de baño o traje de neopreno, y tenía el pelo corto, revuelto por culpa del agua y del viento.

Supongo que estás a punto de descubrirlo —le dijo.

—Y yo supongo que ya nos veremos —respondió él, con un resoplido de sarcasmo.

Después, se dio la vuelta y se fue hacia el vestíbulo de la residencia, abriéndose paso entre los demás estudiantes. Un poco más adelante, golpeó con la mochila a Mark McGill, que se tambaleó hacia un lado, perdió el equilibrio y se cayó. Con el golpe, se le abrió la mochila y se desparramaron algunos objetos por la hierba. Jason no se molestó en ayudar. Siguió su camino.

Nikki dejó su bolsa en el suelo y se acercó a Mark.

—¿Estás bien? —le preguntó.

—Sí, sí. Bueno, quizá con el ego magullado.

Mark se sacudió la mancha de verdín de los pantalones y comenzó a recoger sus cosas y meterlas en la mochila. Nikki le ayudó. Recogió una pelota de *hacky sack,* y un reproductor iPod. Había una intimidad incómoda al ver los objetos personales de un desconocido esparcidos por ahí. Calcetines y ropa interior, camisetas, un bañador Speedo, un pijama de marca algunos libros, un despertador... Ella le entregó la circular de Penney y un ejemplar de *Los juegos del hambre.*

—Es uno de mis libros favoritos —le dijo ella—. Ojalá fuera yo tan valiente. ¿Lo has terminado ya?

—Acabo de empezarlo —respondió él, mientras lo guardaba.

—Ah, entonces no te lo destripo. Me llamo Nikki Graziola —dijo ella, y recogió su bolsa.

—Vas ligera de equipaje.

—No voy a vivir en el campus —respondió Nikki—. Solo he venido al fin de semana de orientación. Vivo en el pueblo.

Cuando empezara el curso, ella volvería a casa de la señorita Carmella. Se preguntó si se sentiría como una intrusa por el hecho de no vivir en la residencia, por no compartir susurros y juegos nocturnos con los otros estudiantes. Aunque le gustaba vivir en casa de la señorita Carmella y estar en la misma habitación que Shasta, esperaba que los estudiantes internos no la trataran de un modo diferente. Aunque, probablemente, iba a ser así.

—Ah, eso es genial. Me llamo Mark McGill —dijo él.

—Ya lo sé —respondió ella, y se ruborizó—. Quiero decir que... sé que tu madre es la senadora McGill.

—Me alegro de conocerte.

Delante de ellos, Jason Sanger estaba ocupado con el jueguecito de mantener fuera del alcance de otra estudiante un cojín de piel sintética. Lo mantenía en alto mientras la niña trataba de recuperarlo, casi llorando de frustración.

—Ese es Jason Sanger —dijo Nikki—. También es del pueblo.

—Parece agradable —respondió Mark. Lo dijo completamente impertérrito, lo cual acentuó la ironía del comentario. Aquel chico ya le caía muy bien.

En el vestíbulo, había padres y niños despidiéndose entre lágrimas, con promesas de cartas y visitas, y ella se alegró de que su padre no se hubiera molestado en acompañarla. Las muestras de emoción le habrían producido náuseas.

Por fin, el grupo de cien adolescentes de catorce años quedó en manos de los profesores, el personal y los supervisores. Hubo un poco de revuelo mientras la gente encontraba su habitación y su cama. Cada uno tenía una cama individual, un escritorio y un armario. Ella comprobó que sus escasas pertenencias solo ocupaban una estantería. Guardó su uniforme de gala: la chaqueta azul marino, la blusa, la falda, la corbata, los calcetines, que tenían unas trabillas ridículas, y los mocasines. Aquel uniforme era para los días de asamblea, para las excursiones y las visitas de personalidades importantes.

Nunca había utilizado nada parecido, pero la señorita Carmella le había dicho que el uniforme simplificaría las cosas, lo cual, seguramente, era una forma diplomática de explicarle que evitaría que la gente fuera esnob con su ropa. Normalmente, ella se ponía pantalones cortos, camisetas sin manga y sandalias de playa. Cuando tenía que disfrazarse, solía encontrar algo agradable en las tiendas de segunda mano del pueblo.

Hicieron un anuncio por megafonía: debían ir al salón de actos. La señorita Carmella le había dicho que, hacía cien años, le llamaban «capilla», pero que, en la actualidad, el colegio tenía una política de neutralidad con respecto a la religión.

El señor Ellis, el director, pronunció un discurso de bienvenida, incluyendo el mensaje de que todos eran iguales y bla, bla, bla. Sí, claro, pensó ella, imaginándose las limusinas de los otros estudiantes. La señora Chénoweth, la decana de estudiantes, les prometió que aquel fin de semana de orientación estaría lleno de retos divertidos, y que habría charlas por parte del grupo de apoyo. Tendrían, además, la oportunidad de trabar amistades que durarían toda la vida. Pronto iban a vivir la experiencia exclusiva de Thornton: diversos eventos que reflejaban la preferencia de la escuela por fomentar la vida al aire libre y su proximidad a la playa.

Un grupo a capela de alumnos de último curso interpretó una canción que pronto todos aprenderían de memoria. Las voces resonaron hasta lo más alto de la cúpula, como si fueran las de un coro de ángeles, y reverberaron contra las vidrieras de colores. Aunque la canción era anticuada y sentimental, el sonido hizo que a ella se le hinchara el corazón. Todo le parecía brillante y nuevo: aquella escuela, los estudiantes, los maestros... su propia vida.

Se dirigieron al atrio al aire libre para visitar los

puestos y mesas que habían preparado para recibir-
los. Aquel evento estaba destinado a ofrecer a los
nuevos alumnos un contacto inicial con todos los
clubes. Estaban invitados a unirse a los que más les
interesaran. Había de ajedrez, de matemáticas, de
teatro, de robótica, de arte, de canto y baile, de tiro
con arco...

—¿En qué estás más interesado? —le preguntó a
Mark, que estaba un poco apartado, con cara de desconcierto.

—Supongo que en el teatro —dijo él—. Y en el canto.

—Deberías intentar las dos cosas. Te he oído can-
tar en la asamblea. Se te da muy bien.

—Gracias —dijo él—. Ah, y en la orquesta, claro.

—¿Tocas algún instrumento?

—El chelo y el piano.

—Vaya, eso es genial.

Lo único que tocaba ella era la *jukebox* de mesa
que había en la caravana de su padre.

—Además, tengo que apuntarme a los Buccaneers
—dijo Mark.

—¿Qué es eso?

—Es un club. El club. Mi bisabuelo, mi abuelo y mi
padre formaron parte de los Buccaneers. Se ha convertido en una tradición familiar.

—Ah, ¿y qué hacen?

—Recaudan fondos para la escuela, fomentan los
equipos deportivos y, seguramente, hacen fiestas ilegales. Los bucaneros ganan insignias, como los Boy
Scouts, por sus hazañas. Mi padre ganó bastantes.

Me mostró un pequeño alfiler que representaba
dos espadas cruzadas. Ella lo observó. Quizá, como
era un niño que ya lo tenía todo, ansiaba las cosas que
tenía que ganarse.

—Si te gusta eso...

—Es cosa de mi padre —dijo él, y se metió el alfiler
al bolsillo.

La mesa de los Buccaneers estaba atendida por un grupo de personas mayores vestidas como Jack Sparrow y que hablaban por la comisura de los labios. Uno de ellos estaba blandiendo una espada de madera, fingiendo que le cortaba la cabeza a un niño.

—Parecen agradables —dijo Nikki, imitando el tono escéptico de Mark—. ¿Admiten chicas en tu club?

—Solo si están dispuestas a que las llamen «mozas».

Ella hizo una mueca.

—Entonces, te dejo que vayas tú.

—Deséame suerte.

Ella se puso a circular entre las mesas y, después de pensarlo un poco, se inscribió en el equipo de natación y en el club de waterpolo. Sabía que era una nadadora fuerte y la entrenadora, una mujer de sonrisa amable y mirada bondadosa, le dio la bienvenida. Ella nunca había jugado al waterpolo, pero dijo que le gustaría intentarlo. Pareció que la entrenadora se sentía aliviada, porque la mayoría de los estudiantes, al ver el horroroso casco protector del equipamiento, evitaba la mesa de inscripción.

Después, Nikki vio lo que estaba buscando: un puesto rodeado de gente, con un fondo de palmeras falsas y una tabla de surf muy brillante. Era una belleza hecha a mano y, seguramente, nunca había tocado el agua del mar.

—¿Has hecho surf alguna vez? —le preguntó un chico. Llevaba una tarjeta de identificación que rezaba: *Ramses Barr, presidente del club*. Tenía el pelo largo y liso, con raya a un lado, y llevaba una camiseta sin mangas y los pantalones cortos del equipo. Tenía la complexión delgada y los hombros musculosos de un surfista veterano, y ella reconocía aquel tipo de deportista enseguida.

—Un poco —dijo Nikki, que no quería exagerar.

—Esta tarde vamos a sacar algunas tablas a la

fiesta de la playa —dijo él—. Vamos a estar unos cuantos de nosotros para ayudaros a los principiantes.

—Genial —dijo ella—. Supongo que te veré allí.

Abandonó el evento después de haberse apuntado a los equipos de natación y de surf, al club de arte, al equipo de waterpolo y al club de español.

Gracias a la señorita Carmella, ella estaba loca por el arte. Sabía un poco de español de sus clases del colegio. Después de las clases salía con su amiga Irma, cuyos padres tenían un pequeño supermercado en el parque de caravanas. Cuando era pequeña, iba allí para estar con Irma cuando su padre había salido, que era la mayoría de los días. Más de una vez había oído que la madre de Irma decía: «Alguien debería recordarle que tiene una hija».

Mientras llenaba su nueva mochila, que tenía el logotipo de la escuela, de folletos de información y tarjetas, sintió una deliciosa oleada de esperanza e impaciencia. Y los demás niños parecían igual de nerviosos y emocionados que ella.

—Participa en las cosas —le había advertido la señorita Carmella—. Esa es la mejor manera de conocer gente. Míralos a los ojos y diles tu nombre como si ya debieran conocerlo.

Nikki se fijó en un grupo de niñas que estaban juntas, observando la zona como si fueran un equipo táctico que realizaba un ejercicio de reconocimiento. Rápidamente, ella reconoció a Kylie Scarborough, porque se parecía mucho a su famosa madre. Aunque todas tenían la misma edad que ella, tenían algo que hacía que parecieran mayores. El pelo brillante, peinado por manos expertas, un maquillaje ligero y fresco, las uñas cuidadas, incluso la forma en que llevaban los polos y las faldas era sofisticada. Parecía que acababan de salir de un salón de belleza de Rodeo Drive. Kylie y sus amigas eran, claramente, el escuadrón del poder, las que dirigían el cotarro.

Ella se mantuvo aparte, pensando en su pelo corto y sus peca, pero, al recordar el consejo de la señorita Carmella, respiró hondo, se cuadró de hombros y fue hacia el escuadrón.

—Hola, soy Nikki Graziola —dijo, indicando la etiqueta con su nombre.

Una de las chicas, que era alta, rubia y muy guapa, le hizo una rápida evaluación con la experta mirada de sus ojos azules maquillados con sombra color acero.

—Las etiquetas de los nombres no mienten —dijo.

Nikki sintió una punzada de vergüenza, pero mantuvo la sonrisa.

—Solo quería ser amigable —dijo. Miró el nombre de la etiqueta de la chica—. Storm.

Seguramente, Storm Jarrett era hija de alguna otra persona famosa. Parecía que a las celebridades les gustaba ponerles nombres inusuales a sus hijos.

Cuando se alejaba, Kylie Scarborough, una chica igualmente alta e incluso más rubia que la anterior, la llamó.

—Eh, Graziola. Tal vez no te esfuerces tanto.

Nikki se giró a mirarlas.

—¿Por qué no? —preguntó, con verdadero desconcierto.

Nadie llegaba a ningún sitio sin hacer un esfuerzo. Ella había sido consciente de eso durante toda la vida.

Ninguna de las chicas respondió, así que ella se dio la vuelta para ocultar que le ardían las mejillas y siguió su camino. Mientras se dirigía a la mesa de los refrigerios, oyó que comentaban:

—Pueblerina. Seguramente es una con beca. Todos los años hay algunos pobres de estos.

Se suponía que nadie sabía cuáles eran los estudiantes que recibían ayuda económica, pero parecía que todo el mundo lo sabía.

Mientras caminaba, una chica se puso a su lado.

—Me llamo Rohini Nakshatra —dijo, y miró hacia atrás, por encima de su hombro, para indicar al escuadrón del poder—. Son patéticas. Se creen que las malas de *Chicas malas* son las buenas.

Nikki se echó a reír.

—Me encantó esa película. Pero... ¿a esas las llamas «malas»? Créeme, no son malas. Estaría de acuerdo con «tontas».

En la escuela pública, Nikki había aprendido lo que significaba estar en manos de los «malos»: que te robaran el dinero de la comida todos los lunes. Que te metieran la cabeza en un retrete para hacer un remolino. Que se cercioraran de que todo el mundo supiera que tu padre tenía un parque para caravanas.

Rohini era una chica muy agradable. No alardeó de sus padres, pero Nikki descubrió más tarde que eran médicos famosos y que su madre había recibido un Premio Nobel.

La fiesta que se celebró en la playa más tarde fue mucho mejor para ella. La playa era su entorno natural y el surf era una parte esencial del programa de Educación Física de Thornton. Mientras que otras escuelas enaltecían el fútbol, Thornton destacaba por el surf y por los deportes acuáticos. El departamento de atletismo tenía tablas de surf, una flota de Laser 2s, las embarcaciones del equipo de remo, un par de motos acuáticas y la lancha fueraborda *Triton*, de cinco metros de eslora, que utilizaban los equipos de surf y vela.

Aunque algunas chicas se quejaron de los trajes de los equipos y de los trajes de neopreno porque eran feos, pero a ella no le importó. Y, por cómo la miraban los otros niños, se dio cuenta de que su traje de neopreno le quedaba bien. No era alta, pero tenía curvas y los abdominales bien tonificados. Sus músculos se habían moldeado y alargado durante las horas que había pasado en el agua.

Ramses y otro chico se ofrecieron a ayudarla a llevar su tabla hasta las olas, pero ella les aseguró que podía hacerlo sola. Después, entró en el agua y se dirigió hacia la rompiente metiendo el morro de la tabla por debajo de cada ola entrante. Aunque era un completo alien en su nueva escuela, allí estaba en su elemento, rodeada del poder del agua y del viento. Era como si se activara cierto mecanismo y trasladara su mente a un estado que fluía como el propio océano.

Algunos de los otros estudiantes también se metieron en el agua. Un par de chicos eran bastante buenos. Nikki se sentó a horcajadas en la tabla y observó la acción un momento, mientras esperaba a que llegara su ola.

—¿Necesitas ayuda? —le preguntó uno de los chicos—. La primera vez puede dar algo de miedo.

—No, muchas gracias —respondió ella, con calma.

Esperó un poco más, sabiendo que seguramente los otros chicos estaban confundiendo su paciencia con el temor. Cuando llegó el momento, adoptó la posición de ataque y comenzó con un rápido giro en la base de la ola. Notó que los miembros de equipo y los entrenadores se fijaban en ella, y que varias personas dejaban lo que estuvieran haciendo para mirarla. Fingió que no se daba cuenta mientras trazaba una curva marcada, bonita, y saboreaba la ráfaga momentánea de aire fresco.

Hacía mucho tiempo que había aprendido que el surf calmaba sus emociones y la ayudaba a concentrarse, y que el mejor surfista era el que más se divertía. Salió de la ola en pie, con facilidad, y los chicos del equipo le hicieron un gesto de aprobación con los pulgares hacia arriba. Sabían reconocer a una buena surfista cuando la veían. Ella les hizo la señal del *shaka* y se dio la vuelta para volver a las olas.

El surf era una de las pocas cosas que podía agradecerle a su padre. Él nunca le había enseñado a jugar al fútbol, ni a montar en bicicleta, ni se había acordado del día de su cumpleaños. Pero era un buen surfista y, cuando ella se interesó por el deporte, ya de muy pequeña, él sí le había enseñado a nadar y a surfear. Le había enseñado a mantener el equilibrio en la tabla y a reconocer el ritmo de las olas.

Aquel deporte era sencillo en los conceptos, pero muy complicado en la práctica. Ella fue infatigable, aprendió a respetar el poder del mar y a no temerlo. Después de unas cuantas temporadas, su padre declaró que tenía una facilidad innata para el surf y que, algún día, sería mejor que él. Ella no estaba tan segura de eso, pero estaba claro que había aprendido a hacer surf. Y, durante un tiempo, el surf fue lo que los mantuvo unidos.

La fiesta de la playa terminó con una hoguera. El equipo ya le había dado la bienvenida y la había aceptado. Se dio cuenta de que incluso un par de chicos guapos la estaban mirando, incluyendo a Mark McGill. Ella estaba disfrutando de un *s'more* cuando él se acercó y se sentó a su lado.

—Eres muy buena —le dijo.

—Gracias —respondió ella—. ¿Tú has hecho surf alguna vez?

—Claro, un par de veces. Lo suficiente para que el jefe de prensa de mi madre hiciera una sesión de fotos.

—¿Y te gustó?

—Me gustó el surf. La sesión de fotos, no tanto. A mi hermana sí le gustan esas cosas —dijo Mark, y miró a Marian, que estaba sentada al otro lado de la hoguera, charlando con un grupo de estudiantes—. Le gusta la atención.

—¿Cómo es tener una hermana melliza? —preguntó ella—. Yo soy hija única.

—Está bien —respondió él—. Es genial tener a alguien que vive la misma vida que yo, pero ve las cosas de manera muy diferente.

Por la noche, los estudiantes experimentaron por primera vez el apagón digital de la escuela. El corte de datos y de internet provocó protestas de la mayoría de los niños. A ella no le importó, ya que no tenía teléfono móvil, a no ser que su padre se hubiera acordado de pagar la factura y su viejo Nokia estuviera funcionando.

Los supervisores y los estudiantes de último año mantuvieron ocupado a todo el mundo con juegos diseñados para que se conocieran los unos a los otros. Había acertijos para que los estudiantes aprendieran el nombre de sus compañeros. Algunos eran fáciles, porque se parecían a sus famosos padres, como Kylie Scarborough, cuya madre era conocida como «la novia de América» porque protagonizaba el programa más exitoso de la televisión. Hugo Harris, otro niño, era la cara de una de las películas navideñas más conocidas de todos los tiempos, y era famoso desde los cinco años. Ahora decía que, en realidad, no le gustaba actuar, y que quería ser escritor. Había una niña llamada Monica Mulli que era una princesa keniata. Incluso Jason Sanger le dio una sorpresa: aparte de ser un idiota, tocaba la trompeta y tenía un hermanito recién nacido de la tercera esposa de su padre. Había un niño llamado Tombo que habido en el Lincoln Center, una niña llamada Kendra Watson, que había ganado un título nacional de golf.

Ella estaba como hipnotizada. Le parecía que había caído en un mundo especial poblado de criaturas bellas y míticas. Se los imaginó viviendo rodeados de jardines llenos de flores. Debían de llevar vidas que no se parecían en nada a la suya, sin esfuerzos, llenas de cosas maravillosas.

Así que se quedó horrorizada al entrar al baño y

oír un sonido inconfundible que provenía de una de las cabinas. Unos minutos más tarde, se oyó la cisterna y salió Kylie. Sin hacerle ningún caso a ella, se acercó a uno de los lavabos y se enjuagó la boca con agua.

—Um... ¿Te encuentras bien? —le preguntó Nikki.

Kylie tomó unas cuantas toallas de papel y se secó la cara.

—Métete en tus asuntos, Graziola.

—Solo quería cerciorarme —dijo ella. Se quedó asombrada al ver que la chica recordaba su apellido.

—No necesito que me vigiles —respondió Kylie. Con las manos apoyadas en los bordes del lavabo, exhaló un suspiro que se convirtió en sollozo.

Nikki sabía lo que era la bulimia por las clases de Salud. Si la situación se prolongaba, aquella enfermedad podía causar daños graves. Se acercó a ella y le dijo, en voz baja:

—Eh...

—Apártate —le espetó Kylie, pero no con tanta fuerza como para que ella se lo tomara en serio.

—Mira, no tienes que ser mi amiga —dijo Nikki—. Seguro que yo no puedo arreglar lo que esté mal. Pero puede que...

—Eso es cierto —dijo Kylie, mientras se pasaba por la cara una toalla de papel.

—Nadie quiere que te pongas enferma, ni que te hagas daño.

—Eso tú no lo sabes.

—Es suposición —reconoció Nikki.

Kylie se estremeció y apoyó las manos en el lavabo de nuevo, mientras miraba fijamente su imagen en el espejo.

—¿Sabes lo que hace daño? La rinoplastia. Eso hace daño.

—¿Una operación de nariz? —preguntó Nikki, y observó la nariz de la niña. Era bonita, como las que se veían en las revistas, en las fotografías del «antes» y el «después»—. ¿Te has operado la nariz?

—Por supuesto que sí —dijo Kylie—. Y me dolió muchísimo.

—Bueno, pero te ha quedado muy bien —dijo Nikki—. Es decir... seguro que antes también estaba muy bien...

—Yo no quería hacérmelo. Me obligó mi madre.

Aunque fuera «la novia de América» para todo el país, seguramente, para Kylie solo era su madre.

—¿Te obligó?

—No exactamente, pero... casi todo el mundo se lo hace, y yo creí que tenía que hacérmelo también.

—Lo siento. Debe de ser horrible.

—¿Tú crees? —preguntó la niña, mientras se miraba con tristeza al espejo—. Echo de menos mi nariz normal.

Nikki se preguntó a sí misma si echaría de menos su cara si cambiara algo. No se consideraba una belleza, pero aquella era su cara y estaba acostumbrada a ella.

—¿No tienes a nadie con quien puedas hablar de cosas como esta? ¿Un terapeuta o un orientador, tal vez?

—¿Por qué piensas que tengo terapeuta?

Nikki se encogió de hombros.

—Supongo que todos los niños ricos lo tenéis.

Kylie dio un resoplido muy similar a una carcajada.

—Empecé con una terapia de juego cuando tenía dos años. Así que, sí, he tenido terapeuta toda mi vida.

—Entonces, puedes hablar con alguien.

—Algunas veces sería agradable hablar con alguien a quien no le paguen por escucharme.

—Yo podría escucharte. No te cobraría.

Aquello provocó una carcajada sincera.

—Qué simpática, Graziola.

Por primera vez, Kylie observó a Nikki, y su mirada se suavizó.

—Tienes un cuerpazo. Todos se han fijado en ti en la playa. Y me gusta tu pelo. ¿Siempre lo has tenido corto?

—Desde que mi padre se compró un Flowbee.

—¿Te refieres a una de esas cosas de peluquería canina? ¿En serio? —preguntó Kylie, y se inclinó para mirarla mejor.

—Sí. Era más barato que ir a la peluquería. Al final, me acostumbré a llevarlo corto.

—Con un Flowbee.

—Bueno, ahora ya, no. Ahora me lo corta mi madre de acogida.

—¿Estás en acogida? —le preguntó Kylie con incredulidad.

—Es complicado. Venga, vamos a ver *Todo en un día*.

Iban a proyectar dos películas de los ochenta en el cine del campus. Había palomitas y cerveza de raíz, y demasiados dulces. Nikki se encontró sentada entre Mark y Kylie, lo que elevó considerablemente su estatus. Incluso pudo relajarse y reírse. *Todo en un día* era una buena película y, cuando terminó, todos estaban de buen humor. Los niños se reunieron en un foso que estaba lleno de cojines y hablaron de todo y de nada.

—¿Cómo es realmente este sitio? —le preguntó Mark a Nikki.

—¿Alara Cove? Es un pueblo. Un pueblo de playa.

No estaba segura de lo que necesitaba saber Mark. Alara Cove tenía vistas a las montañas de Santa Ynez. Carmella y ella las pintaban a veces cuando salían de excursión. El pueblo no estaba lejos de Santa Barbara, donde los niños ricos vivían en Montecito y en Hope Ranch, y los de clase media, entre las dos localidades o en Goleta. Durante una caminata a las estribaciones, se veían los tejados de teja roja de los edificios de adobe, con palmeras y la brisa del mar que se colaba a través de los arcos.

—¿Y qué se puede hacer aquí?

—Bueno, ya has visto la playa. Hay, como mínimo, tres buenas playas. En mi antigua escuela comíamos normalmente al aire libre. En el pueblo hay un muelle muy largo lleno de tiendas y comercios para turistas, y los fines de semana se monta un paseo del arte por toda la calle Front Street. El club de campo tiene campo de golf y piscina, pero eso es solo para la gente rica —dijo, y se sonrojó al acordarse de con quién estaba hablando—. El autocine Driftwood proyecta una película distinta cada fin de semana. Y en el puerto deportivo se pueden alquilar kayaks y tablas de remo. Yo nunca tengo que pagar el alquiler porque mi amigo Manny trabaja allí y...

Se dio cuenta de que Mark la estaba mirando fijamente.

—¿Qué?

—Nada, solo estaba pensando que debe de ser agradable ser un niño normal.

Nikki se echó a reír.

—Sí, claro.

—¿Qué tiene de gracia?

—Yo estaba pensando que debe de ser agradable ser un niño rico, como tú.

Mark se quedó callado, pensativo.

—Supongo que algunas veces está bien. Pero hay cosas que son cargas. Algunas veces tienes ganas de esconderte.

«Todo tiene un precio», pensó Nikki.

Poco después del fin de semana de orientación, Nikki les dijo a la señorita Carmella y a Shasta que había descifrado el código de Thornton. Estaban en el estudio de Carmella, y Nikki estaba organizando la caja de pinturas de su caballete Jullian, el que se llevaba a las excursiones.

—¿Es que hay un código? —preguntó Shasta, alzando la vista desde las páginas del libro que estaba leyendo.

Ella siempre había dicho que no quería ir a Thornton. Los deportes, las actividades al aire libre y la competitividad despiadada nunca habían sido lo suyo.

—Por supuesto que hay un código.

—¿Y ya lo has descifrado?

Nikki asintió.

—Lo único que tengo que hacer es ser la mejor en todo, y acabaré con un millón de amigos.

La señorita Carmella, que estaba organizando pinceles, la miró.

—¿Y si lo único que tienes que hacer es ser tú misma?

Nikki puso los ojos en blanco.

—Sí, claro. ¿Una chica del pueblo, del parque de caravanas Airstream? Los niños acudirían en masa hacia mí.

—Puede que sí, o puede que no. No tienes que demostrarle nada a nadie, salvo a ti misma.

—Eso no es compatible con la vida en el instituto.

—Sí, todos los colegios necesitan su cuota de niños mediocres y perdedores —dijo Shasta, con una carcajada—. Si todo el mundo fuera el mejor, no habría diversidad.

—Muy graciosa —dijo Nikki.

—Hay muchas maneras de ser valioso, aparte de, simplemente, superar a todos los demás —dijo la señorita Carmella—. Estás ahí para encontrar tu camino en la vida. Depende de ti aprovechar esa oportunidad al máximo.

—A la gente le caigo mejor cuando gano una carrera o cuando gano una competición de surf, o cuando saco las mejores notas. Seguro que también era así cuando tú eras pequeña...

—Yo... —dijo la señorita Carmella, e hizo una pausa—. Entonces las cosas eran diferentes. Yo, como estudiante negra, tuve que enfrentarme con problemas de los que vosotras no tenéis noción.

A Nikki le ardieron las mejillas.

—Tienes razón. Perdóname.

—Cuéntanos cómo era Thornton cuando tú eras pequeña —le pidió Shasta a Carmella.

—Oh, Dios mío... Estaba considerada como una institución muy progresista. Para algunos, incluso, escandalosa. La escuela era completamente integradora, mixta, con un programa al aire libre insuperable. Mis abuelos pensaron que era un lugar seguro y positivo para mí. Pero, al final, me di cuenta de que era diferente. O me rechazaban por mi raza o me utilizaban de argumento para salvar las apariencias. Estoy segura de que tuve amigos que me apreciaban de verdad por quién era yo. Sin embargo, algunas veces era difícil distinguirlo...

Nikki no tenía la experiencia de que la trataran de un modo distinto por el color de su piel. Se habían burlado de ella por ser pobre, por vivir en una caravana, por tener un padre que dirigía un parque de caravanas y que tenía una furgoneta del siglo anterior. Pero nunca por el hecho de ser blanca.

—Eso es una lástima —dijo Shasta—. Porque tú eres increíble.

—Vaya, gracias, nena. Eso significa mucho para mí.

—Hasta el momento, tengo un amigo y un enemigo.

—¿Un enemigo? ¿Ya? —preguntó Shasta, y metió un dedo entre las páginas de su libro—. ¿Quién? ¿Cómo? ¿Por qué?

Nikki se rio.

—Jason Sanger, cosa nada sorprendente. ¿Por qué? —preguntó, y se encogió de hombros—. Quizá porque sé quiénes son los Sanger, así que ni siquiera puede disimular que es un idiota.

Miró a la señorita Carmella. A ella no le parecía bien que se insultara a la gente, pero, después de todo, eran los Sanger.

—Proviene de una gran familia de idiotas. ¿Y por qué no le caigo bien? No lo sé, todavía lo estoy pensando. Puede que él tampoco lo sepa.

—¿Y el amigo?

Después del incidente del baño durante el fin de semana de orientación, Kylie Scarborough le había concedido a Nikki su aprobación condicional para pasar el rato con las chicas más admiradas. Pero Nikki sabía que no podía llamarle «amistad» a eso. Lo consideraba una alianza, aunque todavía no confiara en ella.

—Mark McGill —dijo—. Él y yo... nos entendemos el uno al otro, ¿sabes?

—Aaah... Entonces, ¿os gustáis? —preguntó Shasta.

—No, ni por asomo —dijo ella, rápidamente—. Es solo que... Mark es genial, ya sabes, pero, aparte de la amistad, no nos gustamos.

Era algo curioso. Un chico podía ser perfecto, como Mark: guapo, divertido, bueno, inteligente, reflexivo... pero ella no sentía atracción por él. Por otro lado, un chico podía ser duro, sarcástico e, incluso, grosero, pero tener algo que a ella le atraía. Aunque no estaba dispuesta a admitirlo, un perfecto ejemplo era Jason Sanger.

Mark y ella habían hablado de aquel asunto. Sucedió un día después de un momento incómodo que podía haber terminado con su amistad, si lo hubieran permitido. Estaban en la playa, recogiendo sus cosas después de hacer surf. Mark no era un gran surfista, pero trabajaba de juez voluntario, aprendiendo a calificar adecuadamente las maniobras de los surfistas en las olas. Aquel día le tocaba a ella barrer la cabaña del surf. Se apresuró a tomar una ducha para quitarse la arena del cuerpo y, envuelta en una toalla, barrió el suelo de cemento cantando *Toxic* junto a Britney Spears en la radio. Estaba tan entusiasmada con la canción que giró alrededor de la escoba, y el movimiento hizo que se le cayera la toalla. Y, justo en ese momento, Mark McGill cruzó la puerta.

—¡Mierda! —exclamó ella, agarrando la toalla.

—¡Mierda! —exclamó él, corriendo hacia la salida.

Ella abrió rápidamente su casillero y se puso la sudadera del equipo, procurando no sentirse demasiado mortificada.

Mark estaba esperándola fuera, paseando por la arena, muy ruborizado.

—Oye, lo siento mucho —dijo.

—No te preocupes. Um... quiero decir que no... no pasa nada, no queríamos. Ha sido un accidente, ¿no?

—Sí, totalmente.

Volvieron juntos al campus, hablando de otros temas: de la clase de Lengua Inglesa y de lo contento que estaba Mark por haber conseguido entradas para un concierto de Usher y por la próxima boda de un tío suyo en Massachusetts, que era mucho más importante de lo que parecía, porque se trataba de uno de los primeros matrimonios gais del país.

Cuando llegaron al campus, ella se giró para ir a la biblioteca, pero hizo una pausa y se volvió de nuevo hacia Mark.

—Eh —le dijo—, me alegro de que no le hayas dado importancia a verme desnuda.

Él se encogió de hombros y se ruborizó. Era muy rubio y muy guapo. La mayoría de las chicas estaban locas por Mark.

—No es para tanto —dijo él.

—Ah. En ese caso, creo que me siento insultada.

—¿Por qué? ¿Porque no te miré como si fueras un postre?

—¿No te gustan los dulces?

—Soy un poco quisquilloso con los postres —respondió él, con una ligera sonrisa.

Capítulo 3

Cuatro años después de aquella conversación, ella aún podía oír la divertida frase de Mark, su tono de ironía. Mientras esperaba para subir al atril y dar su discurso, cerró los ojos y se imaginó al amigo al que había perdido tal y como estaba aquel día: increíblemente joven, vulnerable y un poco misterioso.

Desde ese momento, Mark y ella habían formado una unión inquebrantable hasta el momento de su muerte.

Durante aquellos años de escuela secundaria, Mark había encarnado lo mejor de Thornton. Era exactamente el tipo de estudiante que le había proporcionado al colegio su excelente reputación. De hecho, la gente suponía que él sería elegido el mejor estudiante del último curso. Sin embargo, cuando el honor recayó en ella, su amigo se había entusiasmado de verdad.

—Los vas a dejar noqueados —le dijo, cuando ella le dio la noticia.

El discurso que había preparado estaba centrado en ensalzar Thornton. Incluso una niña de la zona, de una familia sin recursos económicos, como ella, podía formarse allí. Ella misma era el ejemplo perfecto del poder que tenía la escuela para fomentar el potencial de una persona.

Gracias a Thornton, ella tenía una oportunidad. La escuela la había preparado para emprender la vida que soñaba, estudiando, viajando y dedicándose al arte. Le había allanado el camino al futuro, un futuro lleno de amor y de aventuras. Algún día, tal vez llegara a crear una familia propia.

Pero solo si mantenía la boca cerrada. Solo si no se convertía en un personaje molesto.

Sin embargo, ¿cómo iba a alabar a su escuela ahora, sabiendo lo que sabía? La pregunta del señor Florian la perseguía: «¿Quieres decir la verdad, o quieres decir algo divertido?».

Nerviosa, con la respiración entrecortada, miró a la multitud mientras el decano de estudiantes la presentaba. Sus palabras reverberaban por el campus con un ligero eco.

—Es un gran honor presentar hoy a la señorita Nicoletta Graziola, una joven de Alara Cove. Se crio en un entorno de playa, de mar, rodeada por un aire salado, a la sombra de Thornton Academy. Algunos pueden decir que tuvo suerte de que Thornton la eligiera, pero yo creo que Thornton tuvo la fortuna de ser elegida por Nikki. Ella es el ejemplo de las cualidades que más valora esta institución. Una gran estudiante, compasiva, íntegra, atlética y luchadora. Nikki ha llegado al primer puesto de su clase. Ha destacado en tres deportes: natación, surf y voleibol de playa. Se ha hecho merecedora de una mención de honor por sus servicios en Helpline House, una oenegé de la zona. Y estoy encantado de poder decir que Nikki ha sido aceptada en la Universidad de California del Sur para continuar con su pasión por el arte y desarrollar al máximo su talento. En este momento, me siento orgulloso de presentar a nuestra mejor estudiante de dos mil ocho: Nicoletta Fabiola Graziola.

Hubo una breve erupción de aplausos y algunos gritos por parte de los estudiantes. Cuando se puso de pie, Nikki tenía las piernas rígidas, los pies agarrotados, pero eso no se notaría gracias a la largura de la toga de graduación, cuyo bajo le llegaba por la mitad de la pantorrilla. El aplauso aumentó de intensidad y, después, terminó rápidamente. Ella no se esperaba una ovación muy larga, porque aquella gente no tenía ni idea de quién era. Su apellido no era conocido, y sus padres no eran famosos. Era una don nadie.

Al subir al estrado, sus compañeros del equipo la vitorearon con la alegría acostumbrada: «¡Vamos, Nikki, vamos!». Algunos de los chicos aullaron como los lobos, que era la mascota de la escuela. Mark también habría aullado inmediatamente. El apoyo de sus compañeros era muy importante para Nikki. El impulso de todo lo que había hecho en Thornton era la necesidad de aprobación. Ella no era de una familia rica ni tenía un gran talento, así que su baza era ser la mejor siempre que fuese posible. Así, la gente la aceptaría y la trataría como a una igual. Incluso podría caerles bien.

A Mark siempre le había caído bien. Mark la quería. Su amigo se merecía algo más que ser considerado un drogadicto.

Mientras la brisa soplaba desde el oeste, donde el cielo estaba tornándose del profundo color dorado del atardecer, Nikki observó a la multitud de nuevo. Algunos estudiantes estaban allí con toda su familia: padres, hermanos, abuelos, tíos, antiguas niñeras, tutores, terapeutas... Un par de niños tenían guardaespaldas, y una de las familias estaba discretamente rodeada de agentes del Servicio Secreto.

Ella solo había pedido tres entradas para el evento: una para su padre, que había intentado zafarse del compromiso, como de costumbre. Otra, para la señorita Carmella. La tercera, para Shasta. Los tres estaban sentados aproximadamente en el centro del espacio de los asientos. Carmella llevaba una bufanda con los colores de la escuela. Aunque hubieran pasado décadas desde que ella fuera la primera mujer negra en graduarse en Thornton, todavía tenía el estatus de personalidad muy importante para la institución. Guy Graziola, por su parte, nunca se había sentido cómodo en aquel tipo de eventos multitudinarios. Le había dicho a Nikki que nunca había asistido a una ceremonia de graduación, ni siquiera a la suya, puesto que había abandonado su instituto de Cape May, en Nueva Jersey, porque quería recorrer todo el país en coche por un capricho de adolescente. Al menos, esa era la explicación que le había dado.

También como de costumbre, su padre había llegado tarde a la ceremonia. Se había arreglado a su manera, y llevaba unos pantalones caqui, en vez de los pantalones cortos, una camisa hawaiana y una chaqueta *vintage*, unas botas en lugar de las chanclas y una coleta bien peinada. A menudo, la gente le decía que parecía un actor de Hollywood, y lo habían confundido muchas veces con una estrella de la televisión. Solían preguntarle por qué seguía soltero después de haber enviudado tan joven, y él se reía y contestaba: «Pregúntaselo a todas las mujeres que me han rechazado».

Aunque no había vuelto a casarse, sí salía con muchas mujeres. Parecía que las atraía mucho con su belleza y su encanto, pero ellas nunca se quedaban. La vida de Beachside Caravans no debía de tener mucho interés para las mujeres que esperaban algo del futuro.

Además, cuando la conocían a ella, una niña desdentada, descuidada, casi salvaje, salían corriendo. Guy no sabía peinarla, así que le cortaba el pelo casi al rape. Cuando era muy pequeña, algunas veces la gente la confundía con un niño y, según las niñeras, que siempre dejaban el trabajo, era demasiado traviesa.

Durante el tiempo que Nikki estuvo en Thornton Academy, su padre se mantuvo alejado de los demás padres, tan serios, intensos y ambiciosos. Había evitado los fines de semana para padres y todos los eventos de carácter familiar que organizaba la escuela. Ya le había dicho que no iba a ir a las recepciones que iban a celebrarse después de la graduación. A ella le parecía bien. Aunque era obvio que a las mujeres les encantaba y que era una figura conocida en el pueblo, no era como los padres de los otros alumnos.

En aquel momento, le temblaban las piernas ante el atril. Tenía las hojas del discurso agarrada con las dos manos. Desde aquella perspectiva, la reunión era enorme y resultaba intimidante. Era un mar de graduados vestidos de azul y dorado y, tras ellos, los familiares y amigos. Dejó las páginas en el atril y se inclinó hacia delante con el corazón acelerado. El comité había aprobado aquel discurso y era el que esperaba escuchar. Ella respiró profundamente para calmarse, miró a los presentes y comenzó a hablar.

—Damas y caballeros, compañeros de estudios, miembros de la facultad y distinguidos alumnos, comencemos. Es un honor para mí estar aquí, frente a todos ustedes.

Su voz sonaba monótona, sin vida, desprovista de la pasión que hubiera debido animar su alocución. Pero tenía el corazón roto, y sus palabras eran mentiras vacías. Podía echarse a llorar en cualquier momento. Tragó saliva y comenzó a leer.

—Hace cuatro años vine a Thornton sin saber qué podía esperar. Mi primera impresión...

Se interrumpió al recordar su primer encuentro con Mark, cuando él abrazaba a su perro y cuando había tenido que recoger sus objetos personales del suelo, y le había dedicado una sonrisa amable. Tenía que tomar una decisión. Pensó en guardar silencio. Tenía argumentos muy sólidos para mantener la boca cerrada. Sabía que, si dejaba las cosas tal y como estaban, su silencio y su complicidad le proporcionarían la vida que se había imaginado. Por el contrario, si decía lo que tenía en mente, estaría arriesgando todo aquello. Cabía la posibilidad de que le negaran el diploma, y de que sus cuatro años de duro trabajo no sirvieran de nada. Perdería la beca y no podría ir a la universidad. No saldría de Alara Cove.

Cerró los ojos y levantó la mano del discurso. La brisa se llevó las hojas, que cayeron al suelo. Ella no se inmutó ni parpadeó. No pensó más. Habló con voz clara hacia el micrófono.

—Tenía mucho que decirles hoy sobre lo que han significado para mí estos últimos cuatro años, sobre lo que han significado para todos nosotros. Thornton era un lugar seguro, eso era lo que pensábamos.

Su discurso ya no tenía un tono monótono. Su voz sonaba aguda y fuerte, y resonaba con convicción. Su discurso lo habían visto pocas personas, así que solo unos pocos se habrían dado cuenta ya de que se había salido del guion.

—Nos enseñaron a pensar por nosotros mismos y a decir la verdad. Y eso es lo que tengo que hacer hoy. En este momento, estamos apesadumbrados, y yo tengo la obligación de decir la verdad por alguien que ya no está con nosotros y no puede hablar por sí mismo. A estas alturas, nos han dicho a todos que Mark McGill tenía un problema con las drogas y que murió de sobredosis. Pero eso no es cierto. Mark no era drogadicto y las drogas no fueron la causa de su muerte.

Se oyó un coro de murmullos que recorrió la multitud. Detrás de Nikki, en el estrado, estalló una locura de sonidos amortiguados. Probablemente, solo le quedaban unos momentos antes de que alguien se acercara y le apagara el micrófono y la sacara del escenario.

—Mark McGill no tomaba drogas. Su muerte se

debió a un rito de hermandad de los que se permiten en esta escuela, y están tratando de ocultarlo.

—¡Señorita Graziola! Baje inmediatamente —le dijo alguien con un siseo furioso, a su espalda.

Sin embargo, ella continuó hablando con voz fuerte y clara.

—El Buccaneers Club celebró una de sus juergas secretas, de las que se supone que nadie sabe nada. Lo cierto es que todo el mundo lo sabe, y la escuela hace la vista gorda.

Seguramente, el Buccaneers Club había empezado de una manera inocente, hacía muchos años, con la intención de organizar eventos de recaudación de fondos y conseguir patrocinadores. A aquellas reuniones acudían los miembros del club. Pero, con el paso del tiempo, el club se había convertido en una camarilla dominada por los peores y más influyentes niños de la escuela. En ese tipo de juergas, los miembros tenían que superar una serie de pruebas y desafíos.

Aquel año, cuando Jason Sanger llegó a ser el jefe de los Buccaneers, las pruebas se volvieron cada vez más peligrosas. Sus amigos y él crearon una bebida de whisky y pastillas y desafiaban a otros estudiantes para que la tomaran. Otros estudiantes como Mark, que solo querían ser aceptados.

Con el corazón encogido, con un nudo en la garganta, Nikki observó el mar de graduados vestidos de azul y oro, y clavó la mirada en Marian McGill, que estaba sentada junto a la silla de Mark. Marian era la persona a la que tenía que abordar, porque ella había estado en la juerga.

—Los Buccaneers preparan bombas de Oxicodone en esas fiestas —dijo, mirándola fijamente—. Disuelven la droga machacada en un chupito de whiskey. Le dieron uno de esos a Mark, y la gente que estaba allí lo sabe.

Nikki se dio cuenta de que Marian se quedaba pálida y tenía una expresión de espanto, pero no cedió.

—Vosotros sabéis lo que pasó, y ha muerto un estudiante porque...

Se oyó un acople de sonido y el micrófono se cerró.

A Nikki no le sorprendió. Era evidente que alguien había adivinado ya hacia dónde iba, y no quería que los presentes supieran la verdad por su boca.

—Baje del estrado, señorita Graziola —le ordenó el decano—. No siga poniéndose en ridículo.

Ella se giró y miró fijamente a sus profesores que habían sido sus mentores durante aquellos pasados cuatro años, quienes la habían animado en todo. En aquel momento formaban un friso de miedo, desesperación y rabia.

Nikki había intentado hacer la denuncia ante las autoridades de la escuela, pero se habían negado a escucharla. Peor aún, le habían dado a entender que estaba histérica, que su mente de adolescente estaba aturdida a causa del dolor y la conmoción. Habían tratado de convencerla de que un drogadicto tenía muchas formas inteligentes de ocultar su hábito, y le habían sugerido que no conocía a Mark tan bien como creía. Querían que dudara de sí misma. De la verdad.

Se giró de nuevo hacia el público y gritó:

—¡Justicia para Mark!

Obviamente, ya nunca habría justicia para Mark, pero quería asegurarse de que la gente supiera que su amigo no era un drogadicto y que no había muerto de sobredosis. De que la escuela estaba encubriendo las bromas pesadas de una hermandad para salvaguardar su reputación.

Sabía que le habían hecho fotografías, incluso que habría vídeos circulando por las redes. Muchos de los niños ricos tenían teléfonos con cámara. Entonces, al ver al entrenador Lambert dirigiéndose hacia ella rápidamente, supo que se le había acabado el tiempo. Se giró y bajó del estrado con la cabeza alta. Con la cara ardiendo.

Al bajar y pisar la hierba del campo de juego, comenzó a asimilar el impacto que había tenido lo que acababa de hacer. Había reventado la ceremonia de graduación. Había arriesgado todo su futuro en un momento impulsivo. Los demás graduados la miraban con indignación porque había estropeado su gran momento.

Vio a Marian, la hermana de Mark, que tenía la mirada fija en el suelo y los hombros encorvados. Ella bajó la cabeza y se dirigió apresuradamente hacia la salida.

—Sigue andando, idiota —le dijo Jason Sanger cuando ella pasó a su lado—. Sigue caminando hasta el mar y desaparece. Imbécil...

Rodeada de abucheos y burlas de los otros estudiantes, y por los acoples del sistema de sonido, apresuró el paso. Ni siquiera intentó buscar a la señorita Carmella, a Shasta y a su padre.

Tenía la vista borrosa y lo único que sabía era que tenía que salir de allí.

Capítulo 4

Nikki se quitó la toga y el birrete sin dejar de andar y los dejó caer al suelo, junto a la mesa de registro que estaba a la salida del estadio. Siguió caminando y atravesó el cuadrilátero, y salió por las puertas de hierro forjado de la entrada principal del campus. En lo más alto del arco estaba el lema de la escuela, *Audentes Fortuna Luvat*, un verso del poeta romano Virgilio, que todos ellos aprendían en clase, pero en el que nadie pensaba después. *La fortuna favorece a los osados.*

¿Acababa de hacer algo audaz o había cometido una estupidez? Estaba segura de que todos pensaban que era idiota. Una chica loca a la que nadie creía.

Fue hacia la playa. Para ella, el mar siempre había sido un refugio. Durante aquellos cuatro últimos años, había hecho innumerables veces aquella caminata, a pie, en bicicleta, en el autobús del equipo. Se sentía irresistiblemente atraída hacia su medio natural. A otras personas les hacía felices pasar un rato en la arena, tomando el sol y jugando en las aguas poco profundas, pero ella siempre había querido adentrarse, formar parte del océano.

Cuando empezó el colegio, la profesora decía que era incapaz de permanecer quieta ni un minuto, a no ser que la clase fuera de arte o educación física, o se tratara de la comida. Algunos padres no la dejaban jugar con sus hijos porque a ella le gustaba el impacto que causaba al usar las palabrotas que decía su padre y porque siempre andaba de aventuras, escalando el depósito de agua, recorriendo en bicicleta todo el embarcadero del puerto deportivo o alejándose a nado de la playa. Los socorristas la obligaron a llevar un traje de color naranja fluorescente para poder verla bien. Mientras los demás alumnos estaban practicando la caligrafía, ella se dedicaba a estudiar hidrodinámica, aunque no sabía cómo se llamaba. El poder y los movimientos del mar la tenían hipnotizada. La llamaban, la invitaban a que explorara sus misterios.

Su padre solía decir que el único peligro era no aprender la forma de comportarse que tenía el mar. Las olas más surfeables de toda la costa se originaban allí, casi en la puerta de su casa. Y era su excelencia en el surf lo que le había abierto las puertas. Los cazatalentos de los equipos universitarios habían ido hasta allí para verla hacer surf, y su talento había sido la clave para que la aceptaran en la Universidad de California del Sur.

Mark, que era su mejor animador, siempre había pensado que ella podía competir en la Liga de Surf Global, la organización de deportistas profesionales de élite. Ahora que él ya no estaba, ¿quién iba a animarla?

Llegó al cobertizo que utilizaba la escuela para guardar el equipamiento deportivo. Por supuesto, la palabra «cobertizo» no describía con exactitud la instalación, que tenía un diseño moderno y que encajaba perfectamente en la cima de los acantilados que daban a la playa. En la puerta había una placa con el nombre de la familia que había donado el dinero para construirlo. El código de la llave todavía funcionaba, porque ella había sido la capitana del equipo aquel año, aunque sabía que eso iba a cambiar. Todo estaba a punto de cambiar. Después de lo que acababa de hacer, le sorprendería que le dieran tan siquiera el billete de autobús para salir del pueblo.

Por el momento, salir de allí le parecía un buen plan. Estaba bastante segura de que había destruido su propio futuro. Se había saboteado a sí misma y se había convertido en una paria, pero no se arrepentía de lo que había hecho, porque era la única que estaba dispuesta a decir la verdad sobre Mark. Mark se merecía algo mejor que ser recordado como un drogadicto.

Abrió el armario de las tablas y sacó su *longboard* favorita. Después, dejó su vestido sobre uno de los bancos para cambiarse. Shasta y ella habían ido de compras y habían encontrado el traje perfecto para su graduación en una tienda de segunda mano. Aunque ella no estaba muy orgullosa de ponerse ropa usada, Shasta le juró que había visto a Rihanna con aquel mismo vestido en la alfombra roja de los Teen Choice Awards.

Antes de que muriera Mark, ella había pensado en ponerse aquel vestido para la recepción y las fiestas que habría después de la ceremonia y, también, a la fiesta posterior. Sin embargo, se habían cancelado todas las celebraciones.

Se puso un traje de entrenamiento, un elegante mono de manga larga que le quedaba como una segunda piel, del color azul de una ola de tormenta. Estaban a principios de verano y la gente aún usaba traje de neopreno, pero ella no lo veía necesario. Aquel día la temperatura era muy buena y ella estaba muy acalorada por lo que acababa de hacer.

Tomó la tabla y fue hacia la orilla. Había nubes altas, blancas, esponjosas, en un cielo que se estaba poniendo dorado por el atardecer. En la playa había turistas y lugareños y, entre las olas, algunos surfistas aficionados sentados en sus tablas, esperando a que llegara la ola que querían surfear. Manny, Chassie y los demás chicos del pueblo no estaban, porque trabajaban en el club de campo y los sábados estaban muy ocupados.

Ella se detuvo un momento para atarse la correa de la tabla al tobillo y se irguió, con la mano sobre los ojos para protegerse del sol mientras miraba al horizonte. Entró en el agua y notó la agradable impresión del agua fría. El mar le purificó la piel mientras nadaba hacia la parte más honda. Aquel era su entorno natural y el lugar donde se sentía ella misma.

Un grupo de chicos, seguramente de una fraternidad de alguna universidad de la zona, hicieron ruidos para captar su atención, pero ella los ignoró. Aun así, ellos fueron acercándose. Eran cuatro y, sin duda, eran universitarios: uno de ellos llevaba una gorra con el logotipo de Cal Poly, la Universidad Politécnica Estatal de California. Estaban delgados y morenos por el sol, y se comportaban con arrogancia, lo cual, normalmente, era una fachada para ocultar una terrible inseguridad. Aquello lo había aprendido de Mark, que tenía conocimientos sobre el comportamiento masculino. El mundo no tenía sentido sin Mark.

—Eh, ¿quieres venir con nosotros? —le preguntó uno de los chicos.

—Eh, no —dijo ella, y siguió concentrada en la rompiente.

—Venga, nena, ya verás como te lo pasas bien con nosotros.

¿Nena? ¿Nena? Nikki se detuvo y se volvió hacia ellos.

—¿Habéis conseguido alguna vez que alguna chica vaya con vosotros con eso?

—Siempre hay una primera vez —dijo uno de ellos, que tuvo la decencia de sonrojarse.

—He dicho que no. Tradúceselo a tu amigo —dijo ella.

Y, sin esperar respuesta, se alejó de ellos con la siguiente ola, sumergiéndose bajo la corriente de agua. Salió al otro lado con el pelo echado hacia atrás.

Siguió remando, despacio, observando las ondulaciones del agua y la forma de las olas que se acercaban. El oleaje de Alara Cove tenía un patrón estable. En realidad, a ella le gustaba caer y resurgir entre las olas, porque era un reto, pero la mayoría de los surfistas preferían lo predecible.

El mar no era solo su refugio, sino, también, su profesor. Le había enseñado muchas cosas muy importantes de la vida: el poder, el respeto, la humildad, la reverencia, la vigilancia, la paciencia, la oportunidad, el ritmo. Había aprendido cuál era su lugar en la vida sobre una tabla de surf. Había aprendido lo que era el equilibrio. Cuando estaba surfeando, su mente se liberaba de todo y ella tenía una claridad perfecta.

Se abrió camino entre las olas entrantes y llegó a la zona de aguas abiertas, donde pudo sentarse y observar las olas que avanzaban hacia la orilla. Evaluó cada una de ellas; aquel día eran grandes, pero estables. Se sumergió bajo la siguiente ola y se deslizó por la parte trasera hacia atrás mientras observaba la rompiente de nuevo.

En el surf, lo más importante era elegir el momento perfecto. Detectar la mejor ola no era suficiente, también era necesario saber cuándo moverse, dejar que la ola fuera hacia uno. No te molestes persiguiéndola, nunca la vas a alcanzar. El mar le había enseñado que ella era la que debía saber cuándo había que erguirse y, lo más importante, que no había que tener miedo a caerse. Quizá aquel fuera el motivo por el que se había arriesgado a decir la verdad aquel día. No tenía miedo a caerse.

El agua que se movía bajo su tabla se llevó aquel pensamiento. Después de un rato, ella tuvo la sensación de que había llegado el momento. La ola fue hacia ella como un amiga que le ofrecía llevarla a casa. Aquella ola era suya.

Había reglas no escritas en aquel deporte: no robar una ola si otro surfista estaba colocado para tomarla. En aquel momento no había nadie cerca.

Remó con rapidez para igualar la velocidad y el ritmo de la ola y se estiró desde el estómago a los pies con un movimiento ágil que fue como un soplo de aire fresco. Tuvo una sensación gloriosa cuando la ola la impulsó hacia delante. Aquella decisión que se tomaba en una fracción de segundo le había enseñado a confiar en su instinto y a comprometerse con una acción. El poder del mar bajo la tabla de surf lo puso todo en perspectiva mientras ella cabalgaba sobre el muro de agua que se movía rápidamente. La velocidad, al viento en la cara, los pies descalzos sobre la tabla, todo la conectaba con la fuerza del mar. Recorrió el camino hacia la orilla sobre la ola, en sincronía con el poder del mar. Dejó la ola antes de que se debilitara, se tendió sobre la tabla y remó de nuevo hacia aguas profundas para tomar otra ola.

El mar y el aire le aclararon la cabeza mientras surfeaba una y otra vez. No pensó, no se preocupó. Perdió la noción del tiempo, pero el mar le dijo en qué momento era suficiente.

Después de la última ola, salió del agua y atravesó la playa de camino al cobertizo.

—¡Eh!

Alguien la llamaba desde el puesto de los socorristas. Se giró y vio a Cal Bradshaw bajando por la escalera. El puesto era una estructura de madera colocada sobre una plataforma elevada y rodeada de equipamiento de rescate y salvamento.

Cal bajó a la arena y se acercó a ella corriendo. Era

bajo de estatura y un poco torpe, pero siempre estaba lleno de determinación.

—¡Hola! —le dijo Nikki.

Calvin Michale Bradshaw era uno de sus amigos más antiguos. Se conocieron en la escuela de primaria, en el momento en que le había golpeado la cara con la pelota del balón prisionero y le había roto las gafas. Ella se había sentido tan mal que se había echado a llorar, tanto, que él había tenido que consolarla. A los nueve años, había aprendido que Cal era la definición de buena persona. Ya sabía, por varios profesores frustrados, que ella no lo era, así que se había hecho amiga de aquel niño con la esperanza de aprender a ser buena.

Tanto a Cal como a ella los estaban criando padres solteros, pero su situación era muy diferente. El padre de Cal siempre estaba cerca, haciendo cosas con él, enseñándole a jugar al ajedrez y al *cribbage*, y a tallar. Hacían letreros de madera para los comercios del pueblo y de la zona. El padre de Nikki estaba siempre haciendo surf, atendiendo a los huéspedes del parque de caravanas, saliendo por ahí con sus amigos surfistas o con alguna mujer.

Sin embargo, Cal y Guy se llevaban muy bien, porque a Cal le encantaba hablar y a Guy se le daba muy bien escuchar. Cal hablaba siempre de viajar por el mundo, una idea que Guy casi no entendía. Él nunca había querido ir a ningún sitio. Cuando Cal le preguntaba por qué, Guy hacía un gesto con el brazo y abarcaba toda la zona, y decía:

—¿Para qué necesito ver el mundo, si mi mundo entero está aquí mismo?

A Cal siempre le había gustado participar en un buen debate.

—¿No quieres ver las olas enormes de Portugal y Nueva Zelanda? ¿Y los monumentos antiguos del mundo, las ciudades y el arte?

Su padre asentía con benevolencia al oír las ideas de Cal sobre los lugares a los que esperaba ir algún día. Al contrario que otros adultos, nunca le preguntaba a Cal cómo iba a pagar los viajes ni cuestionaba sus ideas descabelladas.

Cuando sus caminos se separaron, al empezar la educación secundaria, Cal y ella se distanciaron. Y él era muy diferente a los niños de Thornton. En el aspecto físico, él no se preocupaba por los detalles. Era de estatura baja y delgado. Llevaba una camiseta que le quedaba grande, con la palabra «Socorrista» en la pechera, y tenía una nuez muy prominente. Era delgado y se le veían las piernas huesudas por debajo de las perneras del bañador rojo y largo. Su padre siempre le había cortado el pelo en casa y, a juzgar por los mechones castaños y en punta que le asomaban por debajo del sombrero de socorrista, seguía haciéndolo. Las lentes de sus gafas eran tan gruesas que aumentaban el azul brillante de sus ojos.

—¿No se supone que tienes que estar en la ceremonia de tu graduación? —le preguntó él.

—Sí —dijo ella—, pero he estropeado mi discurso. Justo al empezar, cambié de dirección. Tenía que decir algo sobre Mark.

Calvin y Mark no eran exactamente amigos, pero se conocían. Durante aquellos cuatro años, ella los había presentado y había intentado que los tres salieran juntos. Era incómodo estar a horcajadas sobre la línea que separaba a sus amigos del pueblo y a sus amigos de Thornton, pero los dos chicos eran importantes para ella por diferentes razones. Se llevaban bien, pero, a veces, parecía que lo único que tenían en común era a ella...

—¿A qué te refieres con eso de que tenías que decir algo? —le preguntó Calvin.

Ella le contó la acusación que había hecho y las consecuencias a las que se exponía...

—Estaba muy asustada, pero no podía dejar de pensar en Mark y no me contuve.

—No me sorprende —dijo él—. Me imaginé que te costaría quedarte callada.

—Nadie debería quedarse callado, cuando ha muerto un niño y no hay investigación —dijo ella. De repente, se dio cuenta de que estaba agotada—. ¿Estás en un descanso?

—Sí. ¿Damos un paseo?

Ella se aclaró la sal y la arena del cuerpo en la ducha de la playa y entró en el cobertizo para dejar la tabla y secarse el pelo con una toalla. Se puso una camisa vaquera que tenía en el casillero y salió para reunirse de nuevo con Cal. Dejó el elegante vestido blanco sobre el banco como si fuera una piel que acabara de mudar. Cal y ella empezaron a caminar y se alejaron de la parte principal de la playa. Al otro extremo había tres cipreses que se erguían hacia el cielo como si fueran tres signos de exclamación. Cuando eran pequeños, los dos solían jugar en aquella zona. Construían fuertes de madera que encontraban en la arena y se escondían entre los árboles.

Encontraron una sombra y se sentaron en un tronco. El sonido de las olas al romper era rítmico y estruendoso. Nikki clavó la vista en el horizonte.

—Entonces, ¿qué crees que va a pasar? ¿Van a investigar a la hermandad?

—No lo sé. Ya no está en mis manos. Yo he tirado de la manta.

—Bueno, ya sabes cuál es el problema con eso. Generalmente, el que tira de la manta sale perjudicado.

—Sí, ya lo sé. Pero tenía que decir algo. Nadie iba a hablar, ni siquiera su hermana. Ni sus mejores amigos. Todos tenían miedo de meterse en un lío. Y Mark se merecía algo mejor. Era una gran persona, Cal. Lo único que quería era hacer feliz a la gente.

—¿Y no es eso lo que quiere todo el mundo?

—Supongo.

Reflexionó sobre aquella idea. ¿Qué era lo que quería ella? ¿Hacer feliz a la gente? ¿A qué gente? ¿Era lo mismo hacer que se sintieran felices a que se sintieran orgullosos? Durante aquella semana su vida se había convertido en algo muy confuso. De repente, el mundo le parecía muy complicado. El dolor era un sentimiento terrible, como de agonía.

—¿Y qué te va a pasar?

—En realidad, no lo pensé. Puede que me nieguen el diploma. Es posible que haya echado a perder todo mi futuro.

—¿Por decir la verdad?

—No lo sé. Puede ser. Antes de la ceremonia enviaron una circular para dejar claro que nadie debía interrumpir ni alterar la ceremonia. Nada de lanzar *frisbees* ni hacer declaraciones que no hubieran sido aprobadas de antemano... Creo que lo mejor será que piense en un plan B.

—¿Qué te ha dicho tu padre?

—Creo que me enteraré cuando lo vea esta noche. —dijo Nikki, suspirando—. Así no era como tenía que haber salido este día...

—¿No? ¿Cómo se suponía que tenía que haber salido?

—Pues... yo tenía que leer el discurso que he estado escribiendo varios días. El público se volvería loco y se pondría en pie para aplaudirme. Todos se preguntarían quién era esa chica tan brillante y pensarían que tenía un gran futuro por delante. Pero lo que ocurrió en realidad es que cortaron el sonido del micrófono y yo salí del estadio avergonzada. Vine directamente a la playa y saqué la tabla para hacer surf.

—Pues a mí me parece muy valiente por tu parte.

—Es un poco estúpido.

—Tú sigues siendo una chica brillante. Y sigues teniendo un gran futuro por delante.

Su tono de voz hizo que ella alzara la vista. Se sintió reconfortada al mirarlo y ver su cara familiar, sus ojos de mirada bondadosa y su sonrisa.

—Eh, aquí estoy yo, compadeciéndome a mí misma, y ni siquiera te he preguntado qué tal ha ido en tu graduación.

La ceremonia de Alara Cove High School se había celebrado un día antes que la de Thornton.

Él se encogió de hombros.

—Fui, nos dieron a cada uno su diploma, y después fuimos a Doc's a tomar pescado con patatas mi padre, Sandy y yo. Mi madre me mandó un mensaje.

Ella lo miró de reojo.

—Siento lo de tu madre.

—He aprendido a no esperar mucho de ella.

Nikki asintió y movió un pie descalzo por la arena. No sabía cómo era tener una madre, ni siquiera una madre que se marchara y abandonara a su familia y no volviera a ponerse en contacto con ellos, salvo en raras ocasiones. Cuando estaban en cuarto curso, a ella le habían puesto un ojo morado un niño con el que se había peleado por decir que la madre de Cal era una loca.

—No sabe lo que se pierde —dijo Nikki—. Debería sentirse orgullosa de tener un hijo increíble que ha entrado en la universidad y está a punto de conquistar el mundo.

Él sonrió.

—Sí, claro. Eh, acabo de enterarme de que Brown tiene un programa en el que puedes pasar el tercer curso en el extranjero.

—¿Sí? ¿Y lo vas a hacer?

—Puede ser...

—El extranjero es tan grande... tan bonito... ¿Dónde irías?

—¡A todas partes! En serio. A Tailandia, Islandia, Senegal... a todas partes. A lo mejor me subo a uno de esos barcos que van parando en todos los puertos.

—Eso suena maravilloso. A lo mejor voy contigo.

Él se quedó callado. Y ella notó que aquel silencio era muy pesado, casi podía sentir su presión.

—¿Qué pasa? ¿No quieres que vaya contigo?

—No es eso. Es que... estoy preocupado por mi padre.

—¿Qué le pasa a tu padre?

—Creo que ha tenido una recaída en el cáncer.

A ella se le encogió el estómago.

—¿Crees? ¿Qué significa eso?

—Ha tenido varias citas en el médico. Se ha hecho pruebas y escáneres. Dice que los médicos están teniendo muchas precauciones, nada más. Pero ha adelgazado, y ellos tienen miedo por su visión. Como si tuviera dañado el nervio óptico.

—Oh, Cal, lo siento. Aquí estoy yo, quejándome por el espectáculo de mi graduación...

Aquello era mucho peor. Cal y su padre siempre habían estado muy unidos. Alfred Bradshaw era una figura familiar en el campus de Thornton, donde mantenía impecablemente los jardines. Gracias a él, los jardines formales eran muy famosos. Los folletos de venta de cursos llamaban a Thornton «un colegio en un jardín» y, normalmente, las fotografías mostraban el cuadrilátero rodeado de setos perfectamente podados, con enormes eucaliptos y abundantes arriates de flores.

El señor Bradshaw siempre tenía una sonrisa y una palabra amable para todo el mundo. Incluso cuando los alumnos más arrogantes lo ignoraban como si fuera un mueble de jardín, él seguía ocupándose de sus asuntos alegremente. Siguió trabajando cuando le diagnosticaron el cáncer y tuvo que someterse al tratamiento, con la cara pálida y demacrada y la cabeza calva cubierta con una gorra de béisbol de los Dodgers.

Cal maduró de la noche a la mañana cuando a su

padre le dieron el primer diagnóstico. Pasó de ser un preadolescente de catorce años, siempre montando en bicicleta y construyendo casas en los árboles, a convertirse en un chico que llevaba carretillas llenas de compost al campus para ayudar al señor Bradshaw. Unos cuantos de los estudiantes de Thornton habían intentado tomarle el pelo, pero Cal los ignoró de una manera que los dejó como idiotas. El hermano mayor de Cal, Sandy, que tenía cuatro años más que él, reaccionó de forma diferente. Empezó a salir, a beber y a ir de juerga, y se metió en problemas en el colegio. Al final, dejó los estudios y se fue a tocar el bajo de gira con una banda.

Fue un mal momento para la familia de Cal, y ella sabía que había sido un gran alivio para todos que, por fin, el señor Bradshaw se curara, recibiera el alta por parte del hospital y volviera a ser él mismo.

En aquel momento, notó la tensión que se reflejaba en el semblante de Cal y se sintió culpable por no haberse dado cuenta antes.

—Ojalá pudiera ayudar.

—Ya. Tenemos la esperanza de que todo salga bien.

Ella se protegió los ojos con la palma de la mano y miró hacia la playa. La carretera de la costa estaba llena de furgonetas y coches que venían de pueblos y ciudades de alrededor. Parecía que cada año había más y más turistas.

—Estoy deseando alejarme de aquí —dijo—. A veces parece que todo el mundo quiere venir a este lugar.

—Dímelo a mí. Hoy he tenido que entrar cuatro veces antes de comer.

—Eres un héroe. ¿No has salvado a ninguna damisela en apuros que te haya confesado una devoción eterna?

—No, claro que no —dijo él. Se oyó la bocina del

puesto de los socorristas—. Se ha terminado el descanso. Tengo que hacer el último turno de cuarenta y cinco minutos y ya habré terminado.

—Será mejor que yo me marche también. Tengo que ver qué ha pasado después de que tirara de la manta.

—Que tengas suerte.

Capítulo 5

Nikki metió la ropa de la graduación en una bolsa de lona y se puso los pantalones cortos de su equipo, la camisa vaquera y las chanclas para ir a la parada de autobús. Mientras esperaba, sacó el libro que estaba leyendo, *Madame Bovary*. El año anterior había tenido que leerlo para la clase de francés, pero le había parecido tan interesante que quiso leerlo en inglés. Emma Bovary tenía algo hipnótico, su descontento persistente, sus sueños rimbombantes, su desesperación por escapar de la vida provinciana que llevaba. Un anhelo tan fuerte que estaba dispuesta a morir por hacerlo realidad.

—Te entiendo, Emma —murmuró Nikki, mientras abría el libro por donde lo había dejado.

El escritor se había metido en un buen lío por escribir sobre una mujer adúltera, pero había escrito el libro de todos modos. Creía que el mundo necesitaba una historia sobre una mujer cuyas pasiones eran capaces de nublar toda su razón.

Nikki también entendía a Charles Bovary, con quien sentía más paralelismos. De adolescente, él había estudiado en una escuela severa y exclusiva que no era muy diferente a Thornton. ¿También había sentido que tenía algo que demostrar porque era pobre? ¿Se había esforzado por conseguir caerle bien a los demás niños, siendo el mejor estudiante, el mejor deportista, el mejor amigo de todos aquellos alumnos tan privilegiados? ¿Había fracasado a la hora de descubrir cuál era su verdadero propósito?

Y Emma... Qué desastre, siempre buscando un estatus más elevado, siempre insatisfecha con todo. Tuvo un mal final, envenenándose. Pero el verdadero veneno era la desilusión, los deseos incumplidos, las elecciones estúpidas que había hecho y que no había podido deshacer.

Nikki sentía un extraño consuelo al leer historias de gente que estaba peor que ella. Cuando la luz cambió, al inicio de la tarde, se distrajo con el brillo de las hileras de ventanas de Thornton, que se erguía en la colina que había sobre la carretera. A aquellas horas, el estadio estaría vacío. Las habitaciones de la residencia habrían quedado libres, listos para la ronda de limpieza general y para la siguiente hornada de estudiantes de primer curso. Los graduados saldrían de celebración con su familia y con sus amigos. En la escuela solo quedarían los encargados de las flores y del *catering*, deshaciendo los arcos florales y recogiendo las mesas repletas de aperitivos.

En un año normal, el día de graduación en Thornton era un acontecimiento muy importante. Después de pasar cuatro años pagando una fortuna para que un hijo estudiara allí, las familias tenían derecho a celebrarlo. Sin embargo, en aquella ocasión, la tradicional y fastuosa recepción se había reducido, ya que parecía una falta de respeto dar una gran fiesta justo después de la muerte de Mark. Las familias tendrían que encontrar un modo alternativo para festejar la ocasión. Ella había oído decir que las grandes fiestas privadas no se habían cancelado.

Hasta la muerte de Mark, la vida en Thornton era buena. Algunos de los profesores eran increíbles, y siempre la habían animado a que aceptara los retos.

Aquel día debería haber sido la culminación de todo su duro trabajo. En lugar de eso, se sentía vacía y perdida.

Guardó el libro, inclinó la cabeza hacia atrás y cerró los ojos. «¿Por qué lo hiciste?», le preguntó a Mark. «¿Por qué tenías que ir a esa fiesta estúpida de los Buccaneers?».

El autobús llegó a la parada y la puerta se abrió. El vehículo estaba equipado con un portabicicletas en la parte delantera y un portatables en la parte trasera. Se subieron unos cuantos surfistas ruidosos y se tumbaron en los asientos, con el pelo tieso de la sal y la piel oscurecida por el sol y la salmuera del mar. Nikki subió también, y le mostró al conductor su pase de estudiante. Saludó con la cabeza, y respondieron varios lugareños. Después se sentó y se puso a mirar el paisaje por la ventanilla. La ruta del autobús seguía la carretera de la costa hasta el pueblo. A veces tenía la sensación de que conocía aquella parte del mundo centímetro a centímetro.

Como en muchas partes de la costa, había una franja de viviendas de aspecto abandonado en la parte alta del pueblo, donde el bosque se inclinaba hacia el este, hacia las colinas. En aquella zona, que llamaban eufemísticamente «de precios asequibles», vivía gente de clase trabajadora, los que tenían servicios y comercios en Alara Cove. Más cerca de la ciudad, las viviendas y establecimientos tenían un ambiente elegante y costero.

En la última curva de la carretera estaba el puerto deportivo y se veía un bosque de mástiles altos y cables que cantaban con la brisa. Allí también estaba amarrada una pequeña flota pesquera que ofrecía excursiones de pesca a los turistas. Había lanchas y botes de todos los tamaños, incluso algunos yates muy grandes con toboganes y helipuertos. La isla de Radium estaba comunicada con la tierra firme por medio de un puente arqueado.

El barrio del puerto contaba con muchos comercios y negocios para el turismo. Había tiendas de velas, de aparejos de pesca y cebo, baños bien equipados con ducha y lavandería y un pequeño supermercado llamado Marina Mart. Ella no había vuelto a entrar a aquel local desde el sexto curso. Con solo acordarse de lo que había sucedido, se echaba a temblar. Siempre recordaría aquel día como la gota que había colmado el vaso, cuando su padre había decidido rendirse con ella y dejarla en casa de la señorita Carmella.

Llevaba todo el día en Town Beach y había tenido que hacer una parada en el baño del puerto deportivo. Aquel servicio estaba reservado a los usuarios del puerto, que pagaban una tarifa por las duchas y la lavandería, pero ella siempre encontraba la forma de entrar. Aquel día había descubierto cuál era el código de la puerta observando a una familia que acababa de entrar en el puerto en un yate Nordhaven. Esperó a que entraran al baño y, después, con una actitud despreocupada, tecleó el código y entró también.

Para su horror, descubrió que había empezado su período por primera vez. Tenía una mancha en la ropa interior y en los vaqueros decolorados. Aquello era un desastre. Sintió pánico. Estaba completamente segura de que todo el mundo iba a darse cuenta.

Intentó controlar la respiración. Solo estaba teniendo el período, no era necesario caer en el pánico. Aquello era de esperar y ella sabía lo que estaba ocurriendo. Sin embargo, se sentía mortificada por culpa de las manchas en la ropa. Ojalá tuviera una madre para poder confiar en ella, para que le diera un abrazo y la consolara y le preguntara si necesitaba un analgésico y una botella de agua caliente. Ella le enseñaría cómo se utilizaban los tampones...

Pero su realidad era muy diferente. Su padre y ella

evitaban hablar de esas cosas. Y ella prefería comer gusanos antes que hacerle preguntas de ese tipo.

Con la espalda pegada a la pared, miró a su alrededor y vio que solo había una mujer mayor hojeando una revista antigua. No había nadie más, así que, con una actitud indiferente, se acercó sigilosamente a una secadora que estaba desatendida, la abrió y comprobó que la ropa aún estaba tibia. Encontró unos pantalones cortos y se los puso por encima de los pantalones vaqueros.

Salió rápidamente del baño y entró en el supermercado del puerto. Recorrió los pasillos estrechos y pasó por delante de las estanterías, que estaban abarrotadas de género. El cajero estaba ocupado cobrando a un cliente y solo había unas pocas personas más comprando refrescos y helado.

Encontró una caja pequeña de tampones, se la metió al bolsillo y salió corriendo por la puerta con el corazón acelerado. Fue un acto desesperado. Pero no pudo salirse con la suya, porque se encontró con un señor que llevaba una cesta de ropa y le cortaba el camino.

—Devuélveme mis pantalones cortos ahora mismo —le dijo.

Y, a su espalda, el cajero señaló el bulto que tenía en el bolsillo.

—¿Vas a pagar eso?

Al recordarlo, Nikki aún se estremecía. La obligaron a devolver los pantalones y el cajero le dijo que se sentara en un banco junto a la salida del supermercado mientras llamaban a su padre. Por supuesto, ella no lo hizo. Salió corriendo, tomó la bicicleta y volvió a casa sin parar. Cuando llegó al parque de caravanas, su padre estaba esperándola con cara de enfado.

—¿Has robado en una tienda? —le preguntó, mientras ella intentaba pasar por delante de él—. ¿Qué demonios es eso?

—Necesitaba una cosa —respondió ella, en un tono de voz desafiante.

—Entonces, deberías habérmelo pedido.

—Es personal.

—Entonces, no deberías haber dejado que te pillaran.

—Discúlpame —dijo ella—. Necesito ir al baño.

—Estás castigada.

—¿A no ir al baño?

—Demonios, Nikki, ¿por qué tienes que ser así? —preguntó él, mientras se pasaba la mano por el pelo con exasperación—. No te he educado para que seas una mentirosa ni una ladrona.

—No me has educado en absoluto —replicó ella.

—¿Qué eso que necesitabas tanto como para robarlo?

Ella notó que le ardían las mejillas.

—Cosas. Cosas de chicas.

—¿Qué...? —preguntó él, con verdadero desconcierto.

—Tampones, papá —dijo ella, por fin—. Necesitaba tampones.

Su padre se quedó callado y quieto el tiempo suficiente como para que ella pudiera pasar. Entró, recogió sus cosas y fue hacia la ducha exterior. Detrás de las tablas desgastadas se quedó bajo el chorro hasta que se terminó el agua caliente. Después, se metió una capa gruesa de servilletas de papel en las bragas, se encerró en su pequeña habitación de la caravana y lloró tanto que le dolió el pecho.

Cuando salió estaba atardeciendo y su padre no estaba por ningún sitio. Pero al lado de su puerta había una bolsa de papel de la droguería con media docena de productos para la higiene íntima.

Aquel día del hurto fue un punto de inflexión en varios sentidos. Aunque ella no lo supiera, fue el comienzo de un capítulo nuevo.

A la mañana siguiente, su padre la llevó a casa de la señorita Carmella Beach.

Carmella y su padre se conocían desde hacía mucho tiempo, aunque Nikki no sabía nada de su historia. Pero, aquel día, los dos estaban muy serios.

—Vas a quedarte con la señorita Carmella durante una temporada —dijo su padre.

—Quedarme... ¿te refieres a dormir?

—Durante una temporada —repitió él.

—¿Qué pasa, que por fin los servicios sociales han decretado que no eres apto como padre? —respondió ella.

—Oye, ten cuidado con lo que dices...

—No, así, no —dijo Carmella, y se giró hacia Nikki—. Aquí eres bienvenida. Me encanta que vayas a quedarte.

—Así que no tengo elección.

—Lo que ocurre es que estás creciendo y te vendría bien estar bajo la influencia de otra mujer —le dijo su padre.

Y así fue como se quedó huérfana. No estaba oficialmente bajo la tutela de los servicios sociales, pero el resultado era el mismo. Era una chica sin padres que tenía que vivir en un hogar de acogida. Su padre casi nunca aparecía. Estaba todo el tiempo trabajando en el parque de caravanas, haciendo surf y organizando exhibiciones de surf. Aquel invierno se fue a un campamento de surf en Costa Rica, por trabajo, según le dijo. También le dijo que podía volver a vivir con él cuando quisiera, pero ella solo volvió al parque de caravanas en verano, para ayudar y dar clases de surf a los turistas.

La casa de la señorita Carmella era mucho más un hogar que la vieja caravana Airstream de su padre.

Lo cierto era que a Nikki siempre le había caído bien Carmella, por muchos motivos. Ellas también se habían conocido hacía mucho tiempo, en una ocasión en que Carmella puso su caballete al borde del mirador que estaba junto al parque de caravanas. A ella le encantaba volver a ese sitio una y otra vez. Su principal objetivo era Cypress Point, una extensión de tierra coronada por un macizo de cipreses costeros que creían inclinados por la acción del viento, como si estuvieran en movimiento perpetuo huyendo del agua. La señorita Carmella decía que era su vista favorita de todo California y parecía que le encantaba pasarse las horas pintando aquella escena en todos sus aspectos.

—Es mi Mont Sainte-Victoire personal —decía—. Es el nombre de la montaña de Cézanne, al sur de Francia. Él pintaba esa montaña una y otra vez, a diferentes horas del día, en todas las estaciones.

Nikki se abrazó las rodillas contra el pecho, apoyó la barbilla en ellas y contempló la escena.

—Es bonito. Pero siempre es lo mismo.

—Sí y no —dijo Carmella—. Al igual que una persona, muestra diferentes facetas dependiendo de lo que esté sucediendo alrededor y lo que el artista tenga en la cabeza. Algunos días es un paisaje brillante y claro y, otros días, está envuelto en niebla. La vista es distinta al amanecer, al atardecer y al anochecer. Cuando hay una luna brillante, se ve su silueta plateada. Cada vez que pinto Cypress Point veo algo nuevo. No solo en el paisaje, sino también en mí misma.

Nikki se había quedado hipnotizada con aquel proceso, al ver el caballete, la pintura de diferentes colores, las pinceladas rápidas y las pausas que transformaban un lienzo en blanco en una escena llena de matices.

En aquel tiempo parecía que a Carmella le gustaba tener un poco de compañía, aunque ella fuera tan pequeña. Se sentaba en la duna de hierba, junto a la pintora, y la veía trabajar. Carmella le explicó que *plein air* era la traducción en francés de «al aire libre».

—Es una maravilla salir de las cuatro paredes de casa —dijo—. Aquí somos libres de pintar lo que vemos y eso es tan importante como pintar lo que sentimos.

Un día, cuando ella tenía unos seis años, Carmella le dio unas cuantas herramientas básicas: un caballete de madera tamaño infantil, una caja de pinturas y varios pinceles. Le enseñó a asegurar un papel en la tabla con cinta adhesiva y a captar una escena pintando desde la observación. Alabó sus primeros intentos y, cuando Nikki oyó las alabanzas, se sintió como si midiera tres metros.

No estaba segura de en qué momento su curiosidad por la pintura se había convertido en una pasión, pero pensaba que fue un día que estaba con Carmella y tuvo la sensación de que la pintura que tenía en el caballete empezaba a bailar con una energía especial, como si estuviera viva.

Carmella se dio cuenta de que ella tenía un verdadero interés. Pasaba días en el acantilado, junto al parque de caravanas, con su caballete y su lienzo. Y, con el tiempo, sus lecciones se volvieron más técnicas. Le enseñó a componer una escena, enmarcándola y encontrando su punto focal. Entre las dos, observaban el primer plano, el término medio y el fondo, y estudiaban las formas, los colores y las texturas del panorama que se definía en el lienzo. Nikki aprendió a utilizar los pinceles, a mezclar los colores, a componer la escena y a jugar con las luces y las sombras. Enseguida supo darle vida a las escenas y hacerlo rápidamente, porque un cambio en el tiempo podía alterarlo todo. Creó escenas con la confianza y la audacia únicas de una niña. Su padre decía que pintar era lo único que conseguía que Nikki se quedara quieta más de una hora.

Carmella era la dueña de la Beach Gallery, una galería de arte que estaba en el pueblo, y allí exhibió su trabajo, como el de otros artistas locales. Carmella tenía un gusto increíble y su escaparate siempre conseguía que la gente se detuviera y se quedara echando un vistazo.

Nikki bajó del autobús en su parada, delante de la galería, a cuatro manzanas de casa de Carmella. Era difícil creer que hubiera vivido seis años en su casa, y más difícil aún creer que fuera a mudarse. Tenía dieciocho años y había terminado el instituto, y era hora de que encontrara su propia vida.

Inundada por una avalancha de recuerdos y emociones, recorrió la corta distancia que había desde la parada hasta casa de la señorita Carmella. Allí había transcurrido un tercio de su vida, y ella intentó ordenar sus sentimientos: dolor, pena, arrepentimiento, impaciencia, temor... Pero, sobre todo, sentía gratitud. Allí fue donde descubrió todas las posibilidades que le ofrecía la vida. Después de todo, tal vez su padre hubiera hecho lo mejor al mandarla a vivir allí. Todavía sentía el escozor de su rechazo, pero, probablemente, él había tomado una buena decisión.

La finca Beach era muy especial. Sus jardines eran mágicos y la casa era muy grande, de piedra y madera. Tenía una extraña variedad de habitaciones: biblioteca, salón, cuarto de la limpieza, cuarto de juegos, solárium. La había mandado construir el famoso actor negro Henry Beach hacía más de cien años. Fue un pionero en la industria cinematográfica y tuvo una relación amorosa con una mujer blanca, con quien se casó a pesar de que en California los matrimonios interraciales fueron ilegales hasta el año 1967.

Carmella siempre decía que ella no quería vivir en ningún otro lugar que no fuese aquella casa que había construido su abuelo, aunque fuera demasiado grande para una sola mujer. No tenía interés en casarse, según le había dicho a Nikki, pero adoraba tener una familia, y los niños a quienes acogía eran su familia para ella.

Se preparó antes de entrar, sabiendo que la señorita Carmella querría hablar sobre lo que había sucedido durante la ceremonia de graduación. Respiró profundamente y subió al porche delantero, donde había aspidistras y begonias en cestas colgantes, campanillas y atrapaluces.

—¿Carmella? —dijo, al entrar por la puerta.

—Estamos en el solárium, charlando —dijo la señorita Carmella.

Nikki llevó su bolsa de lona a su habitación y la dejó sobre la cama. Su teléfono móvil estaba en la mesilla y la luz roja parpadeaba de un modo atemorizante. Vio que tenía muchísimos mensajes, y el primero era de su padre. Lo leyó y se estremeció.

Después, dejó el teléfono en la mesilla y fue al solárium, un santuario lleno de luz que tenía vistas al jardín trasero.

La señorita Carmella le señaló una bandeja de té verde con hielo, lo que solía tomar por las tardes. Se sirvió un vaso pequeño y le dio un sorbito. El sabor amargo y áspero le pareció algo como un castigo.

Shasta estaba descansando en una tumbona con los gatos y una novela muy gruesa. Shasta leía libros del mismo modo que un atleta hacía deporte, con una concentración y una dedicación totales. También le obsesionaba experimentar con el pelo y el maquillaje. Aquel día tenía mechas moradas en el pelo, llevaba una sombra de ojos violeta y se había pintado las uñas de color granate oscuro.

La señorita Carmella animaba a Shasta a que se amara a sí misma, que amara su mente y su cuerpo. Pero, por supuesto, los niños del colegio atacaban rápidamente a todo aquel que fuera un poco diferente. Shasta había aprendido a ignorarlos.

—A lo mejor lo único que tengo que hacer es

acostumbrarme a mi cara —decía, mirando su espléndida imagen en el espejo.

En aquel momento, Shasta alzó la vista, vio a Nikki, hizo un globo de chicle y lo explotó.

—Bueno —dijo—. Tu discurso.

—Mi discurso —repitió Nikki, y miró a la señorita Carmella.

Carmella, como siempre, estaba tan impecable como si fuera una obra de arte, misteriosa y complicada como su herencia mixta. Tenía un don para combinar colores y texturas con alguna joya grande, como un precioso medallón o una pulsera.

—Viste siempre bien, porque nunca sabes a quién te vas a encontrar —les decía a las chicas.

En aquel momento, Carmella observó a Nikki con una expresión tranquila.

—¿Cómo te sientes al respecto? —le preguntó.

A Nikki se le encogió el estómago.

—Mi padre y yo tenemos que ir mañana a una reunión con el director. Acabo de ver el mensaje en mi teléfono. Así que supongo que me he metido en un buen lío.

—¿En un buen lío? ¿Cómo de bueno? —le preguntó Shasta.

—Espero que no sea tanto lío para mí como para la escuela —dijo ella. Se dio cuenta de que a Carmella le cambiaba la expresión del rostro—. Sé que adoras Thornton —añadió—, pero a Mark le ocurrió algo muy malo y ellos lo están ocultando, y eso no está bien.

—Especular no es buena idea —dijo Carmella—. Y el mero hecho de conocer el carácter del chico no va a convencer a nadie.

—¿Ni siquiera a ti?

—Sin pruebas, solo servirá para alargar la agonía de lo que ocurriera.

—¿Y cómo van a encontrar las pruebas si no investigan?

—A lo mejor lo están haciendo y no te lo han dicho. Y tal vez encuentren algo. Esta situación no está en tus manos. No es cosa tuya —respondió Carmella.

Sin embargo, Nikki sentía una gran angustia, porque había más cosas que podía decir sobre aquella noche. Sabía que podía contarle cualquier cosa a Carmella, pero era su palabra contra una conspiración para silenciarlo todo.

Carmella terminó su té y dejó el vaso en la bandeja. El momento pasó.

—Id a cambiaros —dijo Carmella—. Vamos dando un paseo a Playa Bonita, a cenar unos tacos.

Cenar tacos siempre era buena idea. Nikki y Shasta subieron a su habitación. Nikki se puso una falda vaquera y una camiseta. Se estaba cepillando el pelo para quitarse la arena cuando Shasta le dio una bolsa de regalo de la White Rabbit Bookstore, la librería del pueblo.

—Te he comprado un regalo de graduación.

—Ay, gracias —dijo ella. Miró la portada del libro, que era un cuadro abstracto de colores vivos—. *Colors of Dreamtime*.

—Me lo leí de una sentada —dijo Shasta—. Lo escribió una artista indígena de Australia. Odiaba su vida, así que pintó un futuro nuevo para sí misma y todo empezó a hacerse realidad. Parece una locura, pero yo no podía dejar el libro.

Ojalá ella pudiera pintarse un futuro nuevo. Era una pintora bastante buena, tanto como para haber podido enviar su portafolio a la Universidad del Sur de California, pero no tan buena como para pintar sus arrepentimientos y descartarlos y, después, bosquejar un resultado distinto.

—No tenías por qué hacerme un regalo, Shasta.

—Bueno, la graduación es algo muy importante. Y en la librería me hacen descuento por lectora asidua.

—Ni siquiera sabemos si me he graduado de verdad —dijo Nikki, con tristeza—. Me marché antes de tiempo, ¿no te acuerdas?

Miró a su alrededor. Ya había empezado a recoger sus cosas.

Había quitado sus posters y las fotografías del corcho que había sobre su escritorio.

—No puedo creerme que te marches —dijo Shasta, dejándose caer, boca arriba, sobre su cama.

—Voy a echarte de menos. Quiero que hagamos la promesa de que seremos hermanas de por vida.

—Hicimos esa promesa por Navidad hace seis años. ¿No te acuerdas?

A Nikki se le formó un nudo en la garganta.

—Oh, Dios mío. ¿Cómo es posible que se me haya olvidado? Soy horrible.

—Sí, pero sigues siendo mi hermana —dijo Shasta.

Las dos chicas se miraron durante un momento.

—A lo mejor se me ha olvidado eso —dijo Nikki—, pero recuerdo lo demás casi minuto a minuto.

Ella tenía doce años, y Shasta, once, cuando se habían conocido. Shasta había llegado a casa de Carmella a través de los servicios sociales. El día de Nochebuena, su madre la había dejado en la puerta de casa de Carmella como si fuera una maleta. Shasta estaba conmocionada y tenía la mirada baja cuando Carmella la metió en casa. La niña casi no dijo nada mientras se tomaba un plato de sopa de fideos y unas tostadas. Mientras la señorita Carmella intentaba, sin éxito, ponerse en contacto con los servicios sociales, Shasta había ingerido la comida con una eficiencia mecánica. Miraba a Nikki a través de un flequillo demasiado largo que le tapaba los ojos. Su semblante reflejaba dolor y desconfianza, y Nikki se preguntó por cuántas cosas habría pasado aquella niña.

Desde entonces habían compartido aquella habitación, la que Carmella llamaba «el dormitorio real» porque estaba en el piso superior y tenía dos camas de un metro cincuenta de ancho por dos de largo bajo un techo a dos aguas. Aquella Nochebuena, Shasta salió de la ducha húmeda y hundida, vestida con un jersey descolorido de los Dodgers y unos calcetines gruesos. No era menuda, pero parecía que se perdía en aquella cama tan grande. Cuando se apagaron las luces, las dos niñas se quedaron a oscuras observando el suave brillo de la iluminación de Navidad que habían colgado bajo los aleros.

Nikki estaba quedándose dormida cuando oyó el inconfundible sonido del llanto. Sin decir una palabra, se levantó y fue de puntillas hasta la cama de Shasta, se metió bajo la manta y la abrazó. Shasta olía a champú, a pasta de dientes y a tragedia.

—Tranquila —le susurró Nikki—. Yo también lloré mucho cuando llegué aquí por primera vez. Y resultó que estaba llorando de alivio.

—¿De verdad? —preguntó Shasta.

—Te lo prometo. Tenía muchos problemas y me estaba aguantando como si me diera miedo dejarlos salir, porque iba a quedarme vacía como un traje de neopreno sin nadie dentro.

Aquella había sido la primera noche que habían pasado juntas, la primera de muchas. Y, en aquel momento, se enfrentaban a una vida separadas.

Shasta se puso de pie y le tendió la mano.

—Vamos a cenar tacos.

Bajaron las escaleras y se reunieron con la señorita Carmella. Las tres salieron de casa y comenzaron a andar lentamente hacia el centro del pueblo justo cuando empezaban a aparecer las multitudes al anochecer. A aquellas horas empezaban a encenderse las luces de los escaparates y los restaurantes desplegaban los toldos y colocaban las pizarras con el menú en la puerta. En algunos establecimientos había letreros con felicitaciones a los graduados del instituto del pueblo y de

Thornton Academy. Seguramente, las mesas de los mejores restaurantes llevaban meses reservadas.

Nikki sabía que varias familias de Thornton iban a dar fiestas para celebrar la graduación de sus hijos. Ella estaba invitada a tres: a la de Max Romberg, cuyo padre había dirigido una serie de exitosas películas de acción; a la de Jamila, que iba a celebrar su fiesta en el Club de Campo de Alara Cove y que tenía una familia muy numerosa; y a la de los Sanger, que celebrarían la fiesta en su mansión con vistas al mar. En el colegio, Jason no presumía de la riqueza y el estatus de su familia, pero sí se las había arreglado siempre para transmitir la idea de que los Sanger eran los más ricos de la zona.

Por supuesto, después del espectáculo de aquel día, no iba a ir a ninguna de aquellas fiestas. Carmella se dio cuenta de lo que sucedía y se mantuvo alejada de los restaurantes elegantes. El pequeño y discreto local al que fueron atendía a los lugareños y no estaba preparado para acoger grandes fiestas.

Encontraron mesa en la terraza, mirando al mar. Nikki pidió su taco preferido, el de aguacate frito, pero tenía el estómago revuelto y apenas pudo comer. Sonaba una música de mariachis muy animada y la brisa jugueteaba con las banderillas que había colgadas por la terraza.

—Qué noche más bonita —dijo Shasta.

—Y qué tiempo más agradable —añadió la señorita Carmella.

—Echo de menos a Mark —dijo Nikki, y se echó a llorar.

—Es lógico —dijo Carmella—. Estabais muy unidos, y lo querías mucho.

—Sí —dijo Nikki—. Todo el mundo lo quería.

Mark solía ir a casa de Carmella y las acompañaba en el estudio, entreteniéndolas con la lectura de obras de teatro, que eran su pasión.

—El amor no se esfuma cuando pierdes a alguien —dijo Carmella—, y no creo que tú quieras que suceda eso. Atesora los recuerdos, cariño, y mantén a Mark vivo en tu corazón.

—No es lo mismo.

—Ya lo sé, pero es lo único que tienes, y tendrá que ser suficiente.

Nikki se puso de pie mientras trataba de contener las lágrimas.

—¿Me perdonáis? Creo que es mejor que vaya a ver a mi padre para hablar de la reunión que tenemos mañana en el colegio.

—Puedo llevarte —dijo Carmella.

—Mejor voy en mi bicicleta. Y me quedo a dormir en casa de mi padre.

—Ponte el casco —le dijo Carmella—. Y no apagues las luces intermitentes.

—Claro —respondió Nikki. Se agachó y las abrazó a las dos—. Gracias por la cena. Mañana os contaré lo que ha pasado.

Capítulo 6

Cuando Nikki llegó a Beachside Caravans ya era de noche. La parcela tenía una maravillosa situación sobre un acantilado, con vistas a la mejor playa de surf de la zona, y esa era prácticamente la única virtud que podía hacerla famosa. En la entrada había un viejo letrero de neón del que, desde hacía muchos años, faltaban las letras e y a de la palabra «beach». Aquel neón había sido siempre como un faro para ella, porque, cuando era pequeña y estaba en la playa, se veía perfectamente desde la arena.

A veces en mitad de la niebla o en las mañanas oscuras, cuando iba a hacer surf al amanecer con los primeros surfistas del día, la luz de la señal era la única cosa que podía guiarla de nuevo a casa.

La colección de caravanas Airstream había sido idea de un hombre llamado Boone Garrity que, en los años sesenta, había conseguido la concesión de aquella parcela de cuatro hectáreas por parte del ayuntamiento. Boone, que era conocido por sus excentricidades, había adquirido las caravanas Airstream en comunas culturales y las había reconvertido para los surfistas. Y la gente había encontrado el lugar de esa extraña manera que tenían los surfistas de aprovechar una red secreta que hacía correr la voz sobre dónde estaban las mejores playas, las mejores áreas de descanso y los mejores sitios para dormir a un precio asequible.

Durante mucho tiempo, según su padre, aquel lugar para surfistas fue el secreto mejor guardado. Gente como los Sanger se quejaron de que el parque de caravanas era una monstruosidad que destrozaba el paisaje y de que atraía a gentuza. Acosaron a Boone por el mantenimiento con la esperanza de que él se marchara de allí, pero Boone se mantuvo firme. A los verdaderos surfistas no les importaba que las caravanas fueran antiguas y extravagantes. Eran quisquillosos con las olas, no con el alojamiento.

Guy Graziola se había criado haciendo surf en Ship Bottom, en Nueva Jersey. Había aprendido a hacer aquel deporte cuando era pequeño, con el legendario Ron Dimenna, el fundador de la famosa tienda de surf Ron Jon. Dejó los estudios en el instituto y se peleó con sus padres, y apareció por Alara Cove con su tabla, su camiseta de Ron Jon, su acento de Nueva Jersey y poco más. Boone le ofreció trabajo dando clases de surf y encerando las tablas a cambio de propinas.

Cuando Boone enfermó, no tenía familia que lo ayudara. Fue Guy quien lo cuidó hasta el final. Antes de morir, Boone le dijo a Guy que cuidara de aquel lugar y que fundara su hogar al lado del mar.

Guy Graziola se quedó tan sorprendido como los demás cuando descubrió que Boone le había dejado todas las caravanas del parque sin ninguna carga. El terreno en sí era propiedad del ayuntamiento, así que la herencia no era muy grande. Pero el ayuntamiento renovó la licencia de explotación y Guy se hizo cargo del parque. Aunque sabía que no tenía cabeza para los negocios, contaba con sostenerse gracias a su pasión por el surf.

Sin embargo, nunca hubiera imaginado que iba a tener familia. Conoció a una chica llamada Lyra

Wilson. Acababa de terminar el instituto y había ido con sus amigos, en coche, desde Indiana a California, porque estaban deseando escaparse de la tediosa vida del Medio Oeste. Ella no tenía demasiado dinero, pero consiguió un trabajo de camarera en el pueblo, en el Surfside Café. Coqueteó con Guy hasta que lo convenció de que la enseñara a surfear. Guy la convenció para que se enamorara de él. Ella se quedó embarazada, así que se casaron y empezaron a vivir juntos en la caravana del encargado, que estaba al final del terreno.

Menos de un año después, Lyra había muerto y él se había quedado con una niña recién nacida. Estaba muy ocupado dirigiendo el parque y la escuela de surf. A ella la dejaba con el primero a quien pudiera convencer de que se la cuidara. Cuando Nikki creció, empezó a darse cuenta de que, probablemente, la aventura de amor de sus padres no había ido tan bien. Tenían diecinueve y veinte años cuando ella nació, lo cual no era una garantía de éxito a largo plazo. Su padre ignoraba las preguntas que ella le hacía sobre el matrimonio. «Por supuesto que quería a tu madre», le decía. «Me casé con ella, ¿no? Tuvimos una hija. Si eso no es amor, no sé qué es amor».

No, claramente, no lo sabía. Ella, tampoco, pero estaba abierta a las posibilidades. Cuando se sentía romántica, se imaginaba que sus padres habían estado muy enamorados, pero que su amor no había tenido la oportunidad de crecer y echar raíces.

Que ella supiera, lo único que su padre amaba de verdad era el surf. Cuando era muy pequeña aún se había dado cuenta de que la puerta a su corazón tenía forma de tabla de surf. A veces hablaba de su madre.

—Ella era una surfista nata, como tú. Simplemente, empezó a hacerlo.

Eso se lo decía a menudo, y Nikki se sentía frustrada.

—Háblame de ella, no me hables solo del surf —contestaba ella, porque estaba desesperada por poder construir una madre viva tan solo de recuerdos y aire—. ¿Cómo era?

Cuando su padre hablaba de su madre, su mirada se volvía distante.

—Tienes que comprender que estuvimos juntos muy poco tiempo. La conocí solo un año.

A Nikki siempre le resultaba muy doloroso oír aquello. Se habían conocido y se habían enamorado. A los pocos meses, ella se había quedado embarazada y se habían casado. Guy le dijo que su madre era bella y delicada como una mariposa. Tratar de imaginársela era como pegar una foto rota con cinta adhesiva.

—Yo no llegué a conocer a la madre de Lyra —le dijo Guy—. Vive en Indiana. Y Lyra no conoció a su padre. Se vino a vivir aquí y estábamos los dos solos, y pensábamos que no íbamos a necesitar a nadie más. Cuando murió, para mí fue lo más triste del mundo. Lo único que me mantuvo en pie fuiste tú.

Nikki nunca había obligado a su padre a que le contara los detalles de la muerte de su madre. Él solo le había dicho que había sido una sobredosis accidental, y lo había dejado así. Ella intentaba creer que su padre le había enseñado a nadar y a hacer surf porque quería hacer cosas con ella. Pero, al crecer, el vínculo se había debilitado. Al final, se había dado cuenta de que su padre necesitaba alguna manera de mantenerla ocupada.

Giró con la bicicleta y entró por el camino de gravilla que dividía las filas de Airstreams. Acababa de empezar el verano, pero parecía que todas las caravanas estaban ocupadas. Iba a hacer buen tiempo, lo que significaba que todo el mundo iría a la playa, y el parque de caravanas era el sitio favorito de la gente que buscaba un sitio barato para dormir.

A aquella hora, cuando la puesta de sol lo teñía todo de dorado, el parque no estaba tan mal. Era una colección de caravanas llenas de campistas felices que charlaban en los patios, tomando una cerveza o comiendo cucuruchos de patatas fritas y almejas, mientras anochecía en la playa.

Nikki se detuvo enfrente de la caravana de Patsy. Patsy Hayward vivía en una de las caravanas con sus dos niños. Estaba separada y estaba pasando una mala racha, así que su padre dejaba que viviera allí a cambio de que trabajara en el mantenimiento y la limpieza del parque.

Patsy estaba en su porche, fumando un cigarrillo y mirando el anochecer. Se oía el débil sonido de un programa infantil a través de la puerta mosquitera de su caravana. Tenía cara de preocupación, pero sonrió al ver a Nikki.

—Hola, surfista.

—Hola. ¿Qué tal estás?

Patsy exhaló una nube de humo.

—Lo siento —dijo—. Ya sé que es un hábito perni-cioso.

Apagó la colilla en una lata de café llena de arena.

—Yo no juzgo —dijo Nikki—. ¿Qué ocurre?

—Problemas con mi exmarido. Está retrasándose en el pago de la manutención de sus hijos, y lo único que da son excusas.

Patsy apareció una noche en el parque de carava-nas, cuando ella tenía diez años, con dos niños pe-queños, en pañales, en un coche oxidado. Tenía un ojo morado y le costaba respirar porque tenía varias costillas rotas. Guy dejó que se instalara en una de las caravanas pequeñas, que estaba al lado de la suya.

Poco después llegó un tipo fornido, con aspecto de matón, con un tatuaje en el cuello y un bigote tupido. Entró a toda velocidad, derrapando por la gravilla. Su padre le había ordenado que no saliera de la caravana mientras iba a encargarse de la situación. Nikki escuchó unas cuantas palabrotas, un crujido terrible, una ráfaga de aire y más palabrotas. Un momento después, se oyó el ruido de las ruedas en la gravilla y el hombre tatuado se marchó.

Guy entró en la caravana, se puso un paquete de guisantes congelados en los nudillos y se tomó un chupito de whisky.

El exmarido de Patsy no volvió por allí. Y Patsy nunca se marchó.

—Vaya, parece difícil —le dijo Nikki.

—Supongo que es mejor que tratar con ese hombre, o dejar que se acerque a mis hijos. Saldré adelante. Haré lo que tenga que hacer. Pero me vendría bien oír buenas noticias.

«Mal momento», pensó Nikki.

—No tengo ninguna —dijo, con una sonrisa.

Patsy se la devolvió.

—Pues únete al club. ¿Sabes una cosa? Cuando eres joven, todos los baches parecen el final del camino. Y resulta que no es así. Un bache es un obstáculo que te lleva a un lugar nuevo. Y a lo mejor no sabes qué es hasta que superes el bache.

Nikki pensó que la gente como Patsy ponía las cosas en perspectiva. Su situación le recordó que todo el mundo tenía que enfrentarse a dificultades.

El parque de caravanas siempre tenía algún tipo de problema financiero. El negocio nunca había sido una gran fuente de ingresos, pero mientras el ayuntamiento siguiera alquilándole la parcela a Guy, tenían un techo para resguardarse.

Nikki no sabía cómo podría funcionar el parque sin Patsy. Ella era la que hacía la mayor parte del mantenimiento y de la limpieza, y supervisaba a los pocos empleados que hacían la colada y se ocupaban de la jardinería.

Había un señor en el porche de la caravana

número siete que tocaba suavemente la guitarra mientras sus amigos raspaban y enceraban las tablas. Un niño pequeño, con el pelo largo y sin pantalones, estaba jugando con un camión de juguete mientras sus padres preparaban perritos calientes con un camping gas. Y unos cuantos de los surfistas más mayores, los que llevaban décadas yendo al parque, estaban tomando algo sentados en sillas plegables, y comiendo Fritos y Bugles. Era bien sabido que, cuando uno salía a surfear todo el día, volvía a casa con un hambre voraz.

La caravana de su padre era la más grande de todas, de nueve metros de largo, y estaba situada al fondo del terreno, al lado de los edificios de servicios y de los contenedores de basura. Cerca estaba el aparcamiento y un patio al aire libre. También había un taller mecánico y un almacén para las tablas de alquiler, los trajes de neopreno y el resto del equipamiento. Por las ventanas de la caravana se veían brillar un par de luces. Desde lejos, la escena parecía acogedora.

Nikki había pasado las noches de su infancia tumbada bajo el techo curvo de la caravana, mirando las estrellas por una ventana pequeña y redondeada. En verano había un grupo de estrellas que ella sabía detectar perfectamente. Su padre le había dicho que esa constelación se llamaba Lyra, y ella había decidido que su madre vivía allí, inalcanzable, pero vigilante.

Con un profundo suspiro, bajó de la bicicleta y la dejó inclinada en el suelo.

—Hola, papaíto —dijo, al entrar en la caravana.

—Hola. ¿Tienes hambre?

Él estaba sentado en la mesita, leyendo el periódico y comiendo algo.

—Siempre —dijo Nikki.

Casi no había comido nada de sus tacos en Playa Bonita y, al final, el viaje en bicicleta cuesta arriba le había abierto el apetito. Su padre estaba comiendo un pastel de Fritos, uno de sus platos básicos. Era una capa de Fritos cubiertos con chile picante y queso. Cuando se ponían sofisticados, le ponían nata agria y cebollino por encima.

Nikki tomó un cuenco, se sirvió y se sentó frente a él.

—Te volviste rebelde en tu graduación.

—No podía quedarme callada. Tenía que decir algo.

—No tenías por qué hacer nada.

—Alguien tenía que hacerlo. Mark no tomaba drogas, pero ellos dijeron que era un drogadicto y que tomó una sobredosis, y eso está muy mal. Pero nadie más quiso hablar.

—Algunas veces, una sobredosis es solo eso, una sobredosis —dijo él, y la miró con los ojos entrecerrados—. Casi siempre.

—Esta vez, no.

Él terminó su comida.

—No importa. La escuela va a hacer todo lo posible por tapar este asunto. Thornton necesita proteger su reputación. La gente no mandará allí a sus hijos si piensan que es un sitio peligroso.

—Es peligroso si te dejas atrapar por los Buccaneers, como hizo Mark.

—Entonces, puedes abordarlo en la reunión de mañana con el director.

—Sí, lo voy a hacer.

—Pero no esperes que te crea.

—La hermana de Mark estaba allí.

—¿En serio? Entonces, ella es el as que tienes en la manga. Y, si no quiere hablar, puede que tenga un motivo.

Los dos se quedaron callados. Nikki notó una opresión en el pecho. Al mismo tiempo, era como un vacío. Mark se había ido del mundo y le había dejado un vacío de dolor y confusión.

—¿En qué estás pensando? —le preguntó su padre.

Ella no quería hablar más de Mark. El hecho de pensar en aquella noche hacía que se sintiera peor todavía.

—Me estaba preguntando una cosa. ¿Alguna vez has soñado con tener una vida diferente?

—¿A qué te refieres?

—A que si no hubieras querido hacer algo diferente.

—Sí, soñé con una vida diferente —dijo él—. Por eso terminé aquí.

Nikki no podía dormir, así que fue a sentarse delante del viejo ordenador de su padre. Aquellos últimos años, todo el mundo había empezado a utilizar Facebook para decirle al mundo, instantáneamente, qué estaban haciendo. Ella había creado un perfil en la página, pero no estaba tan interesada como para publicar fotografías o interactuar con otra gente. En realidad, se limitaba a mirar. Era una mirona, como le decían a veces.

Así era ella. Siempre estaba fuera, mirando, como la noche en que había perdido a Mark.

Por mucho que lo intentara, no podía dejar de pensar en cómo había sucedido todo. Le daba vueltas y más vueltas y se preguntaba si debería haber hecho algo distinto, y si habría conseguido evitar la tragedia.

Como eran más de las diez, las luces ya estaban apagadas cuando fue a buscar a Mark aquella noche. Tenía bastante puntería para tirar guijarros al cristal de la ventana de su dormitorio, pero él no se asomó. Después de un rato, dejó de intentar llamar su atención.

Mientras desandaba el camino por el cuadrilátero y volvía a la parte trasera del teatro, donde había dejado su bicicleta, se mantuvo en las sombras y evitó las luces de los detectores de movimiento. Gracias a Cal Bradshaw, que, por supuesto, conocía todos los detalles de la iluminación del campus porque su padre estaba a cargo del mantenimiento, ella sabía adónde apuntaban la mayoría de los detectores.

Al oír el ritmo contundente y los acordes de *Suffocate*, Nikki se detuvo a escuchar. El sonido provenía del edificio del teatro, en cuyo piso bajo estaba la salida de incendios y cuyas puertas se abrían a los almacenes de los trajes y accesorios. Un conocido lugar de reunión fuera de horario, aunque, en realidad, ella nunca lo había frecuentado.

La luz que brillaba a través de una de las ventanas del piso bajo iluminaba un objeto que había en el camino. Era uno de aquellos estúpidos trofeos que los Buccaneers entregaban a aquellos que conseguían cumplir los desafíos. Se oían carcajadas entremezcladas con el ritmo del hip-hop. Los Buccaneers estaban de fiesta. Una de sus juergas, como les gustaba decir a ellos.

No entendería nunca por qué aquel club era tan importante para algunos estudiantes, Mark incluido, sobre todo, aquel curso en el que el encargado era Jason Sanger, que se hacía llamar «capitán» y que imponía pruebas cada vez más temerarias a los miembros de la hermandad.

Mientras se acercaba al edificio, Nikki oyó un sonido que llegaba de algún lugar cercano. Se detuvo con aprensión y caminó lentamente hacia el lugar del que provenían los ruidos, el hueco de una de las ventanas, que estaba entre las sombras. Allí había alguien.

Eran dos, y los gruñidos y gemidos que escuchó eran inconfundibles. Dos sombras se movían en la oscuridad.

Parecía que por fin había encontrado a Mark. Reconoció su voz. Distinguió las frases incoherentes y los jadeos de la pasión, que debía ser privada. No quería avergonzar a Mark en un momento tan vulnerable, así que se dio la vuelta sigilosamente. Sin embargo, el crujido de la gravilla bajo sus pies la delató.

—Mierda —dijo alguien—. Hay alguien allí.

No era la voz de Mark, sino de otra persona.

Las sombras se separaron. Nikki estaba horrorizada, pero no podía esconderse en ningún sitio, así que caminó hacia ellos.

—Eh... Hola, Mark. Soy yo —dijo, en voz baja—. No quería asustarte...

Dos figuras se apartaron de la ventana y ella se encontró cara a cara con Judd Olsten, que olía ligeramente a whisky con canela. Aunque estuvieran a oscuras, Nikki vio el pánico reflejado en su mirada mientras se colocaba la ropa y se alejaba de ella. Judd era un estudiante de tercer año. Su padre era el líder de una gran iglesia del Este del país. Ella lo conocía muy poco, y no sabía que Mark lo conociera en absoluto.

—Eh, no pasa nada —dijo Mark—. Ella es genial...

—Vete a la mierda —dijo Judd, en voz baja—. Vete... a la mierda.

Se dio la vuelta y se alejó corriendo.

Nikki arrastró los pies por la gravilla.

—Ay, Mark. Lo siento muchísimo. No quería...

Él se pasó los dedos por el pelo.

—Sé que no querías.

—No voy a decir nada.

—Ya lo sé. No estoy preocupado por ti.

—No deberías preocuparte por nadie —dijo ella—. Tienes derecho a que te guste quien tú quieras. No es para tanto.

Mark soltó una risa sarcástica.

—Ya. ¿Lo dices en serio, Nikki? ¿No es para tanto?

Ella lo fulminó con la mirada. Su amigo también olía a whisky con canela.

—¿Por qué iba a tener importancia? A nadie le importan ya estas cosas.

—Dios, ¿en qué mundo vives? Ah, es verdad. En el

planeta Alara, donde todo el mundo hace surf y vive en caravanas y finge que el mundo es perfecto.

Ella se estremeció.

—No tienes por qué ser mezquino.

—Mira, mi madre se presenta a las elecciones el próximo noviembre. ¿Crees que no la destruirían por el hecho de tener un hijo gay?

—Eso solo lo haría la gente estúpida que...

—¿La gente estúpida que vota? Y ¿qué crees que le pasaría a Judd?

—No conozco mucho a Judd, pero...

—Sus maravillosos padres lo mandarían a uno de esos campamentos de oración para que se liberara de su homosexualidad a base de rezos.

—¿A...? ¿Cómo? Eso es una ridícu...

—Sí. Y también es algo real.

Mark se tambaleó un poco y se alejó de ella.

—Vete a casa, Nikki. Tú no puedes entenderlo. Yo voy a volver a la fiesta, y tú tienes que acostarte. Este no es tu ambiente.

Ella se estremeció de nuevo. Debía de haberle enfadado mucho por el mero hecho de aparecer.

—¿Que no es mi ambiente? Vaya, Mark...

A ella nunca le habían permitido entrar en el santuario de los Buccaneers, y nunca le había importado. Sin embargo, oírselo decir a Mark...

—¿Por qué lo haces, Mark? ¿Por qué vas con esos chicos?

Él volvió a reírse de forma irónica.

—¿A ti qué te parece?

—Vamos, te acompaño a la residencia.

—No voy a volver.

—¿Vas a ir a su porquería de fiesta, a tomar chupitos con droga? ¿A colocarte? Mark...

—Vete a casa, Nikki. Esto no es para ti.

Entonces, se dio la vuelta, tambaleándose un poco, y bajó las escaleras hasta la puerta del almacén.

Cuando Nikki se quedó a solas, estuvo a punto de echarse a llorar. Se acercó a la ventana y miró al interior. Parecía que la fiesta era divertida. La gente estaba sentada, charlando y riéndose. Se preguntó cómo sería formar parte de aquello. Mark era un idiota por decirle que no podía. Se imaginó entrando en el almacén y convirtiéndose en uno más de ellos. Sin embargo, se estremeció, porque, si la pillaban, tendría un grave problema.

Algunos estaban tomando chupitos de alcohol. Otros compartían bolsas de patatas fritas y latas de refrescos. Algunas parejas se estaban besando tumbadas en los muebles que se habían utilizado en el montaje de *Radium Girls*. Marian McGill estaba sentada en el regazo de Jason Sanger, hablándole al oído y riéndose. Ella no entendía cómo podía gustarle tanto aquel chico. Parecía que estaba orgullosa de ser la novia de Jason.

Todo el mundo estaba feliz en su propio mundo. Y era un mundo del que ella nunca iba a formar parte. Siempre estaría fuera, mirando. Le había costado bastante tiempo y bastantes conversaciones con Carmella, pero, por fin, lo había entendido. La gente que nacía y se criaba en la clase social de los privilegiados era distinta. Lo que a ellos les parecía normal, ir en avión privado, asistir a la alfombra roja de un estreno, acudir invitados a la Casa Blanca, celebrar una fiesta privada e ilícita... Todo aquello nunca sería normal para ella. Era posible que fuera compañera de clase de aquellos chicos. O de equipo deportivo. O del laboratorio. Algunos, como Mark, quizá llegaran a considerarla una amiga. Sin embargo, ella nunca pertenecería a su mundo.

Nikki lo entendía muy bien, después de cuatro años.

Vio que Jason pasaba vasos a varias personas y que la gente se reía, y que cantaba: «¡Bebe, bebe, bebe!». Entonces, se marchó a casa.

Y, ahora, se sentía horrorizada al recordarlo. No sabía que era la última vez que veía a Mark, pero ojalá pudiera dar marcha atrás en el tiempo. Ojalá hubiera entrado al almacén y hubiera interrumpido la fiesta, o la hubiera denunciado a uno de los supervisores. Cualquier cosa, con tal de detener aquellos estúpidos ritos.

Se enjugó las lágrimas y miró el monitor. Muchos de los otros niños de la escuela publicaban sus fotos a tiempo real en Facebook. En aquel momento, la página estaba llena de imágenes de las fiestas de graduación que se estaban celebrando. Vio a algunos de sus compañeros en un yate y a otros jugando en la piscina de los Sanger. Un banquete en la fiesta de los Romberg y... Nikki se sobresaltó. Hizo clic en una fotografía para ampliarla. Era de la fiesta de Jamila en el club de campo. Aquella era la fiesta a la que habían decidido ir Mark y ella. Habían confirmado su asistencia los dos juntos y ella todavía tenía las entradas en forma de birrete, allí, junto al ordenador. Los dos pensaban que sería la mejor fiesta de todas. El organizador de eventos de Jamila había contratado una banda de versiones de los años ochenta, y a Mark le encantaba la música de esa época. Decía que era la única música que conseguía poner a todo un local de pie. A él le encantaba bailar, lo adoraba tanto como ella adoraba hacer surf.

Sin embargo, no fue el grupo de música lo que captó toda su atención.

Fue Marian McGill. Estaba en aquella fiesta, bailando y riéndose con todos los demás.

—¿De verdad, Marian? —susurró Nikki—. ¿De verdad?

Se apartó del ordenador, tomó las entradas y se fue en bicicleta hasta el club de campo, que estaba a un kilómetro y medio de distancia. Pedaleó rápidamente, impulsada por la ira. La noche era preciosa, el cielo estaba lleno de estrellas y el mar resplandecía suavemente.

La fiesta estaba en su apogeo cuando llegó. Dejó las entradas en la mesa de recepción ante la mirada de asombro de la recepcionista. Había una alfombra roja con un telón de fondo que exhibía el logotipo de Thornton y los nombres de los patrocinadores. No aminoró la velocidad, pero las cámaras parpadearon cuando ella pasaba.

La banda de música estaba tocando *Love Shack*, y la gente bailaba y se reía bajo el reflejo de las luces en una bola de discoteca. A un lado de la pista de baile había un fotomatón y, al otro lado, una serie de mesas de banquete. Nikki se detuvo un instante y buscó a Marian con la mirada. La localizó enseguida; estaba con Jason Sanger que, aparentemente, había dejado su propia fiesta para salir con ella. Eran la pareja dorada, atractiva, popular y con un futuro brillante. Todos aspiraban a ser como ellos. Según Mark, su hermana llevaba todo el último curso bajo el hechizo de Jason, midiendo su propia valía según la aprobación de su novio.

Cuando terminó la canción y empezó una melodía más lenta, Marian y Jason se retiraron a un lado de la pista de baile con una postura tensa. Marian se puso de puntillas y le dijo algo al oído a Jason.

Nikki los observó un instante. Nunca había sido muy amiga de la melliza de Mark, pero tampoco eran enemigas. Marian no era mala persona, pero no tenía carácter. ¿Cómo había podido permitir que todos pensaran que Mark era un drogadicto? ¿Y por qué? Alguien debía de haberla convencido para que no dijera nada sobre las bromas y las novatadas de los Buccaneers.

Jason era malo, muy célebre y guapísimo. Ella siempre se mantenía alejada de aquel chico. Sin embargo, en aquel momento fue hacia la pareja, lo fulminó con la mirada y se giró hacia Marian. Le tocó el brazo y le dijo en voz alta:

—Tenemos que hablar.

—Apártate, Graziola, idiota —le dijo Jason, mientras daba un paso hacia ella—. Marian no tiene nada que decirte.

Nikki le dio la espalda y se interpuso entre ellos.

—Ven al baño conmigo —le dijo a Marian. La tomó del brazo y se la llevó antes de que Jason pudiera intervenir—. Si no, podemos hablar aquí mismo, pero no va a ser agradable.

Por suerte, el baño de señoras estaba vacío en aquel momento.

—¿Qué demonios estás haciendo? —le preguntó Marian, con un hilo de voz, llena de tensión—. Ya te ha dicho Jason que no tengo nada de lo que hablar.

—Pues escúchame —respondió Nikki—. Te he visto hoy en la ceremonia. He visto la cara que ponías. Tú estabas en la fiesta, Marian, y sabes lo que ocurrió. Mark se merece que la gente sepa lo que pasó de verdad. ¿Estaba completamente angustiado y tú lo ignoraste?

—No, Dios mío... No fue así. Fue...

—Entonces, ¿cómo fue, Marian? ¿Cómo?

—Nadie lo ignoró. Todo el mundo estaba colocado, y él se marchó. Si yo hubiera sabido que estaba mal, habría hecho algo. No soy un monstruo. Ninguno es un monstruo. Pero, si sacamos a relucir la fiesta, nos meteremos en un buen lío.

—Pues tendrás que enfrentarte a las consecuencias. No te vas a morir por hacerlo. Tienes que decir la verdad.

—¿Y por qué iba a hacerlo? —preguntó Marian, mirando hacia la puerta.

—Porque no puedes ser esa otra persona —dijo Nikki—. No puedes permitir que todo el mundo se crea una mentira. ¿Por qué vas a permitir que todo el mundo piense que tu hermano era drogadicto, cuando no lo era?

—Por Dios, Nikki, ¿no puedes dejar este tema?

—No. Mark se merece algo mejor.

A Marian se le llenaron los ojos de lágrimas.

—¿Y qué importa ya? Él se ha ido y no va a volver.

—¿Por qué no quieres limpiar el nombre de tu hermano?

—Porque es imposible. ¿No lo entiendes, Nikki? Todos estamos sufriendo mucho tal y como están las cosas. No le veo sentido a destrozarle la vida a todos los demás por una vida que ya no puede salvarse.

—Oh, Marian, ¿cuándo le ha destrozado la vida a alguien la verdad?

—Intenta crecer en la familia de un político y lo sabrás.

«O en la familia de un líder de la iglesia evangélica», pensó Nikki. Tenía razón, pero eso no justificaba la mentira.

—Entonces, cuando Mark se marchó, ¿ni siquiera intentaste detenerlo?

—Yo... Él... Yo no tengo por qué cuidar de mi hermano en una fiesta. No es culpa de nadie. Todos estábamos tomando chupitos.

—Chupitos con Oxicodon.

—Era una fiesta. Yo no sabía que había tomado demasiado. No lo sabía nadie. Se marchó de la fiesta y esa fue la última vez que lo vi.

Marian se tambaleó y se dejó caer en una silla. Tenía una postura encorvada, de derrota.

—Sé que eras su mejor amiga, la mejor que ha tenido nunca, Nikki. Lo entiendo. Pero esto tiene que parar. Estás intentando acusarnos a todos y ¿de qué va a servir?

—Para que se sepa la verdad. La verdad es importante. Además, es la única forma que tú tienes de salir del agujero en el que estás metida.

Se oyó un ruido en medio del silencio. Fue una arcada, seguida del sonido de la cisterna. Marian se quedó pálida. Nikki se quedó inmóvil.

Kylie Scarborough salió de una de las cabinas y fue hacia la fila de lavabos. Tomó una botellita de enjuague bucal de una bandeja de artículos de tocador y se enjuagó la boca. Después, se secó los labios con una toalla.

Se giró hacia Nikki y Marian y les dijo:

—Yo también estaba allí. Y sé lo que vi.

Capítulo 7

El despacho del director estaba en el edificio más antiguo del campus. Era una construcción de ladrillo y tenía adornos de cemento alrededor de las ventanas y las puertas. Había ventiladores colgados de los altísimos techos para agitar la brisa. La zona de recepción estaba amueblada con antigüedades y en las paredes había cuadros de antiguos alumnos distinguidos, desde los millonarios de la fiebre del oro del siglo XIX hasta los multimillonarios de las empresas puntocom de Silicon Valley. Uno de los cuadros era de Carmella, que posaba muy joven e increíblemente glamurosa, con un traje al estilo de Jackie Kennedy.

Por la cara que tenía el padre de Nikki, parecía que iba a someterse a una endodoncia. A él nunca le había gustado el drama y ella estaba a punto de causarlo. Joni Rath, la secretaria del director, los vio aparecer, inclinó un poco la silla y apretó un botón para anunciar su llegada. Su expresión era completamente neutral.

—¿Un café? —les preguntó—. ¿Un vaso de agua?

—No, muchas gracias —respondió el padre de Nikki en nombre de los dos. Ella se lo agradeció, porque estaba demasiado nerviosa como para hablar.

Joni les indicó que el señor Ellis estaba esperándolos y, al entrar en su despacho, lo encontraron sentado en su escritorio. El director era de Thornton desde el principio al final. Había estudiado allí y sentía reverencia por la institución. Además, disfrutaba de un buen salario y de las ventajas que acompañaban a su puesto.

Le estrechó la mano a Guy y los invitó a sentarse. Nikki miró a su padre. En aquel lugar todo parecía especialmente diseñado para que él se sintiera incómodo. Las antigüedades, los diplomas enmarcados, los estantes llenos de libros encuadernados en cuero, los cuadros caros... Sin embargo, Guy se acomodó en su silla con tranquilidad.

—Lamento conocerlo en estas circunstancias —le dijo el señor Ellis, agarrándose las manos por encima del escritorio. Atravesó a Nikki con la mirada y prosiguió—: Hemos llegado a un momento muy incómodo y, además, innecesario. Nikki, hasta ayer eras una de las historias de éxito de Thornton. No entiendo qué te empujó a hacer unas acusaciones tan descabelladas.

—Supongo que la verdad —dijo ella, casi sin aliento, en un tono incierto.

Una de las luces del teléfono empezó a parpadear. El señor Ellis la miró, pero la ignoró.

—¿Sabía usted esto? —le preguntó el director a su padre.

—¿Saber qué? ¿Que mi hija dice la verdad?

Nikki se quedó sorprendida. ¿Realmente su padre pensaba eso, o era solamente una muestra de solidaridad?

—¿Sabía que iba a interrumpir nuestra ceremonia y estropearles a todos un día tan importante como el de su graduación? —insistió Ellis.

—No, no lo sabía —respondió Nikki con firmeza—. Yo no había pensado decir nada. No debería haberme visto obligada a hacerlo. Investigar cuál es la verdad sobre la muerte de Mark es trabajo suyo, y ustedes no lo hicieron.

Al señor Ellis se le puso el cuello muy rojo, en contraste con el blanco de la camisa que llevaba.

—Es admirable que sientas tanta preocupación por tu amigo y todos estamos muy apenados por su pérdida, pero...

—Disculpe, pero ¿quiere decirnos algo en concreto? —le preguntó su padre, interrumpiendo la divagación—. Porque no veo adónde vamos.

El director se dirigió a Nikki.

—El hecho de que difundieras un terrible rumor durante tu intervención en la ceremonia de graduación fue muy perjudicial para la escuela. Eres joven y sé que echas de menos a tu amigo, pero has puesto en entredicho la reputación de Thornton Academy y le has causado un terrible dolor a una familia. No podemos remediar el daño hecho. Tampoco podemos negar que tus actos durante la ceremonia van a tener consecuencias.

A ella se le formó un nudo en el estómago. Había trabajado mucho durante aquellos últimos cuatro años para poder ir a la universidad y tener un buen futuro. ¿Lo había echado todo a perder? Entonces, recordó a Mark, que no iba a tener ningún futuro.

—Haga lo que tenga que hacer. No va a cambiar la verdad.

—Jovencita, si no te retractas de tus afirmaciones públicas, el Consejo de Administración de la escuela me ha instado a que retenga tu diploma, y eso significa que la Universidad del Sur de California revisará su aceptación.

—¿Qué demonios significa eso? —preguntó Guy, cuyo acento de Nueva Jersey surgió de repente—. ¿Qué quiere decir que revisará su aceptación?

—Eso, ni más ni menos. Que una universidad conceda una plaza a un estudiante siempre depende de que este cumpla con los requisitos para su graduación. Hasta este momento, Nicoletta no lo ha hecho.

—Ella ha hecho todo lo que se le pedía —replicó Guy—. Ha formado parte de todos sus equipos deportivos, y llevó al equipo de surf al campeonato estatal. Ha sacado las mejores notas de su clase. Ha cumplido con todos los requisitos. Aunque le retengan ustedes una hoja de papel, no van a cambiar eso.

—La universidad también le retirará la concesión de la plaza a una estudiante que haga gala de un comportamiento controvertido o inaceptable.

—¿Desde cuándo es controvertida la libertad de expresión? —inquirió Guy.

—Su hija ha difamado a esta institución —dijo Ellis—. Me dolería mucho tener que informar de ello al comité de admisión de la Universidad de California del Sur.

—Colega, eso suena a amenaza —dijo Guy, y se inclinó ligeramente hacia delante en la silla.

—Es una oportunidad —dijo Ellis, suavemente— de salvar su futuro.

—Desdiciéndose.

—Aceptando la verdad. Nikki, te ofrezco la oportunidad de que te disculpes públicamente y admitas que te inventaste la historia por la memoria de tu amigo.

Guy se giró hacia ella.

—¿Qué dices tú? ¿Quieres retirar tus palabras y salir de aquí con el futuro que tenías planeado?

Ella levantó la barbilla.

—Le conté lo que pasó —le dijo al director—. Intenté conseguir que usted, o cualquiera, escuchara...

—Y escuchamos —la interrumpió el director—. Por supuesto que escuchamos. El incidente es una tragedia, pero no es culpa de nadie. Nikki, no voy a darte una segunda oportunidad para que arregles las cosas.

Nikki lo miró fijamente. Entendía que, si salía del despacho en aquel momento, no podría ir a la universidad. Después, pensó: «Si este es el futuro para el que me he estado preparando, no voy a ir a la universidad. Si este es el caso, no quiero el diploma. Si este es el mundo que me espera, no quiero vivir en él».

El teléfono del señor Ellis había estado parpadeando durante toda la reunión. Ahora zumbaba insistentemente, y el color del botón cambió de amarillo a rojo. Nikki se sintió calmada bajo la mirada glacial del director. Se volvió hacia su padre.

—Ya hemos terminado.

Guy Graziola asintió brevemente y, juntos, salieron a la recepción. Cuando Nikki vio quién estaba esperando, se paró en seco.

La senadora McGill y su marido, junto a Marian. Nikki miró fijamente a la hermana de Mark y se dio cuenta de que tenía los ojos hinchados y las mejillas llenas de manchas a causa del llanto. Kylie Scarborough también estaba allí, con el rostro sombrío. El señor McGill estaba demacrado e inmensamente triste. En cuanto a la señora McGill, parecía que iba a estallar de rabia.

—La hermana confesó —les contó Nikki a Shasta y a Cal.

Habían quedado para verse en el pueblo, aprovechando que los tres tenían la tarde libre en el trabajo. Se sentaron juntos en el espigón del final de Ocean Avenue, con los pies colgando por el borde, envueltos en el estruendo de las olas que rompían contra las piedras.

—Ya era hora —dijo Cal—. ¿Por qué ha tardado tanto?

—Mark siempre decía que era cobarde cuando se trataba de los chicos más populares de la escuela. Ya sabes que siempre intentaba ser la persona que ellos querían que fuese.

Aunque seguramente no volvería a ver a Kylie Scarborough, siempre le estaría agradecida. Kylie, la persona que menos esperaba, había roto el código de silencio y había presionado a Marian para que les contara a sus padres lo que ocurría con los desafíos, novatadas y bromas pesadas en el Club de los Buccaneers. Mucha gente desdeñaba a Kylie como si fuera la niña mimada de una estrella de la televisión, pero ella la había visto a utilizar su estatus social, su poder y su influencia.

—Bueno, más vale tarde que nunca —dijo Shasta.

—Cuando Marian empezó a salir con Jason Sanger, se convirtió en su sombra —dijo Nikki.

—La señorita Carmella dice que nunca seamos la sombra de nadie, o que nos perderemos la luz del sol —dijo Shasta.

—No siempre es tan fácil —respondió Nikki. Había evitado siempre a Jason. Él la ignoraba o se comportaba como un imbécil con ella, pero, la mayoría de las veces, mantenía las distancias—. Lo vi en esa fiesta —añadió.

—¿A quién te refieres? ¿A Mark? —preguntó Shasta.

—Estaban fuera, y yo... intenté convencerlo de que volviera a la residencia.

—Pero él no quiso —dijo Cal.

—No conseguí que me hiciera caso. Fue imposible.

—¿Con quién estaba? —preguntó Cal.

Nikki apartó la mirada.

—Era un momento privado. Yo no debería haberlo visto, y él se disgustó, así que volvió a la fiesta. Mierda. Ojalá se lo hubiera impedido. A lo mejor habría podido...

—Tú no podías saberlo —dijo Cal—. Los chicos beben. Después, duermen la mona. Al día siguiente se levantan sintiéndose fatal y juran y perjuran que nunca volverán a beber.

—Cal tiene razón —dijo Shasta—. Por lo menos, ahora el colegio y la gente implicada tendrán que asumir la responsabilidad por lo que ocurrió.

—Lo que no entiendo es por qué tú sigues metida en ese lío —dijo Cal.

—Porque, si yo no hubiera dicho nada, no habría habido ninguna repercusión. Ahora que la historia ha salido a la luz, las familias están sacando a sus hijos de Thornton. Por lo menos, eso es lo que he oído decir. Así que supongo que el director Ellis se está comportando como un idiota.

La tragedia se había convertido, además, en una pesadilla para la escuela. La gente no quería dejar a sus hijos en un lugar en el que podían morir de sobredosis. Ella había leído en un blog de noticias que, tal vez, Thornton Academy y los McGill llegarían a algún tipo de acuerdo confidencial y, si se daba ese caso, seguramente nunca llegarían a saberse los detalles.

—Mi padre ha oído decir lo mismo —dijo Cal—. Pero también ha oído que no van a acusar a nadie de nada.

—Porque es imposible que los Sanger tengan que enfrentarse a ninguna acusación —gruñó Nikki—. La gente rica nunca tiene problemas en este condado.

—Sobre todo, teniendo en cuenta que el padre de Jason es el fiscal del condado —dijo Shasta—. Bueno, por lo menos, tú has quedado en buen lugar.

—Ese no era mi objetivo —dijo Nikki—. Y me ha perjudicado mucho —añadió, y le dio un codazo a Shasta—. Y puede que a ti también, porque no me voy a ir a la universidad en otoño. Me han retirado la plaza.

—Eso es una mierda —dijo Shasta—. ¿Solo porque dijiste la verdad?

Nikki se encogió de hombros. Todavía estaba intentando acostumbrarse a la idea. ¿Qué iba a hacer ahora?

—Supuestamente, podría apelar la decisión, pero es prácticamente seguro que fracasaría. Y, aunque no fuera así, no puedo pagar la universidad sin una beca.

—No es la única universidad del mundo —dijo

Cal—. Cualquier escuela sería muy afortunada si te tuviera de alumna.

—Eres demasiado bueno —dijo Nikki—. ¿Es que no puedo estar amargada y resentida una temporada?

—Puedes estar como quieras. Pero te digo que tu amigo Mark no querría eso para ti.

Ella asintió y suspiró.

—Tienes razón. A lo mejor soy solo una surfista. Mark decía que debería competir en la Liga Global de Surf. Incluso me obligó a hacer la bobada de registrarme online y a enviar mis calificaciones de la escuela secundaria.

—¿Y por qué eso es una bobada? —preguntó Shasta.

—¿Pensar que yo puedo competir a ese nivel? Está muy por encima de mi capacidad.

—Entonces... ¿qué vas a hacer ahora?

—Ir a hacer surf. Parece que es lo único que me apetece, últimamente —dijo, y señaló la playa, que estaba más allá de las rocas—. A lo mejor aparece un misterioso extraño y me lleva hacia la puesta de sol.

—Oh, esa idea me gusta —dijo Shasta.

—¿Y tú? —le preguntó Nikki.

Shasta se encogió de hombros.

—Yo todavía estoy en el instituto, ¿no te acuerdas? Seguiré trabajando en la biblioteca y ahorrando para ir a la universidad.

Si alguien se merecía ir a la universidad, era Shasta. Estaba totalmente concentrada en sus estudios y amaba los libros por encima de todo.

—¿Y tú, Calvin? —le preguntó Shasta—. ¿Qué planes tienes?

—Voy a ganar un millón de dólares y voy a irme a ver el mundo —dijo él.

—Siempre dices eso —comentó Nikki.

—Siempre lo he querido.

Su padre, su hermano y él nunca habían tenido mucho. Vivían en una casa que había sido la cabaña de fin de semana de alguien hacía muchos años, en una zona que todavía podía permitirse la gente normal. Tenían un taller de carpintería y un jardín. Además de trabajar en Thornton, el padre de Cal tallaba carteles de madera para los negocios de la zona y cultivaba un huerto para comer. Al contrario que su propio padre, el señor Bradshaw siempre había estado al lado de sus hijos. Hacían cosas juntos y cultivaban verduras. Tenían una colección de revistas antiguas del National Geographic, y Cal había empapelado las paredes de su habitación con los mapas. Con un rotulador, había rodeado con un círculo todos los sitios a los que quería ir.

—¿Y cómo vas a ganar un millón de dólares? —le preguntó Nikki.

Él sonrió y se empujó las gafas hacia arriba con un dedo.

—Todavía no he concretado los detalles —dijo. La sonrisa se le borró de los labios—. Si resulta que mi padre está otra vez enfermo, le ayudaré a recuperarse y me lo llevaré de viaje —añadió, y miró hacia el horizonte—. Sé que ahora solo estamos fantaseando, pero algún día iré a ver el mundo.

—¿Adónde vas a ir primero? —le preguntó Shasta—. El mundo es muy grande. Tendrás que elegir.

—A Angkor Wat —dijo Cal, inmediatamente.

—¿Dónde está eso? —preguntó Nikki.

—En Camboya. Es un complejo de templos antiguos que está en medio de la jungla. ¿Os acordáis de la película de Lara Croft, *Tomb Raider*? La rodaron allí.

—Eso es genial —dijo Nikki.

—Sí, creo que sí. Os traeré un libro de la biblioteca —dijo Shasta.

—¿No quieres verlo en vivo? —les preguntó Cal—. ¿Las grandes pirámides? ¿La isla de Pascua? ¿La aurora boreal? ¿Las cataratas Victoria?

Shasta se encogió de hombros.

—A mí me gusta estar aquí —dijo, abarcando las vistas de la playa con un movimiento del brazo—. Este sitio no es ninguna porquería.

Nikki sabía que su hermana adoptiva había vivido en lugares terribles. Alara Cove era un paraíso para Shasta. Para ella, no. Ya, no.

Seguramente, a Shasta le gustaba la estabilidad de un pueblo pequeño porque la vida con su madre había sido espantosamente inestable debido a la enfermedad mental y al abuso de las drogas. Podían pasar meses entre las cartas y las llamadas de teléfono y, después, Shasta estaba muy sensible durante días. Ella la trataba con suma delicadeza para no hacerle daño. Shasta era la prueba de que en el mundo había cosas mucho peores que tener un padre irresponsable como Guy Graziola.

—Vamos a la playa —dijo Nikki.

Los tres bajaron las escaleras de cemento hasta la arena de Town Beach, la más concurrida de las tres playas de Alara Cove.

Las olas acariciaban la orilla y, allí, la escena era más variada, porque los surfistas preferían las olas de la playa que estaba junto al parque de caravanas. Allí había partidos de voleibol, los niños jugaban a la pelota y lanzaban *frisbees* o, simplemente, charlaban.

Nikki se dio sombra a los ojos con una mano y miró a su alrededor. Después, se pusieron en su sitio habitual, junto a un arco de rocas, y Shasta clavó la sombrilla en la arena, extendió la toalla y dejó su libro sobre ella.

Nikki se quitó los pantalones cortos e inclinó la cara hacia el cielo. Corría una brisa cálida y suave. Escuchó con atención los sonidos familiares de un día de verano. Las olas, la risa de los niños, la música del altavoz de alguien, el canto de los pájaros. En aquel momento, sintió la ausencia de Mark como una ola que hubiera chocado con ella y se retirara dejándola sin aliento. Él debería estar allí, pero eso no volvería a pasar.

—Venga, mujer —le dijo Cal, dándole un codazo—. Quita ese ceño fruncido.

Ella le sacó la lengua burlonamente.

—Gracias, entrenador —dijo.

—Nunca he pensado que un día de playa pueda empeorar algo —respondió Cal.

—¿De verdad? —preguntó Shasta—. ¿Y una quemadura del sol?

—Hay que tomar precauciones —dijo Nikki.

Se puso detrás de su amiga y comenzó a extenderle crema protectora por la espalda.

Cal dejó la toalla y las gafas cerca de la sombrilla y se fue a jugar al voleibol. Entró en la rotación y saludó a un par de sus amigos, formando parte inmediatamente de la acción. Al verlo, ella suspiró, preguntándose si debería unirse también al juego. Vio que Cal se tiraba de costado para devolver el balón, pero falló y terminó con toda la cara llena de arena.

Shasta se echó a reír.

—El alivio cómico ha llegado.

Cal se puso en pie, se sacudió la arena de los hombros con un poco de teatro y se ajustó el traje de baño. Era muy buen compañero, aunque no se le dieran bien los deportes. No encajaba, exactamente, en aquel equipo de chicos delgados y en forma, pero a todo el mundo le caía bien. Siempre lo habían apreciado mucho.

—Espero que consiga sus deseos —dijo Nikki, pensando en la preocupación que Cal sentía por su padre—. Espero que consiga ver el mundo.

—Yo te digo lo que quiere de verdad —dijo Shasta.

—¿El qué?

—A ti.

Nikki dio un resoplido.

—Estás de broma.

—No, no. Te mira como si fueras la mujer de sus sueños.

—Ni hablar —respondió Nikki. Sin embargo, sintió un pequeño nudo en el estómago, porque había notado lo mismo una o dos veces—. Nos conocemos desde preescolar.

—¿Y?

—Que estás equivocada. Cal y yo somos amigos desde siempre. Si yo le gustara, me lo habría dicho.

—No. Él cree que estás muy lejos de su alcance. Tú eres la diosa del surf, que deberías salir en la portada de *Sports Illustrated*. Y él es... bueno...

Shasta señaló la pista de voleibol. En aquel momento, Cal estaba maniobrando de lado, como si fuera un cangrejo, tratando de golpear el balón. Al no conseguirlo, se rio de sí mismo. Era admirable cómo se aceptaba a sí mismo. Era bajito y estaba delgadísimo, tanto, que se le notaban las costillas, a pesar de que le encantaba comer pasteles y perritos calientes en los quioscos de la playa.

—Tonterías. Ni siquiera sé por qué estamos hablando de esto —dijo Nikki. Se puso en pie de un salto y tomó su tabla—. ¿Quieres venir?

Shasta hizo un gesto negativo.

—Me quedo leyendo a la sombra, gracias.

—Como quieras —dijo Nikki.

Caminó con la tabla hacia la orilla. Al pasar junto a la zona del voleibol, oyó que uno de los chicos le lanzaba un gruñido sexy y le enseñó el dedo corazón. Siguió caminando y, en aquel mismo momento, Cal le tiró arena al chico con el pie y le dijo que se callara.

Intentó negar que Cal Bradshaw sintiera algo por ella. Shasta, Cal y ella eran amigos. Los tres mosqueteros. Uno para todos y todos para uno. Si el romanticismo entraba en juego, al final se romperían el corazón el uno al otro y su amistad se terminaría. Pero, la cuestión era que, una vez que Shasta había sacado a relucir el tema, ¿podría ella ignorarlo?

La respuesta fue la misma de siempre: el surf.

Había una cosa que siempre era cierta sobre el surf: podía lavarle a uno la mente tal y como las olas lavaban el cuerpo. Sin embargo, las olas siempre llevaban al surfista a la orilla y, en aquella ocasión, hubiera preferido que la llevaran a una costa distinta, a una vida distinta. Entonces, como siempre, el mar hizo magia con ella y le impidió pensar en otra cosa durante mucho tiempo. Y, al final, dejó que la tabla llegara a las aguas pocas profundas y salió a la orilla en un estado de agradable agotamiento.

Se echó el pelo hacia atrás y se sacudió el agua de los oídos. Cuando recogió la tabla y echó a andar hacia la sombrilla, un chico alto y musculoso se puso delante de ella y le cortó el paso. Ella entrecerró los ojos y vio a Jason Sanger.

—Estás en medio —le dijo.

Jason señaló el oleaje con un gesto de la cabeza.

—Ten cuidado —le advirtió—. Puede que termines ahogándote ahí fuera.

—Tu preocupación es conmovedora.

Él la miró con su actitud insolente y arrogante, y le dijo:

—Eh, hay una fiesta mañana en el puerto deportivo. En el barco de mi padre, el *Ocean Alexander*.

—Ah, qué bien. ¿Para que puedas envenenar a alguien más con los chupitos de Oxicodon?

—Mira, guapa, tienes que dejar ya eso. ¿Es que no te has metido ya en suficientes líos?

—Tú eres el que debería estar metido en un buen lío —le respondió Nikki—. Todos sabemos por qué no lo estás, pero deberías.

—¿Sabes qué, Graziola? —le dijo él, mientras le daba una patada a su tabla—. Que te den.

Jason se acercó a ella.

—¿Ocurre algo? —preguntó Cal, que acababa de aparecer, sudoroso y lleno de arena.

—No, idiota —dijo Jason—. ¿No tienes que irte a limpiar a algún jardín con tu padre?

—¿Y tú no tienes que ir a perseguir ambulancias con el tuyo? —respondió Cal.

Jason enrojeció de ira.

—Apártate, imbécil —le dijo entre dientes. Empezó a apretar los puños y dio un paso hacia delante. Nikki se dio cuenta de que estaba preparado para pelearse.

Cal se mantuvo firme.

—Sí, ya me aparto, pero creo que tu hermano te está buscando —dijo, y señaló a un niño que estaba detrás de Jason.

—¡Eh, Jason! —exclamó el pequeño—. Se supone que tienes que cuidarme. Lo dijo mamá. ¿Podemos ir a comer un helado? ¿Podemos? ¿Podemos?

Jason no miró al niño.

—Sí, lo que quieras —dijo con desdén. Siguió mirando a Nikki—. Ya hemos terminado aquí. Vamos, Milo.

El niño siguió a su hermano hacia el puesto de helados que había detrás de los socorristas.

Shasta se acercó, sacudiéndose arena de las piernas.

—¿Qué ha pasado? —preguntó.

—Estábamos charlando —respondió Cal. Se pasó la mano por la frente para quitarse el sudor, pero lo único que consiguió fue dejarse un rastro de arena.

Nikki sintió una enorme gratitud hacia él. Cal era tan apacible, tan pacífico en un mundo de exaltados... Además, también era una persona considerada. Era todo lo que debía ser un amigo. Entonces, se acordó de lo que le había dicho Shasta y enrojeció.

—Estás lleno de arena —le dijo—. Vamos a bañarnos.

—Buena idea —dijo él, y salió corriendo hacia la orilla. Se lanzó a una de las olas y la espuma lo rodeó. Shasta y ella lo siguieron y también se metieron debajo de las olas. Jugaron como lo habían hecho cuando eran pequeños.

—Mucho mejor —dijo Shasta, meciéndose en una ola.

Cal salió a tomar aire al lado de Nikki.

—Tienes razón. Esto es exactamente lo que necesitaba. ¿Qué necesitas tú?

—Salir de este pueblo —dijo. Aquella respuesta tan instantánea la dejó sorprendida. Parecía que la tenía en la punta de la lengua todo el tiempo. Levantó los pies y se puso a flotar—. Ahí fuera hay todo un mundo y solo tengo que decidir dónde quiero estar.

Capítulo 8

En su última noche con la señorita Carmella y Shasta, Nikki revisó por última vez su habitación. Ya había limpiado y había metido todas sus cosas en cajas. Algún día, pronto, otra persona ocuparía su lugar en aquel dormitorio, alguien que necesitaría a Carmella como la había necesitado ella.

Fue al estudio de pintura para recoger sus materiales. Allí todo estaba muy tranquilo y lleno de olores familiares y recuerdos. Carmella la había introducido en aquel mundo sin vacilación. Se sintió feliz de poder alimentar la pasión que Nikki sentía por el arte, y la llevaba consigo en las excursiones de pintura al aire libre, además de trabajar con ella, en el estudio, durante horas. A Nikki le encantaba estar en aquel lugar luminoso. Olía a pintura y a aceite de linaza, había lienzos apoyados en la pared y la luz lo inundaba todo desde un tragaluz. Allí era donde ella había aprendido a transformar sus sueños en arte, donde vertía su corazón en papel y lienzo, donde escapaba a otro mundo.

Durante aquellos años, la señorita Carmella y ella habían hablado mucho mientras trabajaban. También habían pasado muchas horas de silencio. Cuando encontraban su lugar preferido con vistas al mar, colocaban allí sus caballetes, una junto a la otra. A ella siempre le habían interesado mucho las diferencias y similitudes entre sus cuadros. Aunque las dos miraban lo mismo, las pinturas siempre eran distintas. A Carmella también le gustaba mucho eso.

—Una persona solo puede ver algo a través de su propio filtro —le dijo a Nikki—. Pintamos lo que sentimos y percibimos, así que el resultado es distinto para cada una. Puede que el paisaje no cambie, pero tú, sí. Tus percepciones. Tus emociones. Tu lugar en la vida.

Nikki ya echaba de menos aquellos días en los que salía al campo a pintar con Carmella. Esperaba que tuviesen más oportunidades de hacerlo en un futuro, pero, en aquel momento, todo era incierto.

Tomó su carpeta y observó algunos de sus trabajos. Carmella le había ofrecido que dejara allí los lienzos, puesto que en la caravana no tenía mucho espacio, y sus pinturas eran amplias, expansivas, audaces y grandiosas, con color y escala, pero con escasos detalles. Por el contrario, Carmella tenía una visión más íntima y controlada, y se concentraba en detalles muy pequeños, como la vena oscura de una roca o el destello de la luz en una sola hoja.

Había pasado muchas horas de ensueño dando vida a su mundo con color, luces y sombras. Cuando pintaba, se sentía como si estuviera en un estado mental alternativo. Ojalá pudiera volver a aquel lugar, pero sabía que no había vuelta atrás. Ya no. Y quizá nunca.

Antes de que muriera Mark, su futuro estaba lleno de promesas y parecía brillante. Los dos habían planeado estudiar en la Universidad de California del Sur. Ella se dedicaría a la pintura, y él, al teatro. Ahora se sentía desvinculada y el acto de pintar le parecía ridículo, pero no quería que Carmella se preocupara por ella. De alguna manera, encontraría la forma de vivir con el dolor que la seguía a todas partes.

Sus planes eran pasar el verano en el parque de caravanas, ayudando y dando clases de surf, como había hecho los veranos anteriores. Dejar la casa de la señorita Carmella era agridulce. Aquella noche iban a cenar su comida favorita, pizza de Oliva's, una gran ensalada César y *spumoni* de postre.

Shasta y ella se turnaron para ducharse y se arreglaron con faldas en vez de pantalón. Después, pusieron la mesa con la vajilla de porcelana y la cubertería. Aunque solo fuera pizza, a la señorita Carmella le gustaba usar sus cosas bonitas.

Cuando estaban sentadas, Carmella hizo un brindis con su refresco de limón.

—Por tu increíble vida, Nicoletta. He hecho lo que he podido contigo. Ahora te toca a ti. El mundo te está esperando.

«Pero no el mundo que yo pensaba». Sonrió y dijo:

—No sé cómo darte las gracias. En serio. Sé que no siempre ha sido fácil, incluido el día de mi graduación, pero si he hecho algo bueno o que mereciera la pena, es gracias a ti.

Shasta se abanicó.

—De verdad, esto se está poniendo muy emotivo.

—Eres parte de la mejor idea que haya tenido nunca —dijo la señorita Carmella—. Cuando tu padre te trajo para que te quedaras conmigo, formamos una familia. Ha sido un honor.

—Lo mismo digo.

Estaban tomándose el postre cuando alguien llamó a la puerta.

—Yo voy —dijo Nikki—. ¿Estabas esperando a alguien?

Carmella respondió que no. Nikki se limpió la boca con la servilleta, salió al vestíbulo y abrió la puerta. Era un visitante alto, de pelo oscuro. Interesante. En aquel momento, la luz del atardecer lo iluminó por la espalda, como si estuviera envolviéndolo en fuego. Aquella era la luz que más la inspiraba para pintar. La gran silueta masculina, sin embargo, le produjo otro efecto.

—Hola —dijo, con la voz entrecortada, entrecerrando los ojos—. ¿En qué puedo ayudarte?

—Soy Johnny Mercury —dijo él, con una voz grave—. Estoy buscando a la señorita Nicoletta Graziola.

Tenía acento extranjero. No era británico, pero se le parecía. Sonaba refinado y deliciosamente distinto. Nikki dio un paso atrás con una sensación que no había experimentado nunca. Fascinación. Excitación. Anhelo, quizá.

Sabía que se le había quedado mirando embobada, pero él también la estaba mirando. Tenía la cabeza inclinada y una expresión inquisitiva. Sus ojos eran castaños y tenía unas pestañas largas y espesas, y el pelo un poco desgreñado. Su cara era como las de los carteles de las películas, esculpida e imponente.

Carraspeó y sonrió ligeramente.

—Um... ¿Ella está disponible? —preguntó, mientras le tendía una tarjeta de visita.

Sus manos se rozaron cuando ella la tomó, y Nikki sintió una descarga de calidez que le recorrió el brazo entero, hasta el corazón. Entonces, miró la tarjeta. El logotipo era una ola azul y anunciaba al director general de la Liga Global de Surf.

—¿Eres el director de la Liga Global de Surf? —le preguntó, mientras observaba su cara, sus pantalones cortos y su camiseta Nehi.

No parecía que fuese lo suficientemente mayor para ser director general de nada. Debía de tener su misma edad.

Él se rio suavemente.

—No. Solo soy el mensajero. He venido en representación de la liga. No tengo tarjeta de visita con mi nombre.

—¿Y, entonces? —preguntó ella, con una sonrisa.

—Entonces, tú eres Nicoletta, ¿no?

—Sí, pero... ¿Qué ocurre?

—He venido a una exhibición de surf.

—En la playa de Pismo, ¿no? La organizan todos los veranos.

—Sí —dijo él—. Estudiaron tu solicitud, y el comité de la exhibición quiere reunirse contigo. Siempre hay sitio en el tour para...

—¿Mi solicitud?

Ah, Mark. La primavera anterior, habían rellenado el formulario los dos juntos, porque él estaba convencido de que era tan buena como para entrar en las competiciones. Ella no se imaginaba que fuera a salir algo de todo aquello.

—¿Lo dices en serio?

—Sí —dijo él, y le tendió un sobre marrón—. Tengo tu carta oficial aquí mismo.

En unos tres segundos, el mundo cambió de color. Fue tan emocionante como cuando había surfeado su primera ola.

—Entonces, además de estar en la liga, tú... ¿Estás encargado de entregar documentos importantes a la gente? —le preguntó.

Él se rio de nuevo.

—Mis amigos y yo hemos venido a hacer surf en la cala mañana, así que me ofrecí voluntario para entregarte el sobre en persona.

Nikki lo abrió y leyó la carta a toda velocidad. Querían verla actuar en las exhibiciones de tabla corta y larga. Aquello no era una broma. Su primer impulso fue llamar a Mark y gritar de alegría. Era él quien lo había hecho posible.

Contuvo el aliento y miró a aquel muchacho desconocido con los ojos brillantes de euforia y, al mismo tiempo, de tristeza por Mark. ¿Qué pensaría la señorita Carmella de aquel chico? Lo observó un instante. No parecía superficial, ni nada por el estilo. Era abierto, amable y guapísimo.

—¿De verdad te llamas Johnny Mercury?

Él sonrió de nuevo.

—No. Es mi nombre profesional.

—Carmella —dijo ella, mirando hacia atrás—. Ha venido un chico que se llama Johnny Mercury.

La señorita Carmella salió al vestíbulo con Shasta.

—¿Sí? ¿En qué podemos ayudarte?

Nikki los presentó.

—Señora —dijo él—, he traído una invitación de la Liga Global de Surf para la señorita Graziola. ¿Le importaría que entrara?

Carmella titubeó y, después, le señaló el camino hacia el salón. Allí era donde se reunía con los trabajadores sociales y les daba la bienvenida a los niños de acogida. Las paredes estaban llenas de cuadros, algunos de Carmella y otros de artistas a los que admiraba. Había un piano y, sobre él, un cuadro pintado por Nikki. Se lo había regalado a Carmella por el Día de la Madre del año anterior.

—Bueno, Johnny Mercury —dijo Carmella—. Vamos a escuchar lo que tienes que decir.

Él se sentó en una butaca y señaló el sobre.

—He venido a entregarle esto a Nicoletta.

Nikki le dio la carta a Carmella. Shasta se acercó y la leyó por encima de su hombro.

—¡Ah, es genial! —dijo—. ¿Vas a hacerlo?

«¡Por supuesto que sí!».

—Siempre pensé que era inalcanzable —dijo, lentamente, aunque su cabeza trabajaba a toda velocidad.

Patsy y su padre dependían de ella para sacar adelante todo el trabajo de aquel verano, pero aquella era una oportunidad que no podía pasar por alto.

—Todos tenemos posibilidades remotas. Por eso el deporte es tan interesante, ¿no? —dijo Johnny, y miró a su alrededor—. Tiene una casa muy bonita —le dijo a Carmella.

—La construyó mi abuelo —dijo ella, y señaló el retrato de sus abuelos—. Mi abuela Edie siempre había querido vivir cerca del mar. Era una gran diseñadora de jardines. Escribió un libro sobre el diseño del Central Park —le sonrió amablemente y preguntó—: ¿Y tú eres de...?

—Nací en la parte oeste de Australia. Ahora vivo en Surfers Paradise, en Queensland —dijo él—. Es la primera vez que vengo a Estados Unidos. Por el momento solo he visto la costa de California, pero me encanta. Oímos hablar de las olas épicas de Alara Cove y mis amigos y yo decidimos venir a verlas —explicó. Después, miró nuevamente a su alrededor y se puso de pie—. Señorita Beach, ha sido un placer.

Se giró hacia Shasta y, después, hacia ella.

—Me alegro de conoceros.

Nikki se dio cuenta de que él la miraba fijamente durante un segundo, con una ligera sonrisa.

—Tenemos tarta —le dijo— y helado. ¿Te gustaría tomar un trozo de tarta?

Aquella sugerencia hizo que él sonriera de oreja a oreja.

—Gracias, pero tengo que marcharme. Vamos a quedarnos en un alojamiento que está cerca de la playa y deberíamos ir a la recepción antes de que se haga de noche.

A ella se le aceleró un poco el corazón.

—¿En Beachside Caravans?

—Sí, allí. ¿lo conoces?

—Es de mi padre —dijo ella—. Esta noche yo también voy a ir allí.

—Estupendo. Entonces, a lo mejor nos vemos allí.

Nikki lo acompañó hasta la puerta. En cuanto se fue, ella fingió que se desmayaba en el sofá.

—Oh, Dios mío. ¿Qué es lo que acaba de pasar?

—¿Lo habrán creado en algún laboratorio? —preguntó Shasta—. ¿O es un nuevo nivel de belleza?

La emoción de haber conocido a Johnny Mercury mitigó un poco la tristeza que sentía por tener que irse de casa de Carmella. Un poco más tarde, cuando llegó a buscarla su padre, fue casi volando hacia la furgoneta.

Las palabras se le escaparon mientras volvían al parque de caravanas.

—Eso es genial —dijo su padre con una enorme sonrisa—. Verdaderamente genial.

—Puede que no sea nada —respondió ella—. Pero voy a hacerlo lo mejor que pueda.

—Eres buena —dijo Guy—. Siempre pensé que tu talento se desperdiciaría en el equipo de una universidad.

—Si el hecho de estar en un equipo de surf me proporciona una plaza en una universidad, estaré en un equipo de surf. Que no vaya a la Universidad de California del Sur no significa que no vaya a ir a ninguna.

Sin embargo, cuando llegaron a casa, la universidad era lo último que tenía en la cabeza. Johnny Mercury y sus amigos habían alquilado la caravana 7 y estaban sentados bajo el porche. Habían dejado las tablas de surf apoyadas en la pared de la caravana. Él le presentó a Diego, de Costa Rica y a Duncan, de Hawai. Ellos también formaban parte del tour de exhibición, y solo hablaban de surf.

—Tu padre es genial —dijo Duncan—. Está viviendo como en un sueño aquí, ¿verdad?

Nikki movió la cabeza.

—Bueno, ¿y vosotros, chicos? Surfistas profesionales. Eso sí que es un sueño. ¿Quién consigue algo así?

—A lo mejor, tú –dijo Johnny.

—Yo ni siquiera creía que fuese posible —dijo ella, estremeciéndose—. Tengo que intentar no hacerme demasiadas ilusiones. ¿Cómo es estar en la liga? —le preguntó.

—Bueno, probablemente, no deberías pensar en que te vas a hacer rica y famosa —dijo Diego—. Estar en la liga no significa estar todo el día de fiesta y viajando.

Ella miró su nevera portátil, que estaba llena de cervezas, y las bolsas de patatas fritas.

—¿No?

—Cuando ya estás en la gira de clasificación, no te queda mucho tiempo libre —dijo Duncan—. Vuelos, pasaportes, taxis, recogida de equipajes, aduanas... Y luego tienes que conocer las olas de la playa en cuestión pocos días antes de la competición. Luego están las sesiones de fotos y los encuentros, los saludos...

—Vamos, hombre, si a ti te encantan esas cosas —le dijo Johnny, y miró a Nikki—. No dejes que te desilusionen. Acuérdate de por qué empezaste a hacer surf la primera vez —dijo, y le tendió una mano—. Vamos a conocer la playa.

Parecía la cosa más normal del mundo tomarle la mano y recorrer el acantilado hasta las escaleras de bajada a la arena. Había media luna y las olas formaban un encaje pálido y ondulado a lo largo de la orilla. Fueron descalzos al agua y comenzaron a pasear mientras la espuma les acariciaba los tobillos. Nikki tenía la respiración entrecortada. Aquel chico parecía sacado de un sueño.

—¿Crees que tengo alguna oportunidad? —le preguntó—. No has visto cómo hago surf.

—Tu puntuación en tu colegio estaba entre las primeras.

—Pero... competir a este nivel... Ni siquiera puedo imaginarme cómo es.

—Algunas veces es como estar en un sueño —dijo él, y se detuvo para mirarla un momento—. Como ahora.

Ella no daba crédito a lo que acababa de oír.

—¿Y es lo que siempre has querido hacer? ¿Competir? ¿Estar de gira?

—Claro. Pero también es cierto lo que te han contado los chicos. Es una forma dura de ganarse la vida. Yo he tenido que hacer muchas exhibiciones paralelas, dormir en el sofá de gente que te aloja y tener la esperanza de que la siguiente lesión no sea demasiado grave.

Ella observó su camiseta Nehi, que resplandecía suavemente a la luz de la luna.

—¿Y no tienes patrocinadores?

—Claro, pero hay que presionarlos. Y, entonces, tienes que acostumbrarte a que ellos te presionen para acumular puntos. Si estás por debajo al llegar al final de la temporada, te despiden.

—Ahora eres tú el que está intentando desilusionarme.

—No —dijo él—. Si de verdad te gusta, nadie podría convencerte de que no lo hagas.

—Es que no puedo creerme que me vayan a dar una oportunidad —respondió Nikki.

Él volvió a tomarla de la mano.

—Escucha, en este negocio, nadie te da una oportunidad. Tú eres la que tienes que conseguirla. Y tienes que ganarte tu sitio.

—Entendido. ¿Puedo contarte una cosa?

—Puedes contarme lo que quieras.

—A lo mejor te mantiene despierto la mitad de la noche.

—Sería capaz de quedarme despierto toda la noche, todas las noches, por ti —dijo él.

Johnny Mercury y ella se quedaron despiertos la mitad de la noche. Después de pasear por la playa, se sentaron en una mesa de merendero con vistas al mar, se tomaron una bolsa de *pretzels* entre los dos y bebieron cerveza de raíz.

Ella le contó lo que le había ocurrido a Mark,

llorando, porque todavía sentía mucho dolor. Le dijo a Johnny que había sido Mark el que había conseguido que aquello sucediera.

—Entonces, era tu novio.

—No, no. No estábamos juntos. Él no era... No.

Después, le contó lo que había ocurrido en la ceremonia de graduación y cómo había destrozado su propio futuro al decir la verdad.

—A lo mejor no has destruido nada, sino que tu destino era otro.

—Espero que tengas razón. Solo quiero alejarme de este sitio. Llevo aquí toda la vida. Quiero vivir una vida diferente, ¿sabes?

—Sí, te entiendo. Yo crecí en un barrio de las afueras de Perth y se suponía que tenía que quedarme en casa y quedarme con el negocio de limpieza de coches de mi padre cuando él se jubile.

Nikki arrugó la nariz.

—Mi padre no habla de jubilarse, pero espero que no quiera que yo me quede con el parque de caravanas.

Se terminó su cerveza y miró la variedad de furgonetas y coches que había en el aparcamiento, y las caravanas Airstream con las luces que brillaban por sus ventanillas redondeadas. El parque era encantador y original para los visitantes, pero, para ella, no.

—Estás quedándote despierto hasta muy tarde por mi culpa.

—No, no es por tu culpa.

—Las mejores olas son al amanecer.

—¿Vas a salir tú?

—Claro —dijo ella, que ya estaba disfrutando de la perspectiva de hacer surf con él—. Lo llamamos patrulla del amanecer.

—Una pregunta —dijo Johnny—. ¿Tienes novio?

—No. ¿Por qué me lo preguntas?

—Porque, a lo mejor, quiero besarte.

Ella se quedó sorprendida al oír las palabras, pero,

al mismo tiempo, le parecía algo inevitable, como si hubiera estado deseando oírlas toda la noche. Y eran un reflejo de lo que había estado pensando.

—A lo mejor yo quiero que me beses.

Lentamente, él se levantó, rodeó la mesa y le tendió la mano, como si le estuviera pidiendo que bailaran. Ella se puso de pie e inclinó la cabeza hacia atrás. Él le acarició la mejilla con las yemas de los dedos y le pasó el dedo pulgar por el labio. Después, tomó su cara con delicadeza, con las dos manos, y la miró.

De nuevo, apareció aquella sonrisa sutil y exquisita. Entonces, una nube tapó la luna y su rostro desapareció en la oscuridad.

—Quiero ir despacio contigo —dijo.

—¿Sí?

—Esto es importante. Es nuestro primer beso. Pero, tal y como me siento ahora, puede que sea nuestro último primer beso.

Ella estuvo a punto de derretirse. Era lo más romántico que había oído en la vida. Miró su boca y se puso de puntillas cuando él se inclinaba hacia delante para besarla. El beso fue lo que ella esperaba, pero, al mismo tiempo, nada que hubiera experimentado. Él tenía unos labios suaves como un *marshmallow* y un sabor fresco. El olor de su piel y su pelo la envolvieron. Detrás de sus párpados cerrados, toda la noche se convirtió en un torbellino de colores.

Cuando se separaron para tomar aire, él la abrazó con más fuerza y se estrechó su mejilla contra el hombro.

—¿Soy solo yo? —preguntó—. ¿O está ocurriendo algo aquí?

Ella suspiró. Sentía una emoción tan fuerte que estaba a punto de echarse a llorar. No eran lágrimas de dolor por Mark, sino de felicidad. «Por fin», pensó. «Por fin».

—No eres solo tú —susurró.

SEGUNDA PARTE

«La cura para cualquier cosa es el agua salada.
El sudor, las lágrimas o la sal del mar».
Isak Dinesen.

Capítulo 9

15 años después, Brisbane, Australia

Nikki Mercury entró aturdida y entumecida a la oficina de la funeraria Angel's Rest. Todavía tenía puesta la pulsera del hospital. Solo habían pasado unas horas desde el accidente y funcionaba con el piloto automático y con una plena incredulidad. Todavía estaba atormentada por las luces deslumbrantes y las alarmas de la sala de urgencias, donde solo era consciente de que la gente se movía a su alrededor y le señalaba la dirección en la que debía ir. Ella apenas podía respirar.

Su mundo se había desmoronado en un instante. Ya nada tenía sentido. Aunque sus lesiones eran mínimas, su capacidad para afrontar la situación sí había quedado destruida.

El vestíbulo de la funeraria estaba sumido en el silencio y le resultó extraño, después de la cacofonía del hospital. Había ido caminando desde el hospital, porque ya no tenía coche. Tampoco tenía teléfono, lo había perdido. En el hospital, una trabajadora social le había dado un folleto con la lista de los pasos que debía dar, y estaba abrumada.

Notificar a los seres queridos. Pero ella era la persona amada por Johnny. Realmente, no tenía a nadie más. Su familia estaba dispersa y no podía ponerse en contacto con ellos.

Cuando le dieron la baja en el hospital, ella estuvo a punto de volverse loca. ¿Cómo era posible que ella saliera de allí por su propio pie, cuando Johnny nunca volvería a...?

Para controlar el posible ataque de pánico, se había concentrado en el siguiente paso de la lista: *Preparar el funeral*. Había una tarjeta con el nombre de la funeraria, *Angel's Rest, abierto 24 horas*. A menos de un kilómetro del hospital.

La recepción estaba pintada de colores apagados, y sonaba una música calmante, sin melodía, de fondo. La puerta de la oficina se abrió y apareció una mujer elegante.

—¿Señora Mercury?

—Sí, soy yo.

—Soy Fiona Costello. Por favor, pase —dijo, con una mirada amable.

Nikki se sentó delante de su escritorio.

—Ah, pobrecita —dijo Fiona—. ¿Viene sola, entonces?

Nikki asintió mientras intentaba aclarar sus pensamientos. Resolver el final de la vida de una persona era un proceso complicado, y ella acababa de empezar. La trabajadora social le había explicado que en el caso de una pérdida repentina y traumática como aquella, la recuperación le costaría un enorme esfuerzo mental, emocional e incluso físico. Ella no sabía nada de cómo enfrentarse a una situación así. Estaba tan conmocionada que casi no podía pensar.

—¿Puedo ofrecerle una taza de té? —le preguntó la directora de la funeraria.

—No, muchas gracias —dijo ella.

Comenzó a juguetear con la pulsera del hospital. Tenía un código de barras junto a su nombre, un número muy largo con la etiqueta MR, su fecha de nacimiento y su fecha de admisión. La fecha de ayer.

Y, desde ayer, había pasado toda una vida. Ojalá pudiera dar marcha atrás en el tiempo. Sintió algo inesperado, el mismo estrés que casi la había asfixiado cuando había muerto Mark. Entonces, también se había sentido invadida por la pena y el sentimiento de culpabilidad y no podía dejar de darle vueltas a la idea de que podría haber hecho algo diferente. La repentina muerte de Mark y la pérdida de su amistad habían remodelado su juventud y habían alterado su futuro.

Pensaba mucho en Mark. Había huido del dolor que sentía por haberlo perdido, no había conseguido superarlo. Aquella nueva tragedia, incluso más profunda para ella, iba a tener el mismo efecto en su vida, y eso la asustaba mucho.

—Sé que está terriblemente conmocionada —le dijo Fiona—. ¿Le gustaría llamar a algún amigo o pariente?

Amigos. Sí, tenían amigos. Gente que habían conocido en Surfers Paradise y en los eventos de los campeonatos que se celebraban en Port Macquarie y por toda la costa. Johnny era bien conocido en la liga, e incluso ella tenía algo de reconocimiento, aunque nunca habían llegado al nivel más alto. Como ninguno de los dos había acumulado puntos suficientes como para clasificarse aquellos últimos años, esas relaciones se habían debilitado. Y, en aquel momento, se preguntó a sí misma si habían sido amigos de verdad. Quizá solo hubieran sido agradables compañeros de trabajo.

Nikki conocía un poco a un par de vecinos de los apartamentos en los que vivían, aunque ya no estaba segura de si tenían aquel apartamento. Esa había sido una de las pesadillas que Johnny le había contado justo antes del accidente: los iban a desahuciar.

¿Parientes? Los padres de Johnny estaban divorciados. Su madre vivía con un novio en Nueva Zelanda, y su padre estaba al otro lado del país, en Perth, con su segunda familia. Nikki no los había conocido. Ni siquiera sabía cómo ponerse en contacto con ellos.

—No hay nadie a quien llamar —dijo—. Él no tenía contacto con sus padres. No creo que sean parte de esto, así que... Lo organizaré yo sola. Puedo hacerlo, y tengo que hacerlo.

Fiona le dio una tarjeta.

—Esto es un servicio de asesoramiento en caso de crisis —le dijo—. Son muy buenos.

Nikki se guardó la tarjeta sin mirarla.

—Yo puedo... Tengo que resolver esto —dijo—. Solo necesito saber qué es lo que tengo que hacer ahora mismo.

—Usted y... —la directora se interrumpió y miró la carpeta del hospital—. Usted y John son muy jóvenes. ¿Alguna vez hablaron de sus preferencias para el final de la vida?

Solo habían hablado de que iban a quererse hasta el día en que murieran.

—No, por supuesto que no. Ni siquiera hablábamos de los temas del fin de mes.

De algún modo, ella se las había arreglado para evitar pensar en las facturas que se acumulaban. Habían conseguido salir del paso en los momentos en que el dinero escaseaba. Algunas temporadas habían podido ganarse la vida con los patrocinios y con exhibiciones paralelas. En otras ocasiones, encontraban trabajos temporales de entrenador o socorrista. Johnny siempre le decía que no se preocupara. Siempre le decía que él se ocuparía de todo. Y ella había confiado en que él se ocuparía de todo.

Nikki no sabía nada del proceso de desahucio. Johnny se lo había ocultado. Cuando apareció la empresa de desalojos en su puerta, con un fajo de documentos de aspecto oficial, ella pensó que se trataba de un error, pero ellos le aseguraron que no lo era y que todo estaba en aquellos papeles. El juez había dictado una sentencia en rebeldía y, ahora, tenían setenta y dos horas para abandonar el piso.

Nikki se quedó pálida. Les aseguró que su marido y ella lo arreglarían. Entonces, llamó a Johnny, pero, como era de esperar, él no respondió al teléfono. Estaba en la playa de Gunyama, practicando para un espectáculo próximo. Ella tomó el coche, furiosa, y fue a buscarlo. Johnny y los demás estaban en las olas, a unos cien metros de la orilla. Lo distinguió por su postura relajada sobre la tabla. Ocupara el puesto que ocupara en la clasificación, Johnny siempre se comportaba como un campeón.

Al ver a Nikki, sonrió. A ella siempre se le derretía el corazón al ver aquella sonrisa. Sin embargo, aquel día eso no sucedió.

—Hola, preciosa —le dijo él mientras se acercaba—. Me encanta que vengas a buscarme por sorpresa al trabajo. Los chicos y yo habíamos pensado en ir al pub...

—¿Cuándo ibas a decirme que nos han desahuciado? —le preguntó ella, sin preámbulos, mostrándole los documentos.

Él se detuvo en seco y se enjugó el agua de la cara.

—Ah, esa tontería. Cariño, tiene que ser un error. He estado haciendo un plan con el administrador del edificio.

—Pues parece que no ha funcionado, porque nos dan setenta y dos horas para desocupar el piso.

—Ah, no. Hablaré con el administrador. Todo saldrá bien, cariño.

Ella siempre se lo había creído, hasta aquel momento. Aquello era real.

Johnny metió su tabla en el viejo Land Cruiser y salió a la carretera.

—¿Desde cuándo lo sabías? —le preguntó ella.

—Ya te he dicho que es un error.

—Dios Santo, Johnny, ¿no puedes dejar ya eso?

Él la miró. Parecía que estaba asombrado por su ira.

—Recibí un aviso hace dos meses. Mira, lo voy a arreglar.

A medida que él aumentaba la velocidad para llegar a casa, la pelea empeoró. Ellos casi nunca discutían. No estaban acostumbrados. Él empezó a conducir erráticamente, demasiado rápido, sin el cinturón de seguridad.

La directora de la funeraria permaneció en silencio mientras Nikki trataba de calmarse. Entonces, Fiona le dijo:

—Bueno, era su marido, así que usted lo conocía mejor que nadie, ¿no?

Eso era cierto. No solo lo conocía, sino que lo entendía. Sabía cómo funcionaba su mente y cómo no funcionaba. Conocía su corazón, su espíritu y su orgullo.

—Según mi experiencia —dijo Fiona suavemente—, el ser querido de una persona querría lo que más pudiera consolarla.

Nikki asintió y se miró las manos en el regazo.

—Él no querría mucho... Ya sabe, flores, ni coronas, ni oraciones. No íbamos a misa.

—Entonces, quizá, una pequeña reunión. ¿Ha pensado si prefiere un entierro o la cremación? —preguntó Fiona, después de mirar el informe del hospital.

Seguramente, había visto un detalle inquietante. Al ver la cara destrozada de Johnny cuando los sanitarios lo sacaban del coche, ella había estado a punto de morir también.

En su carnet de conducir, Johnny había marcado la casilla que indicaba su intención de ser donante de órganos. Los dos habían marcado aquella casilla.

En el hospital habían cosechado todos los fragmentos utilizables de su cuerpo. Su corazón ya latía en el pecho de un extraño. Muy pronto, alguien vería el mundo a través de sus córneas. Su hígado y sus pulmones también serían trasplantados. También sus rótulas. Y, quizá, utilizaran su piel para ayudar a sanar a una víctima de quemaduras.

Nikki apretó las manos sobre el regazo. Intentar que lo recompusieran para verlo por última vez no iba a paliar su dolor.

—Debería ser...

—¿Cremado? Es una elección popular y llena de cariño —dijo Fiona, y le entregó un folleto con las distintas opciones. Algunos de los precios dejaron a Nikki sin respiración. Morir podía resultar muy caro.

Eligió la opción más barata, de ochocientos noventa y cuatro dólares más el IVA. Sabía que no tenían tanto dinero en el banco. En realidad, durante la discusión, Johnny le había confesado que no había nada en el banco. Iba a tener que pagar con la tarjeta de crédito y ocuparse de pagar el cargo más tarde. Eso era lo que siempre hacía Johnny.

A la señorita Costello no le sorprendió su elección. Se quedó impertérrita.

—Puedo cobrarle un adelanto ahora —dijo— y el resto al final.

A Nikki le temblaban las manos mientras se sacaba el monedero del bolsillo. Tenía la manga salpicada de sangre. Entregó la tarjeta de crédito y rellenó y firmó la autorización sin leerla. No quería saber lo que estaba autorizando.

Un momento después, Fiona le dijo:

—Lo siento, han rechazado la tarjeta. ¿Quiere intentarlo con otra?

—No tengo otra —dijo Nikki, y se mordió el labio. Oh, Johnny.

—Tal vez pueda consultar con su seguro —le sugirió Fiona—. Algunas pólizas cubren los decesos.

Les habían cancelado la póliza por impago. La tarjeta que había en la guantera del coche llevaba dos meses inutilizable. Ella se había enterado de todo eso la noche anterior, cuando alguien había encontrado la tarjeta en el coche destrozado.

La señora Costello vaciló un instante. Después, le entregó una fotocopia que estaba separada del folleto. La opción de funeral sin asistencia costaba doscientos setenta y cinco dólares.

—Hay una ONG que puede cubrir este —le dijo a Nikki—. Le entregaré el formulario que debe rellenar.

—Gracias —dijo Nikki, con las mejillas ardiendo de vergüenza.

¿De qué estaba tan avergonzada? Estaban arruinados, sí. Podía pasarle a cualquiera. Y él había muerto en un accidente espantoso. Eso no significaba que fuera una mala persona.

—No estaba borracho, ni nada por el estilo —dijo.

La señora Costello alzó la vista del formulario.

—¿Disculpe?

—Mi marido, Johnny. No conducía borracho, ni nada por el estilo. Fue por una distracción.

«Por mi culpa», pensó Nikki. «Yo fui quien lo distraje».

Un oficial de policía fue a entregarle los efectos personales de Johnny que habían recuperado del coche. Respetuosamente, le dio el pésame y le deseó la mejor suerte del mundo en el umbral del pequeño apartamento.

Nikki se estremeció al pensar en aquella ironía. La suerte no era amiga suya.

El policía volvió a su coche y se levantó la gorra para despedirse. Después, se marchó.

La había llamado «señora». Así era como la gente llamaba a las personas mayores. Ella solo tenía treinta y tres años, pero se sentía como si tuviera mil. Su vida era terrible y, en medio de aquellos caóticos sentimientos de conmoción, ira y negación, solo quería saber cómo podía encontrar un motivo para seguir respirando.

Entró en el apartamento en que Johnny y ella habían vivido aquel último año. El administrador del edificio le había concedido algunos días más antes de que la empresa de desalojos volviera a ejecutar el desahucio. Echaba de menos a Johnny, pero no iba a echar de menos aquel lugar. Se mudaban con frecuencia, siempre buscando un alquiler bajo y cercanía a la playa.

No quería mirar el contenido de la bolsa que acababa de entregarle el policía. Sería insoportablemente doloroso ver las cosas que Johnny se había dejado atrás. Sabía exactamente dónde estaba él: sus cenizas reposaban en una urna que había colocado para sujetar la puerta y dejar que entrara la brisa mientras recogía sus cosas.

Respiró hondo y se obligó a sí misma a abrir la bolsa. Había una caja de regaliz suave de maracuyá y una tarjeta en un sobre cerrado para ella. Johnny había muerto el día de San Valentín. Nikki se metió el sobre al bolsillo sin abrirlo y llevó los dulces a la basura. En el último momento, decidió guardarlos en su mochila. Tal vez los necesitara más tarde.

Para ellos, el día de San Valentín siempre había sido importante. Siempre lo celebraban con una botella de champán y una cena en un buen restaurante, seguidos de una noche apasionada. Cada año era más especial que el anterior, porque cada año se querían más. Él era lo primero en lo que pensaba cuando se despertaba, y lo último en lo que pensaba al dormirse. Y, cuando estaban separados, ella lo echaba de menos con una intensidad que le quemaba por dentro.

Cuando se habían conocido, ella había sabido que Johnny sería la parte más importante de su vida, y aquel primer verano había sido un torbellino. Después de recibir aquella invitación para participar en la Liga Global de Surf, por fin sabía cómo iba a ser su futuro.

La primera vez que pasaron la noche juntos, él le pidió que se quedara a su lado para siempre, y ella lo hizo. Ni siquiera tuvo que tomar una decisión. Era el paso siguiente más lógico en un viaje sin planificar. El hecho de estar enamorada hacía que se sintiera como una persona diferente, y le gustaba quién era cuando estaba con Johnny. Le gustaba quién era cuando estaba lejos de Alara Cove: una chica sin pasado, con todo el futuro por delante.

La seleccionaron de suplente para el tour de exhibición y participó en eventos por toda la costa oeste del país. Además, ella encontró trabajo de socorrista en el Club de Surf Redondo Beach. Al final del verano, la visa de trabajo de Johnny expiró, y él le dijo que tenía que volver a Australia y le pidió que se fuera con él. Ella no vaciló a la hora de sacarse el pasaporte.

Cuando anunció su intención de irse a vivir al extranjero, todos le dieron el consejo de que tuviera cautela. Nadie creía que su relación con Johnny fuera a durar, y su padre se lo dijo sin rodeos. Sin embargo, ella había decidido estar con el hombre a quien quería, vivir una vida diferente y alejarse de Alara Cove.

Hubo una despedida entre lágrimas con Shasta y Carmella. Después, fue a casa de los Bradshaw, donde se dio un abrazo con Cal. Y, después, Johnny la recogió y los dos se marcharon en un descapotable prestado con la capota retirada.

En aquel momento, cuando vio por última vez la calle principal del pueblo, llena de flores, la librería, con su atractivo escaparate, las cafeterías y las tiendas con sus toldos a rayas, el puerto deportivo y los bares donde los marinos pasaban el rato, Nikki sintió una nostalgia que no esperaba, porque sabía que se marchaba de Alara Cove para siempre.

Se le había agriado un poco el humor cuando habían pasado por delante del bufete de abogados de los Sanger. Su despacho ocupaba un precioso edificio histórico a la sombra de los árboles. Aunque hubiera salido a la luz la verdad sobre la noche en que murió Mark, la única consecuencia fue que Thornton prohibiese el Buccaneers Club para siempre. Judd Olsten se graduó, pero luego se fue a una estricta universidad evangélica del Este. Y la notoriedad de Nikki frustró sus planes de asistir a la universidad y la envió al exilio. Aparte de eso, las cosas volvieron a la normalidad.

Johnny y ella emprendieron su vida juntos igual que se habían enamorado. Algo no planeado, pero inevitable. En Australia estaban ocupados todo el tiempo, ayudándose el uno al otro a improvisar la manera de continuar en la liga. A los dos les fue bien en las eliminatorias locales, pero la forma de vida era tan difícil como decía todo el mundo. Para llegar a fin de mes tenían trabajos aparte del deporte, Johnny, de repartidor; y ella, de socorrista y de profesora privada de surf. Algunas veces tenía la sensación de que aquella vida era una versión de la que llevaba en Alara Cove. Sin embargo, como siempre, el surf fue su refugio. Cuando estaba entre las olas, casi se olvidaba de dónde estaba y le parecía que iba a ver el letrero fluorescente roto de Beachside Caravans. Johnny le sugería a veces que tal vez no había terminado con Alara Cove, que tenía asuntos por zanjar allí. Ella siempre rechazaba aquella idea.

Su playa favorita era Cooloola, que estaba rodeada de cipreses marítimos, otra cosa que le recordaba a casa. Había un hombre mayor que iba a sentarse a veces a la sombra de los árboles con un caballete y un maletín de pinturas, y se perdía en la escena que estaba pintando. Al verlo, Nikki sentía nostalgia. Incluso pensó en comprar algunos materiales y pintar un poco, pero parecía que nunca tenía tiempo.

Se comunicaba por WhatsApp con su padre, con Shasta, con Carmella y con Cal, pero, con el paso de los años, el contacto disminuyó y los recuerdos se fueron desvaneciendo como los colores de una fotografía antigua que hubiera estado demasiado tiempo expuesta al sol.

En aquel momento, se apartó de la cabeza todo aquello y se sentó delante del ordenador portátil. La trabajadora social del hospital le había aconsejado que reuniera todos los registros de sus finanzas. Se conectó a su cuenta de Westpac y se quedó mirando la dura realidad que aparecía en la pantalla. Ah, Johnny. ¿Cómo se le había escapado a ella todo eso? Sus finanzas siempre habían sido escasas y, más aún, durante y después de la pandemia. Ella había abordado el tema varias veces con Johnny, preguntándose si no deberían buscar trabajos más estables. Debería haber sabido interpretar mejor sus silencios. Aunque ya no importaba.

El correo electrónico estaba lleno de mensajes de conmoción y tristeza. La gente le pedía que fuera fuerte, que siguiera surfeando, que viviera aquel sueño que compartía con Johnny. Borró aquellos correos. Sin Johnny, ella no tenía el valor suficiente para intentar conseguir una clasificación en la liga. Su sueño no existía sin él. Johnny siempre se había enorgullecido de ser responsable de las cosas, de proveer para su mundo. Al mismo tiempo, era un espíritu libre, y ella adoraba aquello. Él le había dado tanto amor... Parecía que siempre sabia profundizar en la parte más rica de la vida.

Sin embargo, también era temerario e impulsivo. No le importaba dejar el trabajo para irse a la costa con ella a pasar un día de aventuras. Después, comían algo y se tendían en una toalla, a la sombra, a mirar las nubes. Por las noches se acurrucaban en el sofá y veían una película y, después, hacían el amor más de una vez.

Él podía parar el tiempo con uno de sus besos. Podía disipar todas las preocupaciones con un beso. Johnny tenía muchos dones. Lo único que no sabía era gestionar el dinero.

Nikki se quedó mirando a la pantalla con los ojos llenos de lágrimas. Entonces el dolor se desbordó y ella comenzó a sollozar hasta que se quedó sin fuerzas, demasiado agotada como para sentir algo.

Se levantó y se obligó a hacer algunos estiramientos de yoga. Ella solo había sufrido heridas leves en el accidente, la peor, un esguince de muñeca, pero sabía que su corazón nunca iba a recuperarse. Mientras recogía la ropa y los zapatos de Johnny, le dolía todo el cuerpo. En realidad, la empresa de desalojos tendría muy poco trabajo. Johnny y ella habían acumulado muy pocas cosas y muebles. Nikki decidió guardar pocas prendas: una camiseta vaquera descolorida y una gorra de béisbol que él siempre usaba los fines de semana.

Sarah y Jess, dos vecinas del otro extremo del pasillo, aparecieron para ayudar. No se conocían más que de saludarse por el edificio, pero se acercaron a decirle algunas palabras amable y ver si podían hacer algo.

—Gracias —dijo Nikki—. Yo... No, no, gracias. Todavía estoy intentando asimilar lo que ha pasado. No sabía que las cosas estuvieran tan mal con nuestras finanzas. Estaba segura de que el aviso de desalojo era un error.

—Oh, Nikki. Te vi salir corriendo de aquí cuando

apareció esa furgoneta. Qué día más terrible para ti
—dijo Jess.

—No puedo imaginármelo —dijo Sarah—. Lo
siento muchísimo.

—Era un hombre encantador. Hacíais una pareja
preciosa, y él te adoraba —dijo Jess—. ¿Qué vas a hacer ahora? ¿Vas a volver a Estados Unidos?

—Eso es... Vaya. Este ya no es mi sitio. Pero no me
imagino volviendo. Nunca pensé que tendría que volver.

—Pero parece que es tu hogar —le dijo Sarah, con
delicadeza—. Estoy segura de que allí sí hay un sitio
para ti. Gente que te quiere y que te va a cuidar.

Jess asintió.

—Puede que Sarah tenga razón. Tienes que pensar
en la verdadera razón por la que te marchaste. Seguro
que no es lo que pensabas.

La razón por la que ella se había marchado de su
país era Johnny. Y, ahora, Johnny había muerto.

—Bueno, y... ¿tienes algún plan? —le preguntó
Sarah—. Puedes dormir en mi sofá esta noche,
pero...

—No —dijo Nikki. Estaba tan agotada por el dolor
que no podía pensar con claridad, pero le conmovió
su preocupación—. Habéis sido muy amables, pero
no quiero molestar.

Jess tenía dos niños y el apartamento de Sarah era
un estudio diminuto en el que daba clases de inglés a
inmigrantes.

—Nunca había pensado en cómo sería mi vida sin
Johnny. Supongo que estoy a punto de averiguarlo.

Intentaron que comiera algo, pero no tenía hambre. Su última tarea fue limpiar el buzón. Bajó al
aparcamiento y lo abrió. Estaba lleno de facturas ven-
cidas, pero también había una carta oficial del Departamento de Interior, pero, al mirar bien el sobre,
se dio cuenta de que iba dirigida a ella.

Abrió la carta, la leyó dos veces y estuvo a punto de vomitar.

—¿Esto significa lo que yo creo? —preguntó Nikki.

Se sentía agotada. Empujó el sobre por encima del escritorio del funcionario de Interior. Había pasado la noche en casa de su amiga Kalinda, en Chermside, un barrio que estaba a las afueras de la ciudad, y había tenido que dormir en un sofá lleno de bultos. Estaban sufriendo una ola de calor y ella había llegado desde la costa en autocar, porque el juzgado había autorizado a la empresa de desalojos que tomara posesión de su coche.

El empleado, un tal señor Clive Hibble, según su placa, asintió con seriedad.

—Dice que no tiene la ciudadanía australiana, que su visa expiró hace mucho tiempo y que está obligada a salir del país y volver a Estados Unidos.

—No lo entiendo. Estoy casada con un australiano. Estaba casada.

El señor Hibble la miró a través de las gruesas lentes de sus gafas. Tenía una mirada amable y una expresión seria.

—He estado estudiando su caso. He repasado toda la información que envió usted. Por desgracia, parece que el matrimonio no llegó a inscribirse en el registro.

—¿Cómo? No. Nos casamos hace catorce años.

Fue una ceremonia al atardecer, en la playa, rodeados de amigos del club de surf. El oficiante había sido Cadbury Swain, que había ocupado el primer puesto de la Liga Global de Surf varios años seguidos. Después de la boda, habían puesto música y habían comido, bebido champán y bailado durante horas. Aquella noche, Johnny la había llevado a la suite del último piso de un gran hotel con vistas a Surfers Paradise, le había quitado el vestido de encaje y había hecho el amor con ella. Nikki se había sentido como si fuera la novia más afortunada del mundo.

El señor Hibble carraspeó.

—Una ceremonia de boda, si no se registra, no puede ser reconocida.

—Así que nunca estuvimos casados —dijo ella, con incredulidad.

—Legalmente, no. Otro problema es que el cambio de apellido de su difunto esposo tampoco fue formalizado. Legalmente, era John Merceski.

—Nunca le preocuparon mucho los detalles —dijo ella con un hilo de voz.

El funcionario le dijo que tenía pocas opciones. Tal vez ni siquiera fuese posible registrar un matrimonio cuando una de las partes había fallecido y, además, utilizaba un nombre falso. Se veía obligada a contratar un abogado, a encontrar a los testigos de la boda y, después, a intentar apelar la orden de deportación. Había bufetes especializados en inmigración que quizá pudieran ayudarla, pero siempre tenían sobrecarga de trabajo y eran caros.

—No tengo dinero para un abogado —dijo ella, en voz baja—. No tengo dinero para nada.

Él le dio una hoja con la información de contacto de varias agencias de ayuda. Tendría que registrarse como indigente y rellenar una solicitud de ayuda.

—Si van a deportarla a Estados Unidos —le dijo el funcionario—, debería acudir a la embajada de su país, en Canberra.

Casi no podía pagar el billete de vuelta a Chermside, así que mucho menos podría pagarse un viaje a Canberra, que estaba a mil kilómetros de allí.

—¿Y si... no tengo dinero para volver a Estados Unidos?

—Lo más probable es que la agencia la ayude a presentar su solicitud en la embajada. Si no tiene los fondos, le pedirán que los consiga de su familia o amigos. Si puede verificar que ellos no pueden pagar, entonces el gobierno le proporcionará el billete de avión. Después le exigirán que devuelva el préstamo. Si elige esta opción, le confiscarán el pasaporte y le proporcionarán uno válido solo para un viaje, lo cual le permitirá entrar de nuevo a Estados Unidos, pero será inservible para cualquier otro viaje.

El señor Hibble buscó el precio de un billete de ida desde Brisbane a Los Ángeles y, mientras lo hacía, Nikki se sintió presa del pánico. La realidad era muy dura. Tenía que marcharse de Australia y, aunque sin Johnny no tenía sentido que permaneciese allí, le aterrorizaba la idea de volver a Alara Cove, el lugar que había descartado tantos años antes. Se agarró al borde del escritorio hasta que se le pusieron blancos los nudillos.

—Perdone... ¿puedo usar algún teléfono? El mío se destrozó en un accidente. Necesitaría un *smartphone* con WhatsApp. Disculpe.

Él vaciló un instante. Después, abrió un cajón de su escritorio y sacó un teléfono. Se lo entregó.

—Puede entrar en WhatsApp —le dijo—. Yo necesito salir un momento, ¿de acuerdo?

Ella asintió y le agradeció aquel momento en privado. Miró la pantalla. Ni siquiera sabía qué hora era en Estados Unidos. Ni siquiera sabía si la llamada se realizaría.

Su padre estaba a un océano de distancia y, algunas veces, parecía tan lejano como la luna. Se habían mantenido en contacto con mensajes y fotos por medio de WhatsApp. Marcó su número y oyó varios pitidos. Después de un minuto, la llamada terminó.

Entonces, le envió un mensaje: *Ha ocurrido algo, es urgente.* Sabía que era improbable que su padre respondiera. Raramente hablaban, poniendo como excusa la diferencia horaria. Él no siempre miraba los mensajes ni se molestaba en responder. Además, su padre tenía sus propios problemas últimamente. Hacía un par de años, había dejado embarazada a una mujer que tenía la mitad de años que él, y ella se había marchado dejándolo con el bebé. Cuando le dio la noticia, ella pensó que estaba loco, pero, bueno, su padre nunca había sido de los que planeaban las cosas.

Le había puesto Gloria al bebé. En las fotografías se veía que la niña era adorable. Guy estaba cansado y, también, desconcertado por aquel giro inesperado del destino.

Después de dejar el mensaje, Nikki volvió a llamarlo. Y, en aquella ocasión, Guy contestó de inmediato.

—¿Qué acontecimiento estelar es este? —preguntó.

—¿Puedo volver a casa? —le preguntó ella. Tenía que explicar un millón de cosas, pero no sabía por dónde empezar.

—¿Y qué clase de pregunta es esa?

TERCERA PARTE

«No hay nada más bello que la forma que tiene el mar
de negarse a dejar de besar la orilla, por muchas
veces que lo rechace».
Sarah Kay, poetisa estadounidense.

Capítulo 10

Nikki desembarcó en el aeropuerto de Los Ánge-les exhausta. Después del larguísimo vuelo, la gente se levantó de sus asientos somnolienta y recorrió el camino hasta la zona de Aduanas e Inmigración bos-tezando y estirándose. Tras la espera de media hora en la fila, por fin, llegó su turno para que la atendie-ran. Le entregó al agente el pasaporte temporal, en el que aparecía la foto de una extraña que parecía tener unos cien años. Él lo escaneó y miró varias veces des-de el documento a su cara, y viceversa. Después, te-cleó en su ordenador y observó la pantalla.

—¿Perdió su pasaporte? —le preguntó el señor Hernández, según decía en su placa.

Ella se encogió de hombros. No quería que volvie-ran a interrogarla sobre todo lo que había ocurrido para que ella estuviera allí. El agente vaciló un poco más, volvió a teclear en el ordenador y, finalmente, le hizo una seña para que pasara de la terminal del ae-ropuerto a la zona de recogida de equipaje. La mayo-ría de la gente iba hablando por teléfono, pero ella no tenía. Su padre se había empeñado en ir a buscarla, así que ella le había dado la información del vuelo por adelantado.

Cuando recogió de la cinta transportadora su abultada bolsa, cubierta por un mosaico de insignias de competiciones de surf, le resultó demasiado pesada. La fila de aduanas se movía muy deprisa y los agentes, con aspecto de aburrimiento, les tomaban las tarjetas de declaraciones y hacían señas a la gente para que continuara. Ella rezó por que no la eligieran para un registro. No quería explicar qué era la urna de cenizas que estaba colocada en el centro de la bolsa. El agente miró su tarjeta y le dijo que siguiera adelante.

Cuando llegó al otro lado, la muñeca le dolía muchísimo a causa del peso del equipaje, y lo dejó caer al suelo con un ruido sordo. Se tambaleó y se quedó mirándolo fijamente.

—¡Nikki!

Su padre se acercaba a ella con paso seguro. Llegó a su lado justo cuando ella estaba tomando aire profundamente para intentar contener un ataque de pánico.

De repente, sintió tanto alivio que le flaquearon las rodillas. No esperaba sentirse tan conmovida al ver a su padre después de tantos años. Él estaba igual, pero distinto. Seguía siendo el chico de playa por excelencia, con su camisa *vintage*, sus pantalones vaqueros y la coleta. Llevaba una gorra de béisbol con la visera al revés y un pendiente de aro. Su sonrisa seguía siendo encantadora. Sin embargo, ahora tenía el cabello cano y en su hermoso rostro se notaban las arrugas de la edad.

—Hola —dijo él.

—Hola —respondió Nikki, con un nudo de lágrimas en la garganta.

—Me alegro de que hayas vuelto a casa.

—No me quedaba otro remedio.

Él la abrazó brevemente. Ella no sintió consuelo, porque no podía, pero el contacto humano fue como un refugio.

—Has pasado por muy malos momentos —le dijo

su padre—. Ojalá hubiera podido ir contigo y ayudarte más.

—Ya lo sé, pero... —murmuró Nikki. Todo era muy complicado. Ella sabía que no tenía dinero para el billete de avión y que, además, tenía una niña pequeña—. Estás aquí ahora. Gracias por haber venido.

Él todavía tenía la antigua furgoneta blanca, que tenía casi los mismos años que ella. El interior seguía oliendo a cera de surf y a neopreno, y fue reconfortante. Había una silla infantil abrochada al asiento trasero.

—Eso es diferente —comentó Nikki.

—Ah, sí. Gloria es mi copiloto, como lo eras tú. Patsy me la está cuidando hoy. Seguramente, se quedará con ella toda la noche.

Nikki hizo un gesto negativo con la cabeza.

—En vaya lío te metiste.

—Pues sí —reconoció él.

—¿En qué estabas pensando?

—No hubo ningún tipo de pensamiento. Fue por un condón defectuoso, un accidente. Pero ya verás cuando conozcas a Gloria. Es el mejor accidente del mundo.

—¿Ah, sí? ¿Y su madre?

Él suspiró.

—El peor accidente del mundo. Yo casi no conocía a Marnie cuando nos enrollamos. Conseguí que no se drogara durante el embarazo, pero, justo después del parto, se largó con su camello —le explicó a Nikki, mientras conducía por la autopista—. Sus padres intentaron quedarse con Gloria, pero yo no se lo permití. Ellos fueron los que criaron a Marnie y ¿pensaban que iba a dejarles que desgraciaran a otra hija? Gloria es mi segunda oportunidad.

—¿Porque la cagaste con la primera?

Nikki estaba demasiado triste y agotada como para ser amable. ¿Por qué no había podido su padre ser así con ella?

—Hice lo que hice. Tú eres una persona increíble y yo no me atribuyo el mérito. Pero tampoco asumo la culpa.

Le señaló una manta y una almohada que había detrás del asiento.

—He pensado que tendrías mucho sueño.

—Totalmente —dijo ella.

Con un suspiro, Nikki reclinó el asiento y se puso la almohada detrás de la cabeza. Se tapó con la manta y se quedó dormida al instante. Cuando se despertó, casi había anochecido y estaban llegando al parque de caravanas. Se incorporó cuando entraron por la puerta, bajo el letrero fluorescente, y pasaron entre las Airstream de camino al remolque de su padre. Guy salió, sacó su bolsa y la llevó hasta la puerta de la caravana número siete.

—Esta es la que te ha preparado Patsy.

Nikki asintió.

—De acuerdo.

—Entra —le dijo, señalándole su caravana—. Tienes que comer algo.

—No tengo hambre —dijo ella.

—Podemos comer pastel de Fritos —respondió él—. Y tengo una cazuela de chili en la cocina. Dame un minuto para que lo caliente.

—Está bien, tomaré un poco —dijo ella.

Entró en el estrecho baño y se dio cuenta de que no había cambios. Él había hecho un esfuerzo por mejorarlo. Había toallas limpias y una pastilla de jabón nueva sobre una jabonera en forma de tabla de surf que ella le había hecho para el Dia del Padre en el colegio. También había una pequeña colección de artículos para bebé, algo que parecía fuera de lugar.

En la cocina, se preparó el pastel de Fritos tal y como lo había hecho siempre, con chili, queso, nata agria y cebollino. El sabor de aquel plato picante hizo que retrocediera en el tiempo, y sonrió.

—Está muy bueno, gracias. Siempre fue mi comida favorita después de hacer surf —dijo.

—Tengo una botella de vino, si te apetece. ¿O prefieres una cerveza? Demonios, la última vez que estuvimos juntos ni siquiera tenías edad para beber alcohol.

Ella estaba demasiado cansada como para tomar vino.

—No te preocupes, el agua está muy bien.

Él se preparó un plato y se sentó frente a ella.

—Siento mucho lo que te ha pasado —le dijo—. Quiero entenderlo. Quiero ayudar. Es decir, si tú quieres hablar de ello. A lo mejor podrías contarme más sobre lo que ocurrió. Qué es a lo que te estás enfrentando. Lo único que me has dicho es que murió en un accidente.

—Es... una larga historia. Complicada. Nosotros... Él... Resultó que teníamos graves problemas de dinero, pero yo no sabía hasta qué punto eran graves hasta que apareció la empresa de desalojo del juzgado para desahuciarnos.

—Oh, mierda.

—Yo creía que era un error. Johnny estaba entrenándose para una ronda clasificatoria, así que fui a buscarlo a la playa. Mientras volvíamos a casa en coche, nos peleamos. Mucho. Yo dije algunas cosa que... Los dos dijimos cosas.

Nikki cerró los ojos, pero no pudo borrar la imagen de la cara de Johnny, su expresión de asombro y de defensa. Veía su ira. Sus movimientos eran rápidos e impacientes al volante, y aceleró para tomar una curva.

—Iba demasiado deprisa y... Después de eso, no tengo recuerdos, todo se hace borroso. El coche volcó y a él se le rompió el cuello. Y su cara... —dijo, y se le escapó un jadeo de dolor—. Los médicos me dijeron que perdió el conocimiento al instante y que no se enteró de nada.

«Por favor, que eso sea cierto», pensó.

—Oh, cariño —dijo su padre, y se acercó a abrazarla—. Oh, mi niña.

—Él no tenía... Los médicos dijeron que tenía una lesión cerebral. No tenía actividad cerebral. No llegó a recuperar el conocimiento, y solo pudieron mantenerlo con vida el tiempo suficiente para extraerle los órganos, porque era donante.

Se estremeció y se desplomó en el respaldo del asiento.

Su padre se enjugó los ojos.

—Mierda —dijo.

Se hizo el silencio mientras ella terminaba de comer. Al final, se le escapó un bostezo.

—Estás agotada —dijo su padre—. Tienes que dormir más.

—Sí. Ni siquiera sé qué día es.

—Es el primer día del resto de tu vida —dijo él.

Ella suspiró. Nunca se había imaginado que Johnny no iba a formar parte del resto de su vida.

—No fue culpa suya —dijo—. Él trabajaba mucho. Los dos trabajábamos mucho. Quería pagar las facturas y ponerlo todo al día. Intentó protegerme evitando que me enterara de lo mala que era la situación.

—Te casaste con un clon de mí —dijo Guy.

Ella se encogió de hombros.

—La gente se casa con sus traumas.

Cuando Nikki despertó, durante los primeros segundos, Johnny estaba vivo. Estaba en la cama, a su lado, y ella notaba la presencia de su cuerpo flexible, cálido y reconfortante, oía su respiración suave y relajada. Percibía su olor único y embriagador. Pronto, él la besaría y...

La realidad irrumpió como una piedra lanzada a un charco. Nikki abrió los ojos y vio el techo curvo de la caravana. La visión del cielo a través de la ventana redondeada hizo que se sintiera como si no hubiera pasado el tiempo. Y, sin embargo, había pasado toda una vida. La vida de Johnny. Todo había terminado en un abrir y cerrar de ojos.

Por lo que había leído sobre el dolor, Nikki sabía que tenía que esperar una avalancha de emociones. Le aconsejaron que buscara ayuda y que no ignorara sus sentimientos, y que siguiera avanzando hacia un lugar de aceptación.

A pesar de la literatura compasiva y bienintencionada que le había recomendado la trabajadora social del hospital, habría que inventar palabras nuevas para lo que estaba sintiendo. En los peores momentos, se preguntaba si iba a ser capaz de continuar. Si quería continuar.

El estruendo lejano del mar la llamaba. Se tomó un café y sintonizó en la radio su emisora de costumbre, Alara Am, que emitía partes de surf a cada hora. El locutor anunció que hacía un calor inusual para el mes de febrero. Aquella mañana habría un oleaje primario de corta duración procedente del oeste que se mezclaría con un oleaje secundario del suroeste. Se esperaban olas de un metro veinte de altura.

Terminó el café, se levantó de la mesa y, por la ventana, vio a su padre en el cobertizo del equipo de surf. Él también debía de haber oído la radio, porque se estaba preparando para bajar a la playa.

Nikki se reunió con él.

—¿Vas a ir sin mí? —le preguntó.

Tomó un traje de neopreno de talla de mujer y se lo puso.

—No quería despertarte —dijo su padre—. Ya sabes cómo soy. Me gusta surfear a primera hora de la mañana...

—Por si acaso es el día del fin del mundo —dijo ella, acabando el viejo dicho con él.

—Normalmente no salgo por las mañanas porque tengo a Gloria —dijo Guy—. ¿Y tu muñeca? —le preguntó.

—Tengo una muñequera con férula —dijo ella—. Además, se supone que el ejercicio es beneficioso. ¿Y qué pasa con Gloria hoy?

—Todavía está con Patsy, y duerme hasta tarde. Patsy la cuida.

—Patsy es una santa.

—Vamos —le dijo Guy—. Seguro que te vendrá bien descansar la cabeza.

Su padre estaba en lo cierto. Cuando ella surfeaba, se le quedaba la mente en blanco. Se sometió voluntariamente al poder del mar y dejó que se le llenaran los sentidos con el sabor de la sal, el ruido de las olas y la energía de la tabla deslizándose bajo sus pies descalzos. Después de varias olas, se sintió mejor. Equilibrada. Rodeada por un muro de agua salada.

Al cabo de una hora, el agua se calmó y las olas desaparecieron, y la playa empezó a llenarse de gente que iba a pasear o a hacer yoga, o a pasar un día de diversión con su familia. Aunque no fuera verano, a la gente le encantaba la playa. Los quioscos de comida bajaron el toldo y sacaron los letreros.

Nikki y su padre esperaron a la última ola que los llevara hasta la orilla.

—Ha estado muy bien —dijo Guy—. Gracias por venir conmigo.

Ella asintió mientras se ponía su sudadera. Su padre llevó las dos tablas por la playa y ascendió por la ladera hacia el parque.

Bajo la curva del acantilado había una familia joven preparándose para pasar el día, colocando toallas, sombrillas, la nevera portátil con la comida y las cosas del bebé. La madre le ofreció juguetes al niño mientras hacía sonidos de cariño.

—¿A Gloria le gusta la playa? —le preguntó Nikki a su padre.

—Supongo que sí. Pero no tanto como a ti. Cuando solo tenías unas semanas, ya me di cuenta de que eras medio delfín.

—Ya —respondió ella, con escepticismo—. ¿Cómo lo supiste?

—Te encantaba el agua. Cobraste vida cuando te metí al agua.

—Un momento, ¿metiste al agua a un bebé casi recién nacido?

—Cuando naciste, mis padres me dijeron que había que bautizarte.

Ella aminoró el ritmo y lo miró.

—Eso no me lo habías contado.

—Era una cosa suya.

—Porque son italianos, ¿no?

Él asintió.

—Les gustan las tradiciones. Las ceremonias y los misterios de la iglesia, no me preguntes por qué. Yo no me relacionaba mucho con ellos después de marcharme de Cape May, pero, cuando tú naciste, tuve ganas de acercarme, ¿sabes? Como si quisiera honrar una tradición.

—¿Y me bautizasteis?

—No como querían ellos. Esperaban que te bautizáramos en una iglesia. Ya sabes, con un faldón blanco y una capota, con misa, con todo. Tu madre y yo les dijimos que no.

Guy señaló la ducha con un gesto de la cabeza.

—Tú, primero. Yo voy a lavar las tablas.

Mientras se duchaba, pensó en sus abuelos, a quienes casi no recordaba. Nona y Papa. Aunque vivían en el Este, fueron de visita a California un par de veces cuando ella era pequeña. Recordaba que había muchísima comida, conversaciones en voz alta y, algunas veces, gritos. Habían sido muy agradables con ella, pero, cuando se hizo un poco mayor, dejaron de ir con la excusa de que el viaje era demasiado largo y caro. En realidad, lo que ocurría era que no se llevaban bien con su padre. Después de un tiempo, su relación quedó reducida a una tarjeta de felicitación por Navidad y, al final, incluso aquello desapareció.

Se vistió y fue a la cocina de la caravana de su padre en busca de comida, pero se sintió desleal. ¿Cómo era posible que tuviera hambre, cuando Johnny acababa de morir?

Como estaba hambrienta, se sirvió un cuenco de cereales y cerró los ojos al recuperar el sabor de su infancia. Comió despacio mientras hojeaba un viejo álbum de fotos. Aquel álbum llevaba en la repisa que había sobre la mesa de la cocina desde que ella tenía uso de razón.

Había fotografías descoloridas de sus padres, muy sonrientes, increíblemente jóvenes, posando delante de las tablas de surf de su padre. En su boda en la playa, Lyra llevaba un vestido de verano con un estampado de margaritas y unas sandalias de tacón. Miraba a Guy como si él fuera todo su mundo. Algunas páginas después había fotografías de ella cuando era bebé, en brazos de sus padres, y otra en la que estaba acostada en una toalla de playa, con los ojos muy abiertos y los brazos extendidos, mientras Guy y Lyra la miraban. Sus padres eran tan jóvenes como Johnny y ella cuando se habían conocido. En sus sonrisas no había ningún indicio de la tragedia que iba a suceder.

Siguió hojeando el álbum, intentando recordar los momentos de las fotos. Había algunas de ella, con las piernas de palillo, sin dientes, pero siempre sonriendo. En una de ellas, la de su quinto cumpleaños, aparecían Nona y Papa sentados al fondo, debajo de un toldo de rayas adornado con globos. Todas sus fiestas de cumpleaños se habían celebrado en la playa. Antes, ella pensaba que la playa era el único sitio en el que se le podía hacer una fiesta a un niño.

Su padre llegó recién duchado, con el pelo húmedo. Llevaba el correo en una mano y, en el otro brazo, a una niña pequeña.

Nikki se quedó mirando a Gloria con la boca abierta. Dios Santo, qué preciosa era.

—Hola —dijo—. Soy Nikki.

La niña apoyó la cabeza en el hombro de su padre y, después, miró tímidamente a Nikki.

—Es tu hermana —dijo Guy—. Es genial tener aquí a mis dos hijas.

Gloria tenía unos enormes ojos marrones y el pelo oscuro, del mismo color que el de Nikki. De hecho, se parecía bastante a la niña que había en las fotografías del álbum. Era tan mona que ella sonrió por primera vez desde hacía días.

Guy sentó a Gloria en su trona y puso algunos copos de cereal en la bandeja, delante de ella. Gloria fue comiéndolos uno a uno, observando cada uno de los copos antes de metérselos en la boca.

Guy se sirvió un cuenco de cereales y puso el correo en la mesa.

—Todavía no habla mucho —dijo—. ¿Verdad, pequeñina?—. De vez en cuando dice alguna palabra, pero todavía está balbuceando.

—¿Por qué les dijiste a tus padres que no sobre el bautismo? —preguntó Nikki, indicando el álbum de fotos.

—Yo... Tu madre y yo no éramos creyentes. No al estilo católico —dijo él, mientras miraba las cartas.

—Entonces, ¿cuál era el estilo?

—Supongo que no necesitábamos la pompa y la ceremonia, ni los rituales. Cuando era joven, me pasaba demasiadas horas en clase de catecismo. Esas monjas... Lo único que conseguían era convencer a los niños de que no quisieran creer en nada —dijo. Dejó la clasificación del correo y le tendió una mano con la palma hacia arriba—. ¿Ves eso de ahí? —le

preguntó, señalándole una línea débil y blanqueci-
na—. Nos pegaban con una regla, como si con eso
fueran a ganarse nuestro corazón y nuestra mente.

Nikki retrocedió.

—Pero si solo eras un niño...

—¿Verdad? Y tu madre... Ella no creció en la religión católica, pero su situación no era mejor. Su madre era... Bueno, nunca lo dijo. Su familia era del
Medio Oeste.

—Eso no es una religión.

—No, pero tienen un sistema de creencias. Ella me
contó que creían en cosas como «la letra con sangre
entra», y cosas por el estilo.

Guy le puso delante a Gloria una taza de agua y
unos cuantos arándanos.

—Vaya, qué agradable —dijo Nikki—. Entonces,
no hubo bautismo.

—Lo hicimos a nuestra manera.

—¿Me bautizasteis?

—Exacto. Te llevamos al mar y dejamos que te pasara por encima una ola. Su madre pensaba que ibas
a llorar y a gritar, pero no lo hiciste. Pestañeaste y es-
cupiste un poco, y chasqueaste los labios. Yo te levan-
té por encima de mi cabeza, al estilo Rey León, y dije
tu nombre completo: Nicoletta Fabiola Graziola. Después, te envolvimos como si fueras un burrito y nos
tomamos una cerveza en tu honor.

Tiró del álbum de fotos hacia él y buscó una foto:
en ella aparecía él, sonriente, con el bebé estrechado
contra su pecho desnudo. Lyra estaba a su lado, mirando al horizonte, sin sonreír.

—El día de tu bautismo.

Nikki se quedó asombrada.

—No me habías contado esa historia.

—Fue hace mucho tiempo —dijo él. Apretó un botón
de la *jukebox* que siempre había estado sobre la mesa de
la cocina y comenzó a sonar *Happy Together*, de los

Turtles—. Fue un día muy bonito —dijo, y miró de nuevo la fotografía.

Nikki se sorprendió, porque le había temblado la voz. Entonces, su padre carraspeó y miró hacia otro lado.

—¿Qué te pasa? —le preguntó ella.

—Fue nuestro último día —dijo él. Ella sacó la fotografía del álbum, le dio la vuelta y miró la fecha. Se le encogió el corazón—. Murió aquella noche.

—Sí.

—Nunca me has hablado de esto.

Él se encogió de hombros.

—No hay mucho que decir.

—Papá.

—Tu madre lo pasó muy mal cuando estaba embarazada. Y después.

—¿A qué te refieres?

—Náuseas matutinas —dijo él—. Se supone que tienen que ser por la mañana, pero a ella le duraba todo el día.

—¿Y después?

—Después de que tú nacieras, lo pasó muy mal.

—Todas las madres tienen esos momentos.

—No me refiero a lo normal —dijo él, y le dio a Gloria una ristra de juguetes de plástico.

—Entonces, ¿a qué te refieres?

—A Lyra le pasaba algo, y ninguno supimos identificarlo. Mirando atrás, estoy seguro de que fue una depresión postparto en toda regla. Lo supe demasiado tarde. Éramos muy jóvenes y yo fui idiota. No tenía ni idea de lo que estaba pasando. No sabía lo suficiente como para preguntarle por qué estaba todo el rato cansada, sin ninguna energía. No entendía por qué estaba tan triste, por qué lloraba tanto cuando teníamos a aquel bebé tan maravilloso. Pensé que echaba de menos a su madre, pero me dijo que no. Su madre y ella nunca se llevaron bien.

Guy y Lyra tenían diecinueve y veinte años en aquel momento. A esa edad, nadie sabía nada.

—El día de tu bautizo pensé que, si hacíamos algo divertido, se animaría, ¿sabes? Y puede que se animara un rato —dijo él, mirando la foto—. Yo tuve que irme a Pismo a recoger el propano. Le dije que traería la cena. Su comida favorita, de un sitio llamado Burger Spot.

Nikki volvió a guardar la foto en el álbum y le acarició la mano a su madre a través del plástico. Se preguntó qué tendría en la cabeza aquel último día. Ella estaba mirando al horizonte, mientras que Guy sonreía de oreja a oreja. Miró a su padre.

—¿Ocurrió algo mientras tú estabas fuera?

A él se le encorvaron los hombros. Se pasó los dedos entre el pelo.

—Solo salí cuatro o cinco horas para encargarme del propano y otros recados. Cuando volví, te oí llorar desde lejos. Fue el peor sonido que he escuchado jamás. Era un llanto de pánico. Me acerqué corriendo y abrió de par en par. Tú estabas en la cuna, con la cara toda roja, sudando, con los ojos como rendijas. Y tu madre... Ella estaba... Llamé al 911, pero ya era demasiado tarde.

Nikki se quedó mirándolo. Tenía el estómago encogido.

—Siempre dijiste que fue una muerte por sobredosis.

Él no respondió. Se quedó inmóvil.

—Papá.

—Se tomó algo a propósito.

Nikki sintió un frío espantoso que le llegó hasta los huesos.

—¿Cómo? ¿Estás seguro? ¿Cómo sabes que no fue una sobredosis de algún medicamento?

Él miró hacia la mesa.

—Dejó una nota.

—¿Cómo? ¿Qué clase de nota? ¿Te refieres a una nota de suicidio?

—En la carta decía que estaba metida en un pozo muy negro. Que no dejabas de llorar y que tenía miedo de que nunca pararas. Tenía miedo de hacerte daño, de no conseguir reprimirse, y no podía soportarlo más.

Nikki hizo una mueca. Se imaginaba fácilmente la situación.

—¿Y por qué no me lo habías contado hasta ahora?

—Era tan doloroso, hija —respondió él—. Me sentía tan culpable... ¿Cómo es posible que no lo viera? ¿Por qué la dejé sola todo el día? ¿Y por qué ella no se alejó y le pidió ayuda a alguien con el bebé?

Sacó a Gloria de la trona y la puso en el suelo, junto a una pequeña caja de juguetes.

—Ese es el motivo por el que no puse ninguna objeción cuando esta otra madre se fue. Tenía miedo de que fuera como Lyra.

—No puedo creerme lo que estoy oyendo.

—Siento decírtelo ahora. ¿He metido la pata al decírtelo?

—¿Por contarme la verdad?

La imagen que se había creado de Lyra, su madre distante y desaparecida, había cambiado. Ya no era la figura maternal, risueña y etérea. Ahora, se la imaginó como una mujer frágil, sacudida por la desesperación.

—¿Tienes la nota?

Él fue al fregadero y empezó a lavar los platos.

—El mar tiene la nota.

Nikki se puso a mirar la selección de discos de la vieja máquina. Lo que le había contado su padre explicaba mucho sobre cómo había sido con ella cuando estaba creciendo. Guy siempre había mantenido cierta distancia. Parecía aprensivo cuando ella estaba cerca, casi asustado. ¿Por qué? ¿Porque era la hija de su madre?

—Los dos hemos perdido a nuestra pareja —dijo en voz baja—. ¿Cómo puede haber tal coincidencia?

De nuevo, el dolor se apoderó de ella.

—Hay una parte de mí que no se recuperará nunca —dijo su padre—. Y supongo que hay una parte de ti que tampoco. Pero, después de un tiempo, empiezas a soportarlo mejor. Continúas.

Ella se quedó callada un momento. Fuera ya había movimiento. La gente salía de los remolques y se preparaba para bajar a la playa. Entonces, ella se sentó en el suelo, con Gloria. La niña la observó brevemente. Entonces, le dedicó una sonrisa llena de babas y le entregó un libro de cartón.

—Johnny y yo siempre estábamos posponiendo el hecho de tener un hijo —dijo Nikki—. Siempre parecía que era imposible cuando estábamos de gira. Y, cuando no estábamos de gira, no teníamos dinero.

—Estoy seguro de que tú serías una buenísima madre —dijo Guy.

—Ya no tengo posibilidad.

Él señaló a Gloria con la cabeza.

—Nunca digas «Nunca jamás». Pero no te creas que es fácil. Por lo menos, no lo fue para mí. Esta es más fácil que tú. O quizá a mí se me da mejor ahora...

—¿Yo no fui un bebé fácil?

—Había noches interminables. Por algún motivo, tu hambre alcanzaba el punto máximo a las tres de la mañana, y eso duró semanas.

Nikki se lo imaginó tambaleándose por la cocina de madrugada, calentando un biberón. Él se masajeó la nuca.

—Te gustaban ciertas canciones. Yo te ponía música y, a veces, te calmabas. Te encantaban las canciones de la *jukebox*. Y te gustaba mirar el arte, yo estaba seguro. Te quedabas mirando al techo, y por eso pegué ahí arriba fotos de caras.

—Eso no me lo habías contado. Nunca me habías contado nada de esto.

—Porque uno de los dos tenía que empezar a hablar.

—Yo acabo de llegar.

—Entonces, ya hablarás cuando estés preparada —dijo él, y le dio al bebé un sobre roto para que jugara con él. La niña dio un gritito de alegría.

Nikki sabía que nunca iba a estar preparada, pero estaba aprendiendo que el mundo no esperaba a que las personas estuvieran preparadas.

Señaló a Gloria con la cabeza.

—¿Está bautizada?

—Sabe cómo se llama.

—Y es más fácil que yo.

—Es diferente. Yo soy diferente —dijo él. Se inclinó y le revolvió el pelo a la niña—. Va a la guardería del pueblo. Patsy me ayuda. Patsy hace mucho.

Se sentó y volvió a la tarea de clasificar el correo.

Nikki tuvo la tentación de preguntarle si estaba pensando en dejársela a Carmella algún día, pero se contuvo.

—Bueno, nunca me imaginé que te vería de padre soltero a tu edad.

—Disculpa, ¿cómo? —preguntó él.

Estaba mirando fijamente una carta que acababa de abrir. Se había quedado pálido, y arrugó la frente de preocupación.

—¿Pasa algo?

—Tengo problemas con el ayuntamiento.

—¿Qué clase de problemas?

—Voy retrasado con algunos pagos.

—Pero no sería la primera vez, ¿no?

—Esto es distinto. Van a cambiar la calificación de uso recreativo del parque de caravanas y, con eso, los impuestos serán el doble —dijo él, y se frotó las sienes—. Yo nunca he tenido nada en esta vida, salvo esta colección de remolques —añadió, y señaló la carta—. Ahora me están amenazando con llevarse todas las Airstream.

—¿Cómo? ¿Llevárselas? ¿Y tú has decidido lo que vas a hacer al respecto?

—Bueno, es obvio que tendré que pensar algo.

—No pueden hacer eso. Las caravanas llevan aquí toda la vida. Tienes un contrato de alquiler del terreno.

—Quieren quitar el parque, seguramente para construir algo. No sé.

—¿Y se lo vas a permitir?

—No puedo hacer mucho.

—Eso no suena propio de ti.

Él dobló la carta y la guardó.

—Bueno, ya está bien de hablar de mí. Todo esto es una tontería comparado con lo que estás pasando tú.

—No pasa nada por pensar en otra cosa aparte de mí, aunque sea en estas circunstancias.

—Sí, ya lo sé... Quiero que sepas que estoy muy contento de que hayas vuelto. Pero ahora estoy preocupado.

—Lo resolveremos de algún modo —le dijo ella.

Sin embargo, no tenía demasiado convencimiento. Todo se había desmoronado tan rápidamente que casi no había podido recuperar el aliento. No sabía lo que iba a hacer para ganarse la vida ahora que estaba de nuevo en Estados Unidos. Ni siquiera tenía el diploma de la escuela secundaria y, mucho menos, uno de la universidad o de formación profesional. Sabía nadar y surfear, pero eso no era una carrera.

—Mira, yo no te estoy pidiendo nada.

—Ojalá tuviera más que ofrecerte. Tú puedes quedarte aquí todo el tiempo que necesites, pero puede que mis días en el parque de caravanas estén contados. Dios mío.

Guy se estremeció y puso otra canción en la *jukebox*. *Lola*.

—No puedo creer que esa cosa siga funcionando —dijo ella.

—He tenido que arreglarla un par de veces.

—Cuando era pequeña, me preguntaba de dónde salían las canciones.

—Y yo te decía que era magia.

—Todavía no lo sé —reconoció ella.

—Entonces, supongo que sigue siendo magia.

Nikki se dio cuenta de que él la miraba fijamente y entendió que su preocupación tenía un significado más profundo.

—Papá, ni siquiera conocí a mi madre. No hay manera de que sea como ella. No me voy a suicidar —dijo—. No puedo prometerte que no vaya a tener una depresión, que esté muy triste. Pero no me voy a matar.

—Te tomo la palabra.

Él terminó de lavar los platos y recogió la cocina. Ella lo observó con un sentimiento de gratitud por todo lo que acababan de contarse. Aunque fuera horrible, agradecía el hecho de saberlo. Sintió un nuevo vínculo con él, una cercanía nueva. Los dos habían perdido a sus cónyuges de una forma terrible y habían soportado algo impensable.

Pero los dos seguían en pie.

Capítulo 11

Nikki empezó a ocuparse de las tareas mundanas para poner en orden su vida. Las más pequeñas, como comprar un teléfono móvil barato o solicitar una tarjeta de crédito con un pequeño préstamo de su padre, llenaron los momentos entre la tristeza y el pánico. Le resultaba difícil preocuparse de su futuro sin Johnny. Sin embargo, sabía que tenía que construir una vida para sí misma.

El objetivo de aquel día era ir a una clínica de Santa María. Quería ponerse en tratamiento para calmar la ansiedad y el insomnio. Fue a la caravana de Patsy Hayward y llamó a la puerta.

Patsy abrió, sonrió y le dio un abrazo de bienvenida.

—Dios mío, cómo estás, Nicoletta Fabiola. Por fin has vuelto.

—Me alegro de verte —dijo Nikki.

Patsy no había cambiado apenas. Tenía algunas canas en la melena ondulada, que le llegaba a los hombros, y le habían salido algunas arrugas alrededor de los ojos de color gris claro, pero seguía manteniendo la bondad y la calma que ella recordaba.

—Supongo que mi padre te lo ha contado.

—Me ha contado lo suficiente como para que me preocupe. Quiero ayudar. Sé que no puedo hacer mucho, pero... —señaló la mesita que había en su porche, preparada con dos vasos de limonada—. Podemos hablar, si te apetece.

A Nikki sí le apetecía hablar, lo cual fue una sorpresa para ella. No tenía palabras para describir su dolor, pero le contó a Patsy que tenía terror nocturno, que estaba inmersa en una montaña rusa de emociones que no conseguía dominar y que tenía un dolor insoportable en el plexo solar, algo que casi le impedía respirar.

—Pobrecilla —dijo Patsy—. Me alegro de que vayas a buscar ayuda médica.

—Me he rendido. No puedo solucionarlo sola.

—Es que no tienes por qué hacerlo. Solo... intenta gestionarlo paso a paso, de un momento al siguiente, supongo.

Nikki estuvo a punto de echarse a llorar al oír aquello.

—Oh, Patsy. Tienes razón. Aunque puede que eso signifique que tengo que arrastrarme durante todo el día. ¿Sabes qué es lo que más me anima? Estar con Gloria. ¿Quién me iba a decir que iba a tener una hermanita a los treinta y tres años?

—Es un sol, eso por descontado —dijo Patsy con una sonrisa afectuosa—. Un rayo de esperanza.

—Me viene muy bien ese rayo. Mi padre te está muy agradecido por tu ayuda con la niña.

—Me gusta ayudar.

—Siempre lo has hecho, Patsy. Ha tenido mucha suerte de que hayas estado aquí todo este tiempo.

A Patsy se le apagó un poco la sonrisa.

—Cuando mis niños eran pequeños y mi exmarido me perseguía, tu padre me salvó. Y este parque resultó ser un buen sitio para criar a mis hijos y sentirme segura. Y, después, supongo que estar y trabajar aquí se convirtió en una costumbre. Resulta que adoro este sitio tanto como Guy.

Nikki se preguntó si su padre se había dado cuenta de lo que siempre había tenido delante.

—Bueno, ¿y te ha contado lo del problema con el ayuntamiento?

Patsy negó con la cabeza.

—De nuevo, solo lo suficiente como para preocuparme. Tiene tendencia a mantener en secreto sus problemas.

Como Johnny.

Nikki se frotó la muñeca. Todavía la tenía hinchada y tierna al tacto. Seguramente, no debería haber ido a hacer surf tan pronto.

—Pide que te la miren cuando vayas a la clínica —le dijo Patsy—. A ver si te recetan algún analgésico. Solo porque él se haya ido tú no tienes que seguir sufriendo.

—Sí, lo voy a hacer. Estoy esperando a que vuelva mi padre con la furgoneta. Ha ido a dejar a Gloria en la guardería y a hacer recados.

—Puedes usar mi coche. Yo no lo voy a usar.

—¿No lo necesitas?

Patsy le dio un sorbo muy rápido a la limonada.

—Te llevaría yo misma, pero me han retirado el carnet. Me pusieron muchas multas por exceso de velocidad. No soy mala conductora, pero supongo que he tenido un mal momento —dijo. Después, miró a su alrededor—. ¿Es cierto que van a intentar desmantelar este sitio?

—No estoy segura. Parece que va en serio. No sé qué va a hacer mi padre si pierde el parque. Odia perder cosas —dijo Nikki.

Patsy se agarró las manos en el regazo.

—Yo tampoco sé qué iba a hacer —dijo, señalando las Airstreams—. Esta es la vida que tienes cuando no haces un plan —añadió, y respiró profundamente—. Pero no me quejo. A mí nunca se me ha dado bien planificar.

—Bienvenida al club —dijo Nikki—. Me preguntó si hay algún grupo de ayuda para eso.

Patsy movió la cabeza.

—Espérame un segundo, voy a buscarte las llaves del coche —dijo. Entró en la caravana y salió a los pocos segundos con un llavero en forma de tabla de surf. Se lo dio a Nikki—. Intenta no ir muy rápido —le dijo—. Es un coche muy viejo, pero capaz de sobrepasar el límite de velocidad.

—Tendré cuidado —dijo Nikki. Llevaba sin tocar un coche desde que había vuelto de Australia, y ya tenía las palmas de las manos sudorosas—. Y gracias, Patsy. Has sido muy buena con mi padre durante mucho tiempo. Espero que él sepa apreciarlo lo suficiente.

La clínica del condado era un ala anexa al hospital y a la sala de urgencias. A Nikki la habían atendido allí una o dos veces cuando era pequeña. Una vez le habían dado puntos de sutura en la barbilla, en una herida que se había hecho al darse un golpe con la tabla de surf y, en otra ocasión, se había dislocado un hombro jugando en una tabla de remo debajo del puente de la isla de Radium. Un oficial de la marina la había llevado a urgencias y le había echado un sermón sobre lo peligrosa que era la corriente durante las mareas, y le había dicho que tenía suerte de estar viva.

En la clínica, la enfermera mostró preocupación por la lesión de la muñeca.

—No fue buena idea ir a hacer surf con la muñeca así —le dijo la mujer.

Se llamaba Vivian Burke y llevaba unas gafas de lectura sujetas en la punta de la nariz. Mientras le hacía preguntas, escribía rápidamente en el teclado. Después, le colocó la muñequera en la muñeca.

—Cuando estaba en la liga, me acostumbré a hacer surf con lesiones —dijo Nikki, mientras la señora Burke le ajustaba la muñequera.

Hubo un cuestionario detallado sobre su salud mental. ¿Se preocupaba todo el tiempo? ¿Nunca? ¿Había un término medio? ¿Había pensado alguna vez en lesionarse a sí misma? ¿Tenía problemas para dormir, para concentrarse o para tomar decisiones?

—Es un buen momento para hacer un descanso —dijo la enfermera, mientras le entregaba las recetas—. Cuídese como cuidaría a la persona a la que más quiere.

—Perdí a esa persona —dijo Nikki, suavemente.

—He visto que ha marcado la casilla de «viuda» en el formulario de información —dijo la señora Burke—. Lo siento muchísimo. Y, ahora, más que nunca, tiene que cuidarse. Sé que ahora no parece posible, pero habrá otros. Encontrará a otros —añadió con firmeza.

Mientras recorría la sinuosa carretera de la costa de vuelta a Alara Cove, Nikki se aferró a aquel pensamiento. Estar triste todo el tiempo era como una agonía lenta. Tenía que recordar cómo podía sentirse de otra manera.

El paisaje iba quedando atrás de manera borrosa, solo con los colores que le imprimía la puesta de sol. Los fotógrafos llamaban a aquella hora «la hora dorada»: los colores del mar, del cielo y de la arena estaban en su glorioso apogeo. Cuando Johnny y ella posaban para las sesiones promocionales de sus patrocinadores, aquellas eran las horas más preciadas, el momento en que parecía que ellos vivían en un mundo de ensueño. Algunas veces, ella creyó que era cierto.

Sin embargo, ahora regresaba a Alara Cove tal y como se había marchado, sin un plan de futuro y después de perderlo todo. «No, no lo has perdido todo», se dijo. Al pensar en su padre y en la niña a la que estaba criando, hizo una promesa: «No voy a perder lo que tengo por lo que acabo de perder».

A medida que se acercaba al centro del pueblo, se fijó en un par de cambios, empezando por lo que anunciaba una valla publicitaria que había en la entrada: *Bienvenidos a Alara Cove. Jason T. Sanger, alcalde.*

Un momento...

El volante se movió y ella corrigió rápidamente el giro. Jason Sanger. No debería sorprenderse. Los Sanger llevaban a cargo de todo desde hacía generaciones. Según lo que había oído desde que estaba allí, seguían controlando el condado y parecía que ahora también controlaban el pueblo. De repente, se dio cuenta de que los problemas que su padre tenía con el ayuntamiento eran, en realidad, problemas con los Sanger.

Pensaba que no iba a volver al pueblo. Después de que muriera Mark, se había hecho asfixiante para ella. Sin embargo, mientras conducía lentamente por la calle principal, sintió aquel lugar hasta los huesos. Alara Cove era el sitio donde había aprendido a hacer surf y donde se había enamorado de la pintura. Al pasar por lugares que conocía bien sintió una nostalgia casi reconfortante. La librería, White Rabbit Bookshop, con su eslogan tallado a mano en un letrero que había sobre la puerta: *Alimenta tu mente.* La floristería, Petals Boutique, en la que había trabajado un verano para conseguir el descuento de empleada. La galería de Carmella, y las cafeterías y tiendas de regalos... E incluso la biblioteca pública, que había sido su refugio. Era un alivio ver lugares que recordaba con cariño, en vez de con miedo.

Eso cambió cuando pasó por delante de la señal que indicaba la entrada a Thornton Academy. Se erguía en una de las colinas que había al este de la carretera y su entrada estaba rodeada de muros iluminados por el sol y de jardines bien cuidados. Toda la institución era un monumento al aprendizaje, pero, también, a los privilegios. Y como ella había aprendido al final, un monumento al artificio.

Frunció el ceño y aceleró por la carretera que llevaba al parque de caravanas. De repente, un insistente ruido hizo que mirara por el espejo retrovisor. La estaba siguiendo un coche de policía.

«Maravilloso», pensó, y exhaló un suspiro de frustración mientras hacía una seña y paraba el motor. Durante los quince años que había pasado en Australia, nunca la habían parado. Ahora que estaba haciendo su primer circuito por el pueblo, ya tenía problemas.

Bajó la ventanilla y puso las manos en el volante, donde el policía pudiera verlas bien.

El olor a mar le llenó los sentidos y el sonido estruendoso de las olas se mezcló con el ruido de las botas en la gravilla.

—Carnet de conducir y documentación del vehículo, por favor —dijo el agente, con una voz grave y un tono de buena educación.

Nikki frunció el ceño, porque aquella voz le resultaba familiar. Inclinó la cabeza para mirar al policía, y él se colocó las gafas en la nariz con un dedo. Y, por primera vez desde hacía varios días, sintió algo que no fuese dolor y desesperación.

—Cal —espetó—. Dios mío, Calvin Bradshaw.

Él se quitó las gafas y se las metió en el bolsillo de la camisa.

—Y, Dios mío, Nikki Graziola. Hace muchísimo tiempo.

—Una eternidad.

—Eso parece.

Él dio un paso atrás y la miró con asombro. Ella vislumbró a su viejo amigo en su sonrisa.

Nikki señaló el bolso, que estaba en el asiento de al lado, y le preguntó:

—¿Necesitas el...?

—No, claro que no. ¿Por qué tienes tanta prisa? Ibas por encima del límite.

—¿De verdad? Lo siento mucho —dijo ella.

—Y tienes un faro fundido.

—Oh, eso no lo sabía. Es que me han prestado este coche esta misma tarde.

—Y tienes caducadas las etiquetas y la pegatina de emisiones.

Eso tampoco lo sabía. Patsy le había dicho que casi nunca lo sacaba.

—Gracias por decirme todo esto —dijo ella—. Me ocuparé de ello. Cal, ¿te importaría que saliera del coche y te saludara como es debido?

—Me sentiría insultado si no lo hicieras.

Nikki abrió la puerta y salió. Dio un paso atrás y miró a Cal. Tuvo que inclinar la cabeza hacia atrás, porque él había crecido muchísimo. Además, estaba muy fuerte. Era como una versión ampliada del adolescente al que ella había conocido, el chico menudo al que recordaba. La camisa del uniforme le quedaba casi estrecha, y marcaba un pecho impresionantemente musculoso y unos bíceps que tensaban la tela.

—Hola —le dijo.

—Hola a ti también.

Se dieron un abrazo y ella retrocedió y se apoyó en el coche.

—Eres policía.

—Sí.

Para ella fue desconcertante ver a su viejo amigo con un arma en una funda. Tenía un millón de preguntas. Si empezaba en aquel momento, no terminaría nunca. Cal Bradshaw, policía municipal. ¿Cómo había sucedido eso?

—Disculpa, ¿qué? —le preguntó, al darse cuenta de que él le estaba preguntando algo.

—Que qué te trae por aquí después de tanto tiempo.

—La desesperación —balbuceó ella, olvidándose de que ya no eran amigos—. La tragedia.

—¡Vaya, Nikki! ¿En serio? ¿Qué te ha pasado?

—Mi... mi marido murió en un accidente de tráfico el mes pasado, justo después de que tuviéramos una discusión terrible. Después descubrí que mi matrimonio nunca llegó a inscribirse en el registro y, por lo tanto, nunca fue oficial. Mi visa había expirado, así que me deportaron. Tuve que recoger todas mis cosas y volver aquí, porque, de lo contrario, estaría debajo de algún puente de Queensland.

Por algún motivo, podía contarle todo aquello sin desmoronarse. Siempre había podido hablar con Cal. En aquel momento, tenía la sensación de que no había pasado el tiempo. Él no se movió durante unos segundos. Después, dijo:

—Demonios, Nikki. Demonios.

Y la abrazó.

En aquella ocasión, fue un abrazo de consuelo, como el que le había dado su padre. La fuerza suave de Cal, incluso su silencio, le provocó algo por dentro, algo que hizo que se derritiera por completo. La armadura que había tratado de sostener se derrumbó de repente y, por un instante, lo único que la mantuvo en pie fue el abrazo de Cal.

Rompió en sollozos, pero Cal no dijo nada, aunque le mojó la camisa con las lágrimas. Después de un rato interminable, pasó un coche junto a ellos. Y, un poco después, se acercó otro, más lentamente, y el conductor bajó la ventanilla. Era una mujer atractiva, de pelo castaño, con unas gafas de sol de diseño. Se mordió el labio inferior y miró por encima de la montura. Su todoterreno de último modelo tenía el logotipo de una agencia inmobiliaria en la puerta.

—¿Va todo bien? —preguntó. Parecía que conocía a Cal—. Ah, hola. ¿Estáis bien?

—Sí, todo va bien. Gracias por preguntar, Della.

La mujer se alejó y Nikki dio un paso atrás. De repente, se sentía avergonzada.

—¿Es Della Avery?

La recordaba del colegio, de hacía un millón de años. Al darse cuenta de que a Cal se le ponían rojas las orejas, se preguntó si habría algo entre ellos.

Nikki se secó las lágrimas con la manga y volvió a mirarlo. Ya no estaba sonrojado, y la miraba atentamente. Seguramente, se sentía mortificado por aquel inesperado estallido de emoción.

—Oh, Dios mío. Yo... Cal... Perdona. Supongo que no te lo esperabas.

—Seguramente, ha sido por todo lo que acabas de contarme. Parece que has pasado por muchas cosas.

—Todavía no lo he dejado atrás. No sé si voy a poder.

—Bueno, me alegro de que hayas vuelto. Seguro que todavía tienes muchos amigos aquí.

Ella no supo qué decir. No sabía lo que tenía.

—Yo me alegro mucho de haberme encontrado contigo, Cal. Debería irme. Estoy alojándome en el parque de mi padre hasta que...

¿Hasta cuándo? En realidad, no tenía ni idea.

—Bueno, por el momento.

Él sacó una tarjeta y un bolígrafo, y escribió algo en el reverso.

—Mi número de móvil. Llámame cuando quieras. Lo digo en serio. De noche o de día. Nada de WhatsApp ni de rollos de Facebook. Llama.

—Gracias, Cal. De verdad. Muchas gracias.

Se metió la tarjeta al bolsillo.

—Y ten cuidado —dijo él, y tocó un botón cuadrado que tenía en el hombro.

—¿Una cámara corporal? —le preguntó ella.

—Está todo grabado —dijo él—. Pero no te preocupes, no lo van a revisar. Es un departamento pequeño, y solo revisamos las grabaciones cuando hay acción.

Ella asintió y entró en el coche.

Mientras volvía lentamente al parque con cautela no podía dejar de pensar en Cal Bradshaw. No habían perdido el contacto por completo, pero, a lo largo de los años, su relación se había reducido a algún «me gusta» o a un emoticono en redes sociales. Al verlo en carne y hueso recordó que era una persona y no un icono en una pantalla brillante. Aunque había cambiado mucho, su bondad reflejaba al chico que ella siempre había conocido.

Y era policía. ¿Cómo había ocurrido aquello? Era una contradicción con su objetivo, que había declarado frecuentemente, de viajar por todo el mundo. De adolescente siempre hablaba de conocer países lejanos, pero tal vez solo fueran las palabras de un niño que hacía el trabajo de un niño, que era soñar con todo.

Nikki había aprendido muy bien a soñar, pero se había dado cuenta de que, quizá, el trabajo de un adulto era deshacerse de esos sueños. O, por lo menos, enterrarlos.

Capítulo 12

Mientras Cal Bradshaw volvía a casa al terminar el turno de trabajo, dejó que sus pensamientos vagaran. Se había sorprendido muchísimo al encontrarse con Nikki Graziola al volante de aquel viejo coche. Después de tantos años, la chica que había ocupado gran parte de su mente había vuelto al pueblo.

Recordó el día en que ella se había marchado de Alara Cove dejando atrás un rastro resplandeciente de gloria. O eso era lo que le había parecido a él. Siempre se la imaginó conquistando el mundo del surf con su marido, que era como una estrella del rock. A juzgar por las publicaciones de la Liga Global de Surf que había visto online, Nikki lo había conseguido, al menos durante un tiempo. Aunque él no había ido a buscar esa información, Shasta, la bibliotecaria jefa del pueblo y cazadora de datos, sí miraba las puntuaciones clasificatorias de Nikki.

Sin embargo, los números no contaban realmente una historia. Las clasificaciones no podían explicar cómo Nikki había terminado casada, pero no casada, con un tipo que utilizaba un nombre artístico. Los número no explicaban el terror y la tragedia de un accidente fatal.

Ahora, ella había regresado. Él sabía muy bien que todos tenían que enfrentarse a momentos muy difíciles; había tenido que soportar muchas cosas. Pero en pocas ocasiones se acumulaba una desgracia tan grande sobre una persona de repente.

Entró en el camino de acceso a la casa donde había crecido y donde vivía aún. Era un lugar pequeño y sencillo. Las escaleras y el porche estaban minuciosamente limpios, no porque él fuera particularmente exigente con el lugar, sino por su padre.

La regla número uno para vivir con un ciego era quitar todos los obstáculos y no cambiar nunca las cosas de sitio para evitar que chocara con ellas.

Las herramientas eléctricas de su padre habían desaparecido hacía mucho tiempo del cobertizo. Al todavía hacía tallas, pero a mano y solo con madera blanda o resina. Los objetos afilados ya no eran sus amigos.

Cal recogió un paquete que le habían dejado en el porche y entró. China, que estaba en su colchoneta, movió la cola sedosa para saludarlo. Su padre estaba relajado en su butaca favorita. Se quitó los auriculares y los dejó con cuidado junto a su teléfono móvil. Sonrió a Cal y le hizo el mismo saludo que le daba cada día:

—¿Cómo va la vida en la gran ciudad? ¿Has detenido a muchos tipos malos?

—Todos los que se pueden en un día de trabajo —dijo Cal—. ¿Y tú, qué tal ha ido tu día?

—He estado en una reunión de la junta directiva. Se habló más de las viviendas asequibles, pero, claro, no hay avances. Tuve una partida de *cribbage* con los *gamers*. Hice mis diez mil pasos con China —dijo—. Empecé otra novela del bibliobús. Va de un policía judicial. No sabía que hacer cumplir la ley fuera algo tan sexy. Nunca me habías hablado de eso.

—Claro, claro. No hay ni un momento para aburrirse.

—Ah, y Destiny quiere cambiar la hora de la clase para mañana por la noche.

—Por mí, perfecto.

Su padre se había apuntado a clases de guitarra con la esperanza de que él conectara con Destiny. Ella tenía una voz fantástica y un gran talento para la guitarra. Simplemente, estaba soltera y quería conocer a alguien. Quizá la invitara a tomar algo. O, más bien, no. Ligar no era lo suyo.

Tal y como hacía todos los días después del trabajo, colgó el sombrero en la entrada y dejó las botas al lado de la puerta. Después, subió a ducharse y cambiarse. Oyó a su padre practicar con la guitarra, riéndose con ganas de sí mismo al tratar de tocar *Hey There Delilah*.

La actitud positiva de Al era una sorpresa diaria para él. A pesar de las dificultades, Alfred Bradshaw estaba viviendo la mejor parte de su vida. Se mantenía vinculado a la comunidad y aprovechaba al máximo cada día. Siempre decía que eso era lo que le había enseñado el cáncer, que el tiempo que tenemos en el mundo es un regalo.

Cal sabía que tenía que parecerse más a su padre. Algunos días, sin embargo, le resultaba difícil conseguirlo. Algunos días duraban eternamente. Él siempre había pensado que se marcharía de Alara Cove, siempre había querido conocer lugares nuevos, conocer gente nueva, encontrar una vida nueva.

Sin embargo, resultó que la vida era la que tenía otros planes para él. Sus viajes terminaron en la Universidad Politécnica de California, en San Luis Obispo. Lo habían aceptado en Brown, en el Este, pero no tenía dinero para pagar una universidad de la Ivy League. En la politécnica estudió Administración de Justicia Penal y Social y español. Poco después de terminar, llegó la llamada. La buena noticia era que su padre había superado el cáncer. La mala era que había sufrido un ictus, un riesgo muy conocido del tratamiento de quimioterapia. El ictus le había dañado el nervio óptico y le había causado una ceguera permanente.

Alfred Bradshaw juró que, a pesar de todo, estaba contento de seguir vivo. Y que estaba decidido a vivir solo.

—Voy a encontrar la manera de vivir con eso —les dijo a él y a su hermano Sandy—. Pero vosotros no tenéis por qué hacerlo.

Mientras Cal terminaba la carrera, Al fue al campamento para ciegos, como lo llamaba él, y trabajó con instituciones locales y estatales para aprender a vivir con independencia. Su primer perro, Calyx, y él, se mudaron a vivir a una residencia de Los Ángeles. Allí lo atendieron terapeutas especialistas en orientación y movilidad. Aprendió a hacer la compra, a pagar las facturas, a moverse por el barrio, a limpiar el baño... Al Bradshaw se esforzó al máximo para hacer la transición. Se unió a grupos de apoyo, accedió a los recursos, se mantuvo activo y comprometido, estudió español... Se dedicó a ser el mejor invidente que pudiera.

Sin embargo, cuando Cal fue a casa emocionado para darle la noticia de que le habían concedido una beca Fullbright, se dio cuenta de que algo no iba bien. Le dijo a Sandy que su padre estaba fracasando. Sandy, que tocaba el bajo en una banda prometedora, no se lo creyó. Le dijo que su padre ya no tenía ningún problema de salud. Después de años de tratamiento, se había curado del cáncer y estaba sano de cuerpo y mente.

Cal seguía pensando que había algo que no funcionaba. Al no tenía apetito ni motivación. Estaba pálido. Estaba deprimido. Se había visto obligado a dejar la casa que había renovado con sus propias manos, con un jardín lleno de flores y un taller de carpintería. Entre los rascacielos de la ciudad ya no podía sentir la brisa del mar ni percibir el olor de los eucaliptos que había en las colinas de detrás de la casa.

—Nos vamos a vivir a casa —le dijo Cal, un día después de su graduación. Ni siquiera tuvo que decidirlo. Fue el paso más lógico que tenían que dar.

En el rostro de su padre apareció un destello de alegría, pero, rápidamente, Al frunció el ceño con preocupación.

—No, hijo. Mi equipo dice que la casa de Alara Cove está demasiado lejos como para que yo pueda vivir con seguridad. Ese viejo hogar es demasiado para mí.

—Pero, para mí, no.

Otro destello, de esperanza y anhelo, apareció en su semblante. Pero fue seguido de un gesto lleno de escepticismo.

—Vamos a vivir juntos —le dijo Cal—. Como siempre.

—Ni hablar. Tú tienes otros planes. Te han concedido una beca Fullbright, nada más y nada menos. No vas a volver a casa para ser el enfermero de tu anciano padre.

—Para empezar, tú no eres ningún anciano. Y, para continuar, no me vas a disuadir. Escucha, papá. Tú arreglaste esta casa para que Sandy y yo pudiéramos tener un lugar en el que crecer. Te sacrificaste por nosotros, trabajaste mucho por nosotros. Rehipotecaste la casa para que yo pudiera estudiar. Ahora, tengo la oportunidad de ayudar y estoy orgulloso de ello.

—Hijo, no. Yo...

—Ya está decidido. Nos vamos a casa.

Al había dudado y balbuceado mucho más, pero Cal supo que había ganado cuando a su padre se le iluminó la cara y le cambió la postura: barbilla alta y hombros cuadrados. Durante sus estudios y formación en justicia penal, Cal había aprendido a leer las señales más sutiles que daba una persona. Reconoció la esperanza y el alivio de su padre. Incluso el perro parecía más animado.

Cal entró en el departamento de policía. Le pareció una buena opción.

Él ya había hecho una carrera relacionada con aquel entorno laboral. Solo tenía que hacer un curso de veinte semanas de entrenamiento, de especialización procesal, de táctica y del manejo de las armas.

Por supuesto, nada de aquello formaba parte de sus planes, pero descubrió que, a veces, los planes eran incompatibles con las obligaciones.

No le costó ningún esfuerzo reintegrarse en Alara Cove. Y, de una forma inesperada, casi contra su voluntad, empezó a gustarle hacer cumplir la ley. En su nivel más básico, aquel trabajo era una oportunidad para ayudar a la gente con sus necesidades más profundas. Algunos días, el momento más difícil era ayudar a una anciana a que encontrara la llave del buzón o arreglar el agujero de una valla. Él aprendió a valorar aquellos días, porque había otros mucho más complicados. Con demasiada frecuencia lo avisaban para gestionar acusaciones de maltrato, agresión o robo.

Como el departamento era demasiado pequeño como para tener divisiones, por lo general un caso le pertenecía desde el principio hasta el final. Se ocupaba de accidentes de tráfico leves, de disputas por la custodia de los niños, de peleas en bares y de incumplimientos de las condiciones de la libertad bajo fianza. Algunos de sus trabajos también se desarrollaban en el mar, en la lancha del departamento de policía. No tenían oficial de marina a tiempo completo, aunque sí había un oficial de conservación del Medio Ambiente en el distrito. En aquella zona, todos estaban tan dispersos que, a menudo, los diferentes departamentos, tenían que cubrirse entre sí.

Cal nunca sabía lo que iba a depararle su siguiente turno de doce horas. Por todo el pueblo se movía entre la gente a la que servía como funcionario público: víctimas, sospechosos y testigos. Bromas pesadas en los colegios, menores ingiriendo alcohol, mascotas perdidas, todo en una jornada laboral.

Cuando acabó de ducharse, abrió dos cervezas y las puso en la mesa de la cocina.

—He traído sándwiches de Oliva's —dijo—. ¿Tienes hambre?

—Como siempre —dijo su padre, y se acercó a la cocina seguido de cerca por China—. Pero antes tengo que darle de comer a mi novia.

El armario de China estaba perfectamente organizado. El pienso y los suplementos estaban en contendores etiquetados en braille. La dieta canina consistía en carne cruda y verduras orgánicas de un productor de la zona. No era barato, pero China no era una perrita cualquiera. Al siempre decía que no era solo sus ojos, sino, también su corazón.

Cal tomó un trago de cerveza y le dio un mordisco al bocadillo, que todavía estaba caliente. Su padre se unió al él con cara de felicidad.

—No sé qué le echan a esta salsa, pero es adictiva.

—Es brujería —dijo Cal.

—Hablando de brujas, ¿sabes quién conducía hoy el bibliobús?

—Sin duda, la bibliotecaria más sexy del mundo —adivinó Cal.

—Exacto, hijo. No entiendo por qué vosotros dos no formáis una pareja.

—Papá.

—Lo digo en serio. ¿Sabías que las solicitudes del carnet de biblioteca se han cuadruplicado desde que Shasta Kramer asumió el cargo de bibliotecaria jefa?

Cal sonrió.

—Si tú lo dices...

Aunque, posiblemente, tenía razón. Shasta había encontrado algo que le gustaba tanto como los libros: ir de compras. Le gustaba ponerse vestidos ajustados y sandalias de tacón alto y pendientes de aro, y le gustaba teñirse mechones del pelo de colores. Le había confesado a Cal que algún cazatalentos de la ciudad le había preguntado si tenía interés en actuar o en pasar modelos.

—Es verdad —le dijo su padre—. Me enteré en el centro para mayores el otro día. Los hombres van a la biblioteca solo para verla fruncir los labios y mandar callar a la gente con un susurro.

—Sí, claro —dijo Cal, riéndose, y le dio otro mordisco al bocadillo.

Su padre estaba en lo cierto: Shasta era muy atractiva. Y era genial. Hacía algunos años que los dos se entrenaban juntos para participar en competiciones de Ironman y en triatlones. Competían regularmente en categoría individual y en eventos de equipo.

Algunos de los amigos de Cal habían tenido la misma idea que su padre y le habían sugerido que Shasta y él deberían ser pareja. A ellos dos les parecía divertido e imposible. Eran amigos desde hacía años y nunca había habido ninguna chispa entre ellos. Estaban de acuerdo en que la química era algo misterioso.

—De todos modos —prosiguió su padre— es un hecho documentado que sí ha aumentado el patrocinio de la biblioteca. Puedes comprobarlo tú mismo. Está en la página web de su campaña. Ella nunca diría que se debe a su apariencia, claro, pero su predecesor era el tipo aquel que se parecía a Shrek, así que... —dijo Al, y se encogió de hombros.

Cal no había entrado en la página web de la campaña de Shasta, aunque sabía que se presentaba a las elecciones del alcalde de Alara Cove. Era un puesto ingrato y mal remunerado, pero ella adoraba aquella comunidad y quería contribuir para que fuera un lugar mejor. Cal admiraba su espíritu, pero tenía dudas de que pudiera salir elegida, puesto que su contrincante era el alcalde actual: Jason Sanger.

—¿Qué estás pensando? —le preguntó su padre—. Se te oye trabajar la mente.

Su padre tenía un sexto sentido arácnido. Por algún motivo, había captado su estado de ánimo.

—Nikki Graziola ha vuelto al pueblo —le dijo.

—Nikki Graziola. Hacía mucho tiempo que no oía su nombre. ¿Cómo está?

—No muy bien. Su marido murió el mes pasado en un accidente de tráfico en Australia. Así que supongo que no está nada bien. Me dijo que se va a quedar en el parque de Guy durante una temporada.

—Oh, vaya, eso es horrible... ¿Crees que se va a recuperar?

—Seguramente, no a corto plazo.

—Me pregunto si sabe los problemas que tiene Guy.

Cal se rio sin ganas.

—¿Cuál de ellos? ¿Que esté criando solo a un bebé, o que tiene que luchar contra el alcalde de la ciudad?

—Supongo que los dos. Puede que Nikki lo ayude.

—No sé...

—Cuando eras pequeño te gustaba mucho esa chica —comentó Al—. Era preciosa, como alguien de *Los vigilantes de la playa*. Seguro que sigue siéndolo.

Cierto. Cal no necesitaba que se lo recordara. Había soñado con Nikki en la playa durante toda su adolescencia. Estaba increíble siempre, incluso con el traje de neopreno. Él nunca había hecho nada al respecto, por supuesto. Era demasiado torpe. Pequeño. Poco atlético. En absoluto el tipo de Nikki.

—¿Y ahora? —preguntó su padre.

Cal volvió al presente.

—¿Ahora, qué?

—Que si sigue siendo preciosa.

«Sí, por supuesto que sí».

—Está en medio de una tragedia enorme, papá. Le han pasado muchas cosas.

No dijo nada de las otras cosas que ella le había contado entre sollozos mientras él la abrazaba. Eso no era asunto de nadie, salvo de Nikki.

Su padre se encogió de hombros sin disculparse.

—Tienes el fin de semana libre y a ella le vendría bien un amigo.

Y, por supuesto, eso era lo que había sido siempre para ella: un amigo.

Lo necesitara o no.

Capítulo 13

Nikki estaba al lado del expositor de novedades de la biblioteca, observando a Shasta en acción. Era casi la hora de cerrar y su amiga estaba terminando la jornada.

La biblioteca era el corazón palpitante de la ciudad. Estaba situada en el centro geográfico. Con sus carteles que prometían defender la primera enmienda, ofrecer un espacio seguro para todos y proteger la privacidad de la gente, era el centro bullicioso al que los usuarios acudía en masa, en el que todos eran tratados con dignidad y respeto.

En su opinión, el papel de bibliotecaria del pueblo era perfecto para Shasta.

Al mirar a su alrededor por aquel acogedor espacio, Nikki sintió algo inesperado: entusiasmo. El sentimiento se deslizó a través de su dolor y le recordó que reconectar con la gente podía ser su salvavidas. Sobre todo, cuando la persona en cuestión era Shasta, que una vez fue su hermana en todos los sentidos, salvo en el biológico. La vida las había distanciado. ¿Por qué la gente dejaba que sucediera eso?

Shasta estaba en su elemento y era maravilloso observarla. Había cambiado mucho. Ya no era una muchacha insegura, reticente y estudiosa. Se había convertido en alguien audaz y llamativa detrás del

mostrador de recepción principal, que era una cápsula circular situada en el centro del atrio del edificio.
Llevaba un vestido ceñido que sacaba el máximo partido de su exuberante figura. Tenía un mechón de
pelo de color azul eléctrico y llevaba unos pendientes
de aro muy grandes. Su maquillaje era impecable.
Resaltaba sus labios carnosos, sus ojos y sus espesas
pestañas. Llevaba el tatuaje de una margarita en el
antebrazo.

Cuando eran pequeñas, Shasta llevaba su exceso
de peso como una armadura, tal vez para que la ayudara a soportar la pesada carga que le había dejado
su madre, cuyos problemas eran tan enormes que
resultaban demasiado grandes para que los gestiona-
ra una sola persona. Shasta escondía sus ojos vigilantes debajo de una mata de flequillo rizado y siempre
había buscado una vía de escape en los libros. Leía
como respiraba la mayoría de la gente, como si fuera
una necesidad para mantener la vida.

Su amiga bromeaba diciendo que 23andMe no tenía suficientes combinaciones para averiguar su et-
nia. Cuando tenía que marcar la casilla de la raza en
los formularios, deseaba que hubiera una categoría
para desconcertados o confusos o, por lo menos, para
ambiguos.

La señorita Carmella consolaba a Shasta cuando
llegaba a casa llorando porque se habían burlado de
ella en el colegio o porque nadie le había pedido que
fuera al banquete de octavo curso, o porque algún
chico tonto la había llamado «fea».

—Tú no eres fea —le decía la señorita Carmella—.
Solo estás empezando. El día menos pensado te con-
vertirás en tu verdadero «yo» y será un espectáculo
para el mundo.

Carmella tenía toda la razón. El tiempo, la experiencia y la madurez habían transformado a Shasta
en una mujer que parecía salida del cartel de una

película de superhéroes, una visión magnética y feroz con tacones de aguja. Los usuarios se acercaban a ella para pedir consejo o hacer una pregunta, haciendo cola ante el mostrador.

Nikki esperó hasta que se marchó todo el mundo y, entonces, puso su pila de libros y una tarjeta de la biblioteca desgastada en el mostrador.

—No sé si mi tarjeta todavía es válida después de tantos años —dijo—. La guardaba por si acaso.

Shasta alzó la vista desde la pantalla del ordenador y se quedó inmóvil.

—Dios mío —dijo, y se le dibujó una enorme sonrisa en la cara—. Dios mío. Ven aquí ahora mismo.

Salió del mostrador y abrazó a Nikki con tanta fuerza, que ella sintió sus corazones latiendo juntos. Por fin, se separaron, y Shasta dio un paso atrás tomando a Nikki por los hombros. Las dos estaban llorando.

—Me emocioné tanto cuando recibí tu mensaje —le dijo Shasta—. No puedo creerme que estés aquí.

—También es surrealista para mí —dijo Nikki.

—¿Por qué demonios has tardado tanto en venir a verme? —inquirió Shasta.

—En realidad, he tardado un poco en acordarme de respirar —dijo Nikki—. De verdad, no soy buena compañía para nadie. Soy como una herida abierta andante.

—¿Y crees que no puedo encargarme de un pájaro herido? —le preguntó Shasta—. Me subestimas. Llevo en terapia desde que Carmella me acogió. Sé de qué van las cosas.

Nikki asintió.

—Es cierto —dijo—. Te habría enviado antes el mensaje, pero tenía que conseguir un teléfono nuevo.

No era nuevo, exactamente. Lo habían encontrado de segunda mano y se lo habían formateado. Ahora que conocía cuál era el estado de sus finanzas, aprovechaba hasta el último céntimo.

Por lo menos, la biblioteca era gratuita. Shasta actualizó rápidamente su tarjeta y revisó la pila de libros que había seleccionado, que eran como una instantánea de su vida en aquel momento: *Enfrentándose al duelo. Cómo restaurar tus finanzas. La guía de supervivencia de Airstream*. También había elegido el último libro de los Bridgerton y una novela policíaca de un detective neurodivergente.

Como buena bibliotecaria, Shasta no hizo ningún comentario sobre sus elecciones, pero ella sabía que tenían una larga conversación por delante.

Salieron juntas de la biblioteca y caminaron por Front Street. El paseo despertó muchos recuerdos de Nikki. La calle era tan preciosa como siempre, iluminada por las farolas y llena de cestas de flores. Las tiendas exhibían su mejor género en los escaparates y los restaurantes habían puesto las mesas en las terrazas.

Nikki se fijó en un par de sitios nuevos. La cafetería de internet había pasado a ser un bar de tapas de moda, seguramente, porque los teléfonos inteligentes habían hecho innecesarios aquel tipo de locales. Escondidos entre las viejas tiendas de artículos para botes, para pesca y para acampada había un puesto de kombucha, un salón de henna, una peluquería para perros y una nueva sala de degustación con el nombre de un extravagante multimillonario de la tecnología.

No obstante, la mayoría del pueblo no había cambiado mucho, como si se hubiera detenido el tiempo mientras ella estaba ausente.

—¿Cuál es tu sitio favorito? —le preguntó a Shasta—. ¿Hay algún lugar donde podamos hablar?

—Podemos ir al puerto deportivo y sentarnos en una mesa de la terraza.

Por el camino se detuvieron ante el escaparate de la galería de Carmella. Las pinturas que había expuestas le despertaron muchos recuerdos. Ella adoraba el arte y la galería de Carmella siempre había sido una muestra de talento. Las piezas estaban iluminadas de un modo teatral y eran ejemplos de luz, textura y energía. Solo con verlas, el dolor se alejó de ella un momento.

—Sigue teniendo el gusto más exquisito —dijo—. ¿Cómo le va?

—Me alegro de decir que fabulosamente bien. Ella también está deseando verte.

—Voy a ir muy pronto a su casa —dijo Nikki—. Estoy intentando ir paso a paso. El regreso es difícil.

—Todo es difícil.

Nikki sintió una punzada de culpabilidad. Ella se enfrentaba a una pérdida devastadora, pero Shasta conocía bien las cosas duras de la vida. Ya había experimentado la mayoría de ellas antes de cumplir los doce años.

—Lo siento —dijo—. Sé que tú también has tenido muchos problemas.

—No me refería a eso. Todos tenemos que soportar el dolor. No se trata de un concurso para ver a quién le ha tocado la peor mano de cartas. Fueron al Boat Shed, un restaurante del puerto deportivo que tenía una amplia terraza bajo un porche, junto al agua. Mientras esperaban a que el maître les asignara una mesa, Nikki estudió el tablón de anuncios de la comunidad, en el que había prendidos varios folletos y tarjetas de servicios ofrecidos en el pueblo, y ofertas de trabajo.

Ofertas de trabajo. Ella iba a necesitar un trabajo. Miró las ofertas: paisajismo, dependienta en una tienda, oficinista, mano de obra cualificada. Nada que coincidiera con sus habilidades. Casi ningún empleador buscaba a alguien que supiera nadar y hacer surf. En medio del tablón había un cartel de la campaña electoral de Jason Sanger. Observó la imagen de su antiguo enemigo. Apenas había envejecido desde el instituto y todavía tenía aquella sonrisa arrogante, con una dentadura perfecta de ortodoncia. Se preguntó si ella era la única que detectaba el brillo duro de la falsedad de su mirada. Incluso su eslogan de campaña sonaba astuto y mentiroso: *Progreso real, no promesas vacías*.

—Mi padre me ha contado que te presentas a alcaldesa —le dijo Nikki a Shasta.

—Sí. Es una locura, ¿no?

—Probablemente. ¿Dónde está tu cartel? —le preguntó Nikki, mientras señalaba el tablón de anuncios.

—Aquí no lo encontrarás. El dueño es uno de los compañeros de golf de Jason —dijo Shasta—. Jason les hace muchas promesas a los empresarios del pueblo.

—Era horrible en el instituto. ¿Sigue siéndolo?

—Sí... —dijo Shasta. De repente, sonrió—. Eh, ¿sabes quién se presenta al cargo de fiscal del distrito del condado? Marian McGill.

Nikki tuvo una reacción visceral al oír aquel nombre. Desde el accidente había estado pensando en Mark más que nunca. Se preguntó si Marian también llevaría a su hermano con ella. ¿Cómo era perder a alguien con quien habías compartido el útero materno y los primeros dieciocho años de tu vida?

—¿De verdad? —preguntó—. Así que Marian entró en política, como su madre.

—Sí. Estudió Derecho. Empezó a trabajar para un bufete muy grande de Los Ángeles. Y debió de hacerlo muy bien, porque se compró una casa en Crescent Beach.

Aquel era uno de los barrios más caros de la zona.

—Entonces, tiene que saber que los Sanger siempre han controlado la oficina del fiscal del distrito.

—Tanto ella como yo pensamos que ya es hora de que haya cambios.

—Entonces, sois aliadas.

—Supongo que, en algunas cosas, sí.

Siguieron al maître, que las acompañó hasta una mesa al fondo. Desde allí veían focas y pelícanos, niños metiendo las redes en el agua y capturando cosas en cubos, gente en botes, en kayaks y en tablas de remo, deslizándose por aquella zona protegida y tranquila.

—¿Por qué decidiste presentarte a la alcaldía? —le preguntó Nikki a Shasta.

—Bueno... ya sabes que adoro este pueblo. Pero eso no significa que sea perfecto. Tengo muchas ideas para mejorar las cosas.

—Pero parece algo muy difícil. Te estás enfrentando a Jason Sanger. Es un oponente muy desagradable.

—Sí, seguro que tiene muchos trucos ocultos. Pero yo voy a intentarlo. Los Sanger llevan demasiado tiempo con la sartén por el mango. Yo ya estoy cansada de eso. Y, por lo que he oído decir en el pueblo, hay mucha gente que está harta.

—Bueno, pues si hay alguien que puede hacerse cargo de las cosas, eres tú.

Un camarero se acercó a tomarles nota de las bebidas. Al reconocer a Shasta, se le iluminó la cara.

—Hola, señorita Kramer —dijo, sonriendo y ruborizándose a la vez.

—Leo —dijo ella, y le sonrió también—. Me alegro de verte —añadió, y se giró hacia Nikki—. Leo ha sido uno de nuestros usuarios más constantes.

—No habría podido terminar la escuela secundaria sin la biblioteca —dijo el joven.

Se dio cuenta de que Nikki estaba observando la chapa de la campaña electoral que llevaba en el uniforme, y se sonrojó aún más. Era por Jason Sanger.

—Eh... El jefe quiere que todos usemos esto —dijo.

Tuvo la tentación de decirle que se buscase un jefe que le permitiera pensar por sí mismo, pero se contuvo. Mucha gente no podía elegir el trabajo. En aquel momento, ella era una de esas personas.

—Voy a tomar un Kir Royal —dijo Shasta—. ¿Y tú, Nikki?

Un Kir Royal le parecía algo divino en aquel momento, pero, no.

—Yo, una tónica, por favor.

El camarero asintió y volvió a la barra. Regresó a su mesa a los pocos minutos con dos copas heladas.

—Por que hayas vuelto a pesar de que todo es horrible —dijo Shasta, y las dos hicieron que sus copas se tocaran.

—Chinchín —dijo Nikki.

—¿No bebes alcohol? —le preguntó Shasta con las cejas enarcadas—. ¿Estás recuperándote? Oh, Dios mío, ¿estás embarazada?

Nikki se echó a reír al ver la expresión de su cara.

—No y no. Estoy tomando analgésicos —dijo, y alzó la muñeca para enseñarle la muñequera—. Además, le he dicho a mi padre que me iba a quedar cuidando a Gloria. Sabes lo de Gloria, ¿no?

—Tuvo una niña y la madre se largó. Es lo que he oído decir.

—Exacto. Me quedé asombrada cuando me lo contó, pero no lo había asimilado hasta que llegué. Tengo una hermana que es tres décadas más joven que yo. Y eso no es ni siquiera lo más extraño de mi vida.

Apoyó la barbilla en la mano y miró al grupo de niños que estaba en el embarcadero del puerto. Eran niños de Thornton. Aunque no fueran de uniforme, era fácil reconocer su aura de privilegios por la ropa informal, pero cara, que llevaban, y por la facilidad con la que se movían entre los yates de más de un millón de dólares, y por la inefable seguridad en sí mismos que desprendían.

Shasta se dio cuenta de que estaba absorta.

—¿Te estás acordando de tus días de instituto?

—Supongo que sí, un poco. Yo nunca encajé en Thornton, ni siquiera después de cuatro años. Lo hice todo bien, pero...

—Hablando de hermanos mucho más jóvenes —dijo Shasta—, el chico del polo turquesa es el hermano pequeño de Jason Sanger. No me acuerdo de su nombre, pero es una buena pieza cuando viene a la biblioteca.

—Milo —dijo Nikki—. Era muy pequeño cuando yo me marché. Ahora debe de estar en el último curso.

Mientras ella miraba, el chico pasó el brazo alrededor del cuello de una de las niñas y la atrajo hacia sí con actitud posesiva.

—Cuando te fuiste, no me imaginé que estarías fuera tanto tiempo —dijo Shasta.

—Cuando me marché, no tenía pensado volver.

—Oh, Nikki. Cuéntamelo todo. Vamos a hablar como cuando vivíamos con Carmella.

Nikki tragó saliva. Tenía un nudo en la garganta. Había hecho algunas amistades durante sus giras, pero nunca había tenido una amiga como Shasta.

—Me resulta difícil saber por dónde empezar.

—Todo empezó con Johnny Mercury —dijo Shasta—. Me acuerdo de la noche que apareció en casa, buscándote. Dios mío, era como un sueño. Me parece que me di cuenta enseguida de que acabaríais juntos.

—Yo, también. No debería haber salido bien, ¿no? Éramos tan, tan jóvenes... Pero la gira de verano fue muy buena ese año, ¿a que sí? Él fue el mejor en Oceanside y en Huntington Beach, y yo gané mi primer campeonato de *longboard*, y todo parecía como de oro. Y, algunas veces, lo fue —dijo Nikki, mientras jugueteaba con la muñequera, mirando al agua—. Y, otras veces, no.

—Cuéntamelo todo —le dijo Shasta.

Nikki mantuvo la mirada fija en el horizonte,

observando cómo se fundían el cielo y el mar, intentando explicar lo inexplicable en medio de la tristeza. Su vida se había desmoronado como un castillo de naipes. Mientras Shasta la escuchaba, se reflejaron muchas emociones en su semblante: conmoción, deleite, tristeza y preocupación. Cada pocos minutos le daba un sorbo a su cóctel de champán. Nikki notó un gran alivio al resumir su terrible experiencia para Shasta. Su hermana adoptiva sabía escuchar muy bien.

—Estás en medio de una tormenta de mierda —le dijo Shasta.

—No le veo salida.

—Ay, Nikki. ¿Qué puedo hacer para ayudar? ¿Cuál es el primer paso?

—Algunas veces es solo seguir respirando. Tengo que buscarme un futuro, pero no sé cómo será.

—Quizá lo mejor sea que empieces por algo pequeño. ¿Cómo tienes esta semana?

—Tengo que curarme la muñeca —dijo ella, señalándosela—. Y cuidar a Gloria. Estar con la niña me ayuda un poco.

—Eso es genial. Haz lo que te siente mejor. ¿Has podido ir a que te vean la muñeca?

—Tuve una cita en la clínica de salud del condado de Santa María. Se supone que debo hacer fisioterapia. Para que me atendieran en la clínica, tuve que llenar formularios declarando que soy indigente. Fue muy humillante.

—Nadie debería tener que hacer eso —murmuró Shasta—. Oh, Nikki, lo siento muchísimo —dijo, con lágrimas en los ojos—. Detesto lo que te ha pasado. Aunque me alegro de que hayas vuelto a casa. Quiero que nos dejes cuidarte.

Después de unos segundos, miró la carta y le preguntó a Nikki:

—¿Cómo van las cosas con tu padre?

—Um... Supongo que bien. Todavía me estoy

acostumbrando a la idea de que tenga una niña tan pequeña. Hemos ido a hacer surf un par de veces.

—Pero ¿puedes hacer surf con la muñeca lesionada?

—No, en realidad, no. La enfermera de la clínica dijo que no debía forzarla, pero no me prohibió que tomara un par de olas. Es... es el único momento en que me siento normal, aunque solo sea durante un rato.

—Entonces, está claro que deberías seguir. Dios mío... Cuando yo te veía surfear, pensaba que eras una verdadera diosa. Sé que te entrenabas muchísimo, pero también tienes un don.

—Es lo único que puedo agradecerle a mi padre.

—¿Alguna vez le has dado las gracias?

Nikki sabía que para Shasta, su padre no era más que un nombre escrito en un documento. Ella siempre se había sentido fascinada por Guy. Hizo una pausa y le respondió:

—Bueno, estamos hablando como adultos.

—Eso es una novedad —dijo Shasta, con una sonrisa.

—Los dos perdimos a alguien, que no es algo maravilloso para tener en común, pero nos hace hablar, ¿sabes? —dijo ella, y tragó saliva, porque se estaba adentrando en un territorio nuevo—. Me contó que mi madre se suicidó.

—¿Qué? ¿Eso es... verdad?

Nikki asintió.

—Yo no lo sabía. Según mi padre, pasó por una depresión postparto que no le diagnosticaron. Cuando yo tenía dos meses, tuvo que quedarse sola conmigo durante un día, porque mi padre estaba haciendo recados. Cuando volvió a casa, me encontró llorando desesperadamente y mi madre... estaba muerta. Dejó una nota de suicidio. Decía que no conseguía que yo dejara de llorar. Mi padre destruyó la nota y no me contó nada, hasta hace pocos días.

—Dios mío...

—Explica muchas cosas. Supongo. Y mi padre y yo... nos hemos unido un poco más. Él entiende lo que es perder a alguien así.

—Me alegro de que estéis hablando, Nik.

—Se abrió a mí. Me dijo que fue a terapia y a un grupo de apoyo para padres solteros. ¿Te lo puedes creer?

—Parece que lo está intentando.

—Dice que lo que pasó con mi madre le impidió confiar en sí mismo para ser mi padre, y que por eso me mandó a casa de Carmella. Nunca volvió a casarse. Nunca volvió a enamorarse. Dice que Gloria es una nueva oportunidad para él. Como falló conmigo después de que mi madre... ¿Tú crees que ella lo hizo por mi culpa?

—Ni se te ocurra pensar eso —dijo Shasta—. Escucha. Ahora estás aquí. No hay prisa por saber exactamente cómo va a ser tu vida. Y, entretanto, vas a tener todo el apoyo que podamos darte. Lo que le ocurrió a tu madre es una tragedia, pero me alegro de que tu padre te lo haya contado.

—Yo, también, pero tienes razón. Fue horrible. Para mi padre, cuando ocurrió, y para mí, ahora que lo sé.

—Y nosotros podemos ayudar. Puede que esto sea una oportunidad de empezar de cero con tu padre.

—¿Después de treinta y tres años? —preguntó Nikki, y se encogió de hombros—. Ya veremos. He venido en un mal momento. Mi padre tiene problemas con el parque de caravanas.

—Oh, no... ¿Qué tipo de problemas?

—Él siempre ha tenido que luchar para llevar los pagos al día, pero esto es más que eso. El ayuntamiento está intentando cambiar su estatus al de propiedad recreativa, lo cual haría que tuviese que pagar el doble de impuestos que ahora. Y, si no paga los impuestos, pueden denegarle el alquiler del terreno. Dice que a los Sanger les encantaría que ocurriera esto para poder hacer un trato con un promotor de complejos turísticos de lujo.

—Vaya. No me sorprende en absoluto —dijo Shasta—. Esta es una de las razones por las que decidí presentarme a la alcaldía: impedir que los constructores destruyeran la esencia de Alara Cove. Incluso soy voluntaria en la sociedad histórica del pueblo. Los Sanger son muy amigos de forasteros que quieren convertir la zona en un parque temático rodeado de centros comerciales.

—¿Y por qué iba alguien a querer semejante cosa?

—Para ampliar los ingresos, pero es algo contraproducente. Lo mejor que tiene este pueblo es que es único. Tiene ese tipo de encanto playero que no puedes encontrar en ningún lado. Sin su carácter especial, este sitio se convertirá en una ciudad más. ¿No?

—Claro. ¿Sabes? Cuando estábamos en la liga de surf, viajamos por muchos pueblos costeros. La mayoría eran iguales: comida rápida, tiendas de todo a cien, aparcamientos, viviendas sin carácter...

Hasta que no había visto otras partes del mundo, no había llegado a apreciar la singularidad de Alara Cove.

—La gente de aquí estaría loca si permitiera que destruyeran la personalidad del pueblo.

—Espero poder convencerlos de ello antes de las elecciones. Me presenté también hace cuatro años y perdí por poco. Creo que esta vez puedo conseguirlo.

—¿De verdad? Eso es genial, Shasta. Espero que ganes. Si puedo ayudar...

—Sí, por favor. Voy a necesitar toda la ayuda posible. Pero, primero, tú tienes que cuidarte, Nikki. Y ayudar a tu padre, si eso te ayuda a ti.

—Para ser sincera, no sé lo que haría mi padre sin el parque de caravanas. Es toda su vida.

Shasta tamborileó con las uñas brillantes en la mesa. Después, chasqueó los dedos.

—Suponte que el parque fuera declarado bien del patrimonio histórico local.

A Nikki se le escapó una carcajada.

—¿Un parque de casas rodantes?

—Las caravanas Airstream son un clásico estadounidense. Hay un programa estatal dedicado a preservar los monumentos tradicionales. Y el ayuntamiento tiene un fondo comunitario para la compra de lugares que formen parte del carácter local —dijo Shasta, e hizo una búsqueda en su teléfono móvil—. Mira, aquí dice que los bienes que pueden acceder a estos fondos han de tener interés o valor y ser ejemplo de las características culturales, económicas, sociales, étnicas o históricas. Yo creo que el parque de tu padre cumple los requisitos.

—Pero acuérdate de que el terreno no es suyo. Solo las caravanas.

—No creo que importe.

—¿De verdad? Vaya, Shasta, eso sería increíble. Deberíamos intentarlo, claramente —dijo Nikki.

—Por supuesto, pero tenemos que averiguar cuáles son todas las condiciones —respondió Shasta—. Podemos presentar una solicitud online a la fundación histórica. Y hay un vínculo para solicitar un préstamo para el desarrollo, y.... oh.

—¿Qué pasa? ¿Eso es un buen «oh» o un mal «oh»?

—Hay subvenciones de la fundación comunitaria para los proyectos que se aprueben. Subvenciones a fondo perdido.

—¿Qué? ¿Regalan el dinero?

—Si sabes cómo pedirlo.

—No tengo ni idea de cómo pedirlo —dijo Nikki—. Llevo siendo surfista los últimos quince años.

—Yo soy bibliotecaria —le recordó Shasta—. ¿Sabes una cosa que se me da muy bien? Conseguir subvenciones. En eso soy un hacha.

—Genial. Creo que debería recabar información

antes de contarle esto a mi padre. No quiero que se haga ilusiones.

—Buena idea. Me imagino que tendrá que superar muchos obstáculos —dijo Shasta.

—Yo... Mi padre también es surfista. Me parece que no sabría gestionar algo así por sí mismo.

—Bueno, pero te tiene a ti. Y tú tienes un arma secreta.

Nikki sonrió sin poder evitarlo.

—¿Y ese arma secreta tiene un mechón azul en el pelo y una laca de uñas metálica?

Pidieron hamburguesas. Shasta pidió un plato de patatas fritas.

—Me concedo una noche a la semana para darme un capricho —explicó—. El resto del tiempo vigilo lo que como y bebo. ¿Crees que este cuerpo increíble acaba de aparecer? No. No todo el mundo nace con un cuerpo como el tuyo.

—He visto cómo te mira la gente de la biblioteca. En serio, Shasta, estás en el lugar perfecto. Es tu sitio.

—Así es como me siento la mayor parte del tiempo —dijo Shasta.

Nikki percibió algo en su tono de voz.

—Pero no todo el tiempo.

—Algunas veces me resulta difícil llegar al punto ideal. No me malinterpretes. Tengo muchos amigos: usuarios de la biblioteca, miembros de la junta directiva, compañeros de trabajo, voluntarios de la campaña electoral... Pero... algunas veces, por las noches, tengo un sentimiento que... Me siento fatal por decirte esto a ti, pero me siento sola. Y soy una idiota por hablar de soledad cuando acabas de perder a Johnny.

—No eres idiota. Que yo esté en un agujero negro no significa que tú no puedas decir que te sientes sola. Y, escucha, lamento que te sientas así.

—Parece mezquino en comparación con...

—No compares. Esto no es una carrera. Cuéntame por qué te sientes sola.

—No lo sé. No debería ser así, pero tengo un anhelo que... Es difícil de explicar. Tú tuviste un gran amor, y me alegro mucho de que lo experimentaras. Ojalá yo pudiera saber cómo es eso.

—Es como tener algo tan importante que estás asustada de perderlo. Y, cuando lo pierdes, se acaba el mundo.

Shasta la observó atentamente.

—Pero el mundo no se acaba.

—No, el mundo no se acaba. Yo sigo despertándome todos los días y me pregunto cómo voy a superarlo. Así que tal vez deberías mantenerte alejada de ese tipo de amor. Es peligroso.

—Sé que ahora estás sufriendo, pero mira lo que tuviste. La muerte de Johnny es increíblemente triste, y siempre lo será, pero tú no tienes que estar triste para siempre.

—Estoy trabajando en ello. Supongo que, si todo el mundo sintiera ese tipo de amor, tendríamos... No sé, la paz mundial.

—Exacto. ¿Puedes reprocharle a alguien que quiera sentir ese tipo de amor? Supongo que uno no se lo espera y no se sabe cómo van a terminar las cosas, pero siempre se debería permitir que suceda algo así, ¿no? Aunque sea peligroso.

—Sí, claro —dijo Nikki—. Nunca se sabe si el amor de tu vida va a aparecer ante ti y lo va a cambiar todo.

En aquel momento, Leo les llevó la comida.

—Dos hamburguesas vegetarianas con queso, pepinillos y cebolla frita —dijo, mientras les servía los platos—. Y patatas fritas.

—Tienes razón —le dijo Shasta a Nikki, cuando se quedaron a solas. Se tomó una patata frita mojada en la salsa que las acompañaba y puso los ojos en blanco de deleite—. El amor de mi vida está aquí. Voy a casarme con la salsa de las patatas fritas y viviremos felices para siempre.

Nikki se echó a reír, pero se detuvo rápidamente.

—Me siento mal por reírme —dijo—. Me siento mal por ser feliz o por disfrutar de lo que sea.

—Vamos. Te estás muriendo de hambre y la comida está buenísima.

—Sí, ya lo sé. Pero cuando me gusta algo, me siento como si estuviera traicionando a Johnny. Sé que parece ridículo, y él no querría que yo estuviera triste para siempre. Pero... En realidad, ya no está aquí y nunca sabré lo que quiere o no quiere.

Estaba llorando y comiendo al mismo tiempo. ¿Cómo podía disfrutar de aquella deliciosa comida, una tarde tan preciosa, cuando Johnny ya no estaba en el mundo?

—Ayúdame con las patatas fritas —le dijo Shasta—. Pero te lo advierto: voy a pedir postre. El entrenamiento empieza la semana que viene, pero hasta entonces, el juego continúa.

—¿Qué entrenamiento? ¿Para qué? ¿Para ver quién es la bibliotecaria más impresionante?

—Ja. No. Para el triatlón Ironman de Morro Bay. Empezamos un programa nuevo de entrenamiento la semana que viene. Será nuestro décimo ironman.

—¿De quién?

—Mío y de Cal Bradshaw.

Nikki debió de poner una cara de incredulidad terrible, porque Shasta se echó a reír.

—Sí, ese Cal Bradshaw. Nos asociamos hace unos años. Decidimos que íbamos a desafiarnos a nosotros mismos y, desde entonces, hemos hecho esto juntos.

Nikki masticó lentamente mientras pensaba en sus amigos del pasado. Ahora eran atletas. Triatletas. Claro, eso era la explicación de que Shasta pareciera una figurita de acción a tamaño real. Y de que Cal hubiera pasado de ser un delgaducho a ser un superhéroe que llenaba con sus músculos la camisa del uniforme de policía.

—Me lo encontré —dijo—. A Cal. Me paró por exceso de velocidad y por tener un faro roto. Al principio ni siquiera lo reconocí. Está casi tan atractivo como tú. No puedo creerme que haya cambiado tanto.

—Puede ser que la gente mejore cuando viven la mejor vida que pueden tener —dijo Shasta.

—¿Y eso es lo que le ocurre a Cal?

Shasta asintió.

—Creo que sí. Siempre tiene una sonrisa en la cara. Y es un amigo increíblemente bueno.

—Me alegro de que todavía tengáis amistad. Siempre fue muy buen amigo, desde primaria.

—Me gusta tener amistad con un policía, salir a hacer cosas por ahí. Los tipos no me molestan cuando no quiero que me molesten, ¿sabes?

Nikki asintió.

—Entonces, es tu compañero de entrenamiento. Pero no hay nada romántico, ¿o sí?

—Por favor.

—¿Qué pasa? ¿No está soltero?

No, claro que no podía estarlo. Un hombre así.

—Sí, por el momento. Ha salido con algunas mujeres, pero no... nosotros no... Nosotros estamos mejor como amigos —dijo Shasta. Miró fijamente a Nikki y añadió—: Y nosotras dos estamos mejor como amigas que como contactos en redes sociales. Me da muchísima pena lo que te ha pasado, pero, egoístamente, me alegro de que hayas vuelto. Gracias por volver.

—Era mi única opción —dijo Nikki—. No sabía qué otra cosa podía hacer.

Miró a su amiga con gratitud.

—Y tú consigues que me alegre de haber vuelto. Hacía muchísimo tiempo. Allí he conocido a mucha gente y he hecho muchas cosas, pero nunca he tenido una amiga como tú.

—Lo mismo digo. Estoy aquí para ti, Nik. Para lo que necesites, ¿entendido?

—Entendido.

Capítulo 14

El olor limpio y caliente que salía de la secadora trasladó a Nikki a su infancia. Encontró a Guy y a Patsy en la lavandería, con un par de empleados del parque, llevando a cabo la tarea diaria de lavar las sábanas.

Había una camaradería especial entre ellos. Estaban charlando mientras hacían aquellas tareas cotidianas. Aquel era el territorio seguro de su padre. Su vida. Sin aquel lugar, Guy estaría perdido.

Nikki captó su mirada y les hizo una señal a Patsy y a él para que salieran. Se sentaron juntos en una de las mesas de pícnic.

—Tengo que contaros una cosa que puede ser una buena noticia —les dijo—. Shasta y yo estamos buscando un modo para que el ayuntamiento no pueda echarte de aquí.

—¿De verdad? —preguntó Guy, y se inclinó hacia delante—. Soy todo oídos.

—Si conseguimos que lo declaren bien del patrimonio histórico local, podemos presentar una solicitud en el ayuntamiento para que preserven el parque, y podrás conservar el contrato de arrendamiento y la situación fiscal.

En la cara de su padre se reflejó un destello de esperanza.

—¿De verdad?

—Sí, de verdad. Pero no es pan comido. Tenemos que cumplir con las directrices de la comisión histórica del pueblo —dijo Nikki, y les entregó a cada uno una copia impresa de la página web—. Hay que hacer muchos trabajos. Para que sea bien del patrimonio histórico local, tiene que parecer un lugar histórico con interés y valor.

Patsy miró de reojo a Guy.

—Entonces, necesitamos arreglar las cosas por aquí.

—Seguramente, tendremos que hacer algo más que arreglos —dijo Nikki—. Las caravanas tienen que estar restauradas hasta que queden casi como cuando eran nuevas. Este parque es una verdadera muestra de patrimonio estadounidense, pero tenemos que establecer el significado histórico del sitio.

—Parece mucho —dijo Guy.

—Porque es mucho —dijo Nikki—. Podemos pedir un préstamo a bajo interés para el desarrollo y una subvención municipal. Shasta cree que no tendremos problemas para que acepten nuestra solicitud.

—Demonios —dijo Guy, y se rascó la barbilla—. Un bien de patrimonio histórico local. ¿Quién lo hubiera pensado?

—Entonces, ¿cómo se hace esto? —preguntó Patsy.

—Paso por paso. Primero tenemos que elaborar una propuesta para enviársela a la junta directiva de la fundación histórica. Cuando aprueben el plan, nosotros haremos las renovaciones. El último paso es presentárselo al ayuntamiento. Después, el parque quedará inscrito en el registro de bienes del patrimonio histórico local.

—Puede que tardemos bastante en hacerlo todo. Supongo que podríamos cerrar durante el invierno. De todos modos, es la temporada baja.

Fue gratificante ver un brillo de esperanza en los ojos de su padre. Ella llevaba trabajando en aquel plan desde que Shasta le había sugerido la idea. Ahora sabía que esa era la clave. El hecho de no haber hecho planes para los quince años anteriores había conducido la situación al caos, además del dolor de perder a Johnny. Había sido demasiado fácil dejarse llevar por él día a día, perseguir las olas, salir con sus amistades, conseguir puntos, hacer promociones para los patrocinadores... No querer preocuparse por lo que les depararía el día siguiente.

Entonces, no parecía que hubiera que esforzarse por nada en la vida, y era demasiado fácil evitar hacer planes de cualquier tipo.

La edad adulta había llegado de golpe, con el desahucio, una pelea, una muerte y el derrumbe financiero.

Estaba decidida a no volver a cometer aquellos errores. Hacer un plan era su nuevo plan.

Había comenzado en la biblioteca, porque Shasta no quiso que fuera de otro modo, y se había informado a fondo con un cursillo acelerado de gestión de proyectos. Todas las noches se rodeaba de libros y trabajaba con un ordenador portátil préstamo de la biblioteca.

—Aquí está la primera fase del plan —le dijo a su padre, poniéndole las hojas delante—. Por si decides intentarlo, claro. Hay ciertos estándares que debemos cumplir y documentar. Tenemos que enumerar todas las reparaciones y renovaciones que se necesitan y proponer un presupuesto para pedir las subvenciones. Tendremos que controlar hasta el último céntimo, hasta el último tornillo...

Patsy y Guy se miraron, y ella le puso una mano en el hombro.

—¿Lo ves? —le preguntó ella—. Te decía que hay forma de salir de esta.

—Nikki —dijo él—. No sé cómo darte las gracias.

—Remangándote, así es como puedes hacerlo.

Tienes que conseguir licencias para cualquier renovación mayor. Y restaurar las Airstream no va a ser fácil.
Tienes que investigar sobre el color y el diseño de cada
unidad para dejarlas lo más parecidas posibles a su
estado original. Pero, si lo haces bien, el parque tendrá
una protección patrimonial que lo mantendrá intacto.

—¿Estás de broma? Por supuesto que lo voy a intentar —dijo él—. Pero, cuando pienso en todo lo que
hay que hacer, me entran ganas de llorar. ¿Diecinueve
caravanas? ¿De verdad?

—Parece mucho, pero tienes un as en la manga.

—¿Ah, sí?

—Sí. Y es que no tienes que hacerlo solo.

Carmella Beach parecía una mariposa monarca.
Llevaba un vestido naranja y negro y unas gafas de
montura negra. Siempre le había gustado vestirse de
modo espectacular, incluso en los días normales. Al
verla, Nikki sintió una oleada de emoción. Carmella
apenas había envejecido y tenía los ojos tan brillantes como siempre.

Sonrió y le dio un abrazo a Nikki. Después, la tomó
con ambas manos y la llevó al interior de la casa.

—Ya era hora de que vinieras a verme —le dijo.

—Ha sido todo un torbellino. O, como dice Shasta,
una tormenta de mierda.

—Bueno. Entonces, no te voy a pedir que me lo
cuentes todo de golpe. Me da la sensación de que eso
ya lo has hecho unas cuantas veces.

Nikki miró a su alrededor por el vestíbulo y el salón de la entrada, todo tan familiar para ella. En aquel
lugar había conocido a Johnny y su mundo había
cambiado para siempre.

—Todo está igual. Y, al mismo tiempo, completamente diferente.

—Como nosotras —dijo Carmella—. Ven a conocer

a mis niños. Portia está ayudándolos a prepararse para ir a la playa.

La llevó a la cocina amplia y luminosa. La asistenta estaba metiendo toallas y crema de protección solar en unas bolsas. Había un niño y una niña junto al fregadero, llenando unas botellas de agua. Eran de piel morena y tenían el pelo oscuro y rizado y, por su parecido, quedaba claro que eran hermanos.

—Ana y Tony, os presento a Nikki —dijo Carmella. Ellos sonrieron con timidez.

—Vamos a la playa —dijo Ana.

—¿A Town Beach? —preguntó Nikki.

Tony asintió.

—Yo pasaba mucho tiempo en esa playa cuando tenía vuestra edad —dijo Nikki—. ¿Qué es lo que más os gusta hacer?

—Hacemos surf con *boogie board* y *skim board* —explicaron.

—Buena elección —dijo Nikki. Mientras los niños recogían las bolsas y salían hacia la playa, ella sintió nostalgia—. ¿Llevan mucho contigo? —le preguntó a Carmella.

—Unos seis meses. A sus padres los deportaron a Guatelama —respondió Carmella, mientras iban al precioso jardín.

—Oh, no. Espero que puedan reunirse.

—Eso está en manos del juzgado de inmigración —dijo Carmella, con un suspiro—. Mientras, yo voy a hacer lo que pueda.

—Haces muchísimo —dijo Nikki . ¿Por qué lo haces? Es curioso, pero, cuando yo estaba contigo, nunca me lo pregunté. No me pregunté por qué eres tan buena con los niños que necesitan bondad.

—Tú eras muy pequeña. Tu trabajo no era preguntarte por mis cosas.

—Pero... es increíble que compartas tu vida con niños que te necesitan.

—Yo también los necesito. Poder ayudar es un regalo. Me ayudó a superar momentos horribles.

Aquello dejó helada a Nikki. Carmella siempre le había parecido alguien sereno y centrado.

—¿Qué momentos horribles?

Carmella se sentó en un banco de cemento y le dijo a Nikki que se sentara a su lado.

—En los años setenta, cuando yo estaba en la universidad en el Oeste, a mis padres los mataron mientras trabajaban por los derechos civiles en el Sur.

A Nikki se le encogió el estómago de horror. Carmella tenía un cuadro de sus padres colgado en el salón principal de la casa. Sonrientes, guapos, bien vestidos... Tan atractivos como los padres y las madres que aparecían en las series de televisión.

—Oh, Carmella. Yo no sabía que los habías perdido así. Yo nunca... Pensaba que... Solo me dijiste que murieron.

—Fue un caso de violencia racial. Puedes buscarlo. El incidente de Gavin Beach, en Kilgore, en Texas. Mis padres estaban trabajando con una organización de defensa de los derechos civiles, registrando a los votantes, y la policía quiso llevárselos con algún pretexto. Según los informes policiales, el altercado se intensificó, la policía pidió refuerzos y mis padres fueron asesinados. La policía alegó defensa propia y ni siquiera hubo una investigación.

—Oh, Carmella. Es horrible. Lo siento muchísimo.

—Después de eso, vine aquí a vivir con mis abuelos y, durante mucho tiempo, fui una reclusa. Estaba segura de que no me iba a curar nunca. La injusticia fue... flagrante, insoportable. Me llené de una especie de rabia que me consumió el alma. Es difícil describir lo que se siente. Nunca he tomado veneno, pero tal vez fue así como me sentía. Mis abuelos no volvieron a ser los mismos. Mi padre era su único hijo. Su pérdida los dejó reducidos prácticamente a la nada. Mi abuela se estaba apagando poco a poco. Esa fue mi llamada de atención. Ellos me necesitaban más a mí de lo que yo necesitaba el dolor y la rabia. Me dediqué a cuidarlos.

—Me alegro de que te tuvieran, Carmella. Y de que tú los tuvieras a ellos.

Carmella asintió.

—La pintura se convirtió en mi refugio. Me pasaba horas encerrada en el estudio, pintando. Un día, la familia de al lado me pidió que le diera clases a su hija. Era... neurodivergente. Supongo que ese sería el término actual. Su mente funcionaba de manera diferente y tenía dificultades en el colegio. Pero le encantaba pintar, y a mí me encantaba pintar con ella. Trabajar con aquella niña me devolvió la vida.

Carmella cubrió la mano de Nikki con la suya.

Aprendí que podía encontrar la felicidad incluso aunque el dolor no se acabara.

—Entendido —dijo Nikki—. Tú tienes muchísimo talento y todo el mundo te quiere. Sin embargo, no te has casado ni has tenido hijos propios. Quiero decir, no es que estuvieras obligada a hacerlo, pero...

—Hay muchas maneras de formar una familia —dijo Carmella.

—Tienes razón —respondió Nikki—. Qué tonta soy por decir eso. Yo siento una inmensa gratitud por haber formado parte de tu familia.

—Siempre lo serás.

Carmella le dio una palmadita en el brazo y se puso en pie.

—Vamos al estudio.

Nikki estaba deseando ver el lugar donde habían pasado tantas horas pintando juntas, escuchando música o trabajando en silencio. En cuanto olió la pintura y vio la inclinación de la luz que entraba por los tragaluces, tuvo una avalancha de recuerdos. El espacio estaba lleno de recordatorios de la época en que creció allí. De repente, se sintió de nuevo cerca de sus antiguos sueños y del placer de crear arte. Miró las fotografías y los cuadros que había a su alrededor y las obras en proceso que había en los caballetes. En destellos y parpadeos de su memoria, vio a su versión más joven examinando con entusiasmo los lienzos de todos los tamaños. Ella había pasado tanto tiempo pintando como haciendo surf.

—De todos mis hijos, tú has sido la más apasionada por el arte —dijo Carmella—. Y la que más talento tiene.

—Siempre creí que mi vida sería la pintura, como la tuya —dijo Nikki—. He echado de menos esto. Mucho.

—¿Qué has hecho con el arte desde que te fuiste? ¿Has pintado algo?

—No, en absoluto —admitió Nikki—. Ni una pincelada. Es como si lo hubiera dejado todo atrás cuando me marché.

—¿Por qué?

Nikki vaciló.

—Ni siquiera fue por elección... Nosotros teníamos una vida diferente. Yo era una persona diferente con Johnny. Siempre estábamos luchando por nuestros puestos en la liga, haciendo planes para seguir ascendiendo y trabajando entre los entrenamientos y las competiciones. Nunca nos quedábamos mucho sitio en el mismo tiempo. Creo que evité pintar porque me recordaba a una vida que no podía tener.

Miró aquel espacio lleno de color. El precioso mundo de Carmella estaba lleno de luz, de arte y de creatividad. Y todo aquello lo había creado después de sufrir un terrible dolor.

—Creo que esto es lo más duro de todo, Carmella. Ahora que él ya no está, no sé quién soy. Sé que se supone que tengo que seguir adelante y empezar un capítulo nuevo, pero, cuando pienso en hacerlo, es como si perdiera a Johnny más y más.

—Oh, cariño. Te entregaste a un amor magnífico, y eso es una bendición que no todos llegamos a experimentar. Ahora tienes que encontrar una forma nueva de ser feliz. Tienes que pensar en la vida que puedes construir. No se puede vivir con el corazón roto para siempre.

Aquello le dio qué pensar. Su padre había estado décadas arrastrando el dolor como si fuera un exceso de equipaje. Su tristeza y la preocupación constante habían formado un muro entre ellos. Carmella también había sufrido, pero había encontrado la forma de conectar siempre con la gente y de pintar, de crear arte.

—Tienes razón. Tienes toda la razón —dijo—. Lo que ocurre es que no sé cómo empezar otra vez. No sé cómo reconstruir mi vida porque no sé cómo debería ser cuando termine. Me siento como si lo hubiera hecho todo mal.

—No hay una forma mala de hacerlo. Vive cada día, Nikki. Pero no dejes que la vida sea la que venga por ti. Sal por ella y aprovéchala —le dijo Carmella. La llevó hasta el estante de la esquina—. Quiero enseñarte una cosa. ¿Te acuerdas de esta chica?

Sacó un portafolios grande y plano y lo puso sobre la mesa de dibujo. Nikki sacó las hojas y vio toda su historia ante sí, desde los primeros esfuerzos infantiles hasta las obras que había enviado junto a sus solicitudes de ingreso en las universidades.

—Me las guardaste.

—Por supuesto —dijo Carmella, y miró la hora—. Dijiste que volverías por ellos, y aquí estás. Ahora tengo que hacer la comida para los niños. Cuando lleguen de la playa van a estar hambrientos.

—Deja que te ayude.

—Quédate aquí y recuerda el pasado —dijo Carmella.

Nikki se sentó en uno de los taburetes de dibujo.

—Gracias, Carmella.

Carmella se detuvo en la puerta y se volvió hacia atrás.

—Escucha, sé que esto es muy difícil. Pero te conozco desde que eras pequeña, Nikki, toda tu vida. Sé que puedes hacer cosas difíciles. Solo acuérdate de que no tienes por qué hacerlas sola.

Nikki repasó lo que había pintado hacía tanto tiempo. Recordaba cada uno de los cuadros con una asombrosa claridad, recordaba la hora y su estado de ánimo cuando estaba captando cada una de las escenas. Había marinas de colores vibrantes y dibujos experimentales de objetos encontrados, como una pila de ropa o una red de pesca en un muelle. Había cuadros de los cipreses de Three Tree Point, de los acantilados y de las nubes anaranjadas del atardecer, en el horizonte.

Algunos de ellos la dejaron sorprendida, porque no recordaba que tuviera tanta habilidad, ni que fuera tan observadora. También había piezas con defectos, pero, al menos, eran sinceras. Había colores salvajes, casi llenos de enfado, y pinturas suaves, ligeras. Toda una muestra de las emociones adolescentes en aquellas obras que Carmella le había guardado.

Se sintió como si estuviera visitando a alguien a quien conocía, pero que había olvidado. ¿Qué había pasado con aquella chica? Hubo un tiempo en el que todo lo que soñaba lo reflejaba en aquellas pinturas...

Sin embargo, en cuanto había conocido a Johnny, había dejado los sueños a un lado. No recordaba haber tomado aquella decisión; era como si, de repente, todo se hubiese decidido por ella.

Sus vidas habían girado en torno a la pasión de Johnny, y ella no había tenido ningún problema con eso, porque su propia pasión era él. Ahora que Johnny ya no estaba, ella no sabía qué hacer. Estaba despertándose y enfrentándose a un espacio vacío. Sus sueños habían desaparecido y no podía recuperarlos. Miró a su alrededor y tuvo la sensación de que aquellos quince años no habían sucedido.

Salvo por un recordatorio diario: Johnny había muerto. Su matrimonio nunca había sido oficial. Al rellenar los formularios en la clínica, no sabía qué casilla marcar. ¿Soltera? ¿Casada? ¿Viuda?

Cerró los ojos e intentó recordar a Johnny sin sentir dolor. Imposible. Se estremeció y trató de concentrarse nuevamente en el portafolios. Los cuadros representaban muchos momentos de hacía mucho tiempo. Al mirar todos aquellos colores y formas que había pintado, sintió que algo se le removía por dentro. Una urgencia. Un dolor agudo de puro anhelo.

Aquel sentimiento se abrió paso a través de su sufrimiento y salió a la superficie. Cuando Johnny había muerto, ella había perdido muchas cosas, pero tal vez pudiera seguir pintando. Tal vez pudiera intentar encontrar la belleza en algo tan horrible. Ver aquellas pinturas antiguas la conectó con una parte de sí misma que llevaba ignorando demasiado tiempo.

—Estás muy callada —le dijo Carmella, que había vuelto al estudio, y le tendió una caja de pañuelos de papel.

Nikki no se había dado cuenta de que estaba llorando. Otra vez.

—Tengo que recuperarme, y no sé cómo.

—Ya lo averiguarás, hija.

—Sí. Tengo que hacerlo. Pero es que... es mucho. Es aplastante.

—Ven a comer algo. Hay sándwiches de ensalada de huevo y melón —dijo Carmella.

—Dentro de un minuto —dijo Nikki, secándose los ojos.

Carmella la miró pensativamente.

—¿Cuál es el siguiente paso lógico que deberías dar?

—Tengo que ayudar a mi padre —respondió ella. Le contó a Carmella la idea de transformar el parque de caravanas en un bien del patrimonio histórico local—. Nunca he diseñado nada en mi vida, pero creo que puedo hacer esto.

—Por supuesto que puedes. Pero ¿es lo que quieres? No solo para tu padre, sino, también para ti, y para Gloria.

—Supongo que lo averiguaré. Por lo menos, tendré algo que hacer. Durante quince años, mi propósito fue querer a Johnny. Ahora que él ya no está, necesito otra cosa para no desmoronarme.

—Y el parque de caravanas es esa otra cosa.

—Por lo menos, es algo.

—Puedes hacerlo, Nikki. Créelo. Venga, vamos a comer. Y llévate este portafolios —le dijo.

Un momento más tarde llegó una adolescente llena de energía.

—Hola, señorita Carmella —dijo—. Siento llegar tarde. Estaba ayudando a una amiga con los deberes de matemáticas —dijo, y sacó un frasco de su mochila—. Tenían kombucha de su favorita en el puesto.

—Qué detalle. Muchísimas gracias, cariño.

La chica llevaba un mono vaquero ingeniosamente roto y se había maquillado los ojos con *kohl* y colores turquesa. Tenía una mirada de entusiasmo que Nikki se acordó de sí misma cuando estaba en la escuela secundaria. Carmella se la presentó.

—Esta es Zoe Camden. Zoe, esta es mi amiga Nikki.

Nikki se fijó en que tenía manchas de pintura debajo de las uñas. También reconoció eso, junto a algunas salpicaduras de colores en el mono.

—Zoe estudia en Thornton —dijo Carmella—. Está haciendo unas prácticas conmigo durante el semestre de primavera.

—Ah, buena elección —dijo Nikki. Le cayó bien aquella niña. Miraba a los ojos y tenía una sonrisa fácil. No parecía que tuviera miedo de ser ella misma, era genial—. El estudio de la señorita Carmella también era un lugar lleno de felicidad para mí.

Zoe sonrió de oreja a oreja.

—Y para mí, también. Me siento muy afortunada de poder estar aquí.

—¿Sigue siendo el señor Wendell el profesor de arte?

—Sí —dijo Zoe—. Entonces, ¿tú también fuiste a Thornton?

—Hace mucho tiempo —dijo Nikki—. Era una de las niñas del pueblo.

—Ah, yo, también. Es diferente, ¿verdad? Quiero decir, si no vives en el campus. Ojalá yo pudiera quedarme en la residencia, pero mis padres no pueden permitírselo.

—Seguro que lo de vivir en la residencia está sobrevalorado —dijo Nikki.

Zoe abrió un portafolios y sacó varias versiones de un cuadro. Señal de que era buena artista, pensó Nikki. Estaba dispuesta a trabajar para hacerlo bien.

—Un momento —dijo Zoe—. Tú eres Nikki Graziola. La denunciante.

—Hace mucho tiempo —dijo ella, mirando a Carmella—. No puedo creer que la gente todavía hable de eso.

—Me lo contó mi exnovio, Milo Sanger. Salí con él el otoño pasado —dijo Zoe, y bajó la mirada—. Estaba totalmente enamorada de él. Cuando rompimos, pensé que se iba a terminar el mundo.

Nikki hizo un gesto negativo.

—Una mujer muy sabia me dijo una vez que, cuando eres joven, te parece que cada obstáculo es el fin del camino, y que no es así. En realidad, es solo un obstáculo que te lleva al lugar siguiente.

Zoe la miró.

—Al final, Milo era idiota —dijo, y se alarmó—.

Bueno, no. En realidad, su padre es... un poco duro. Y a su padre nunca le caí bien.

—Entonces, supongo que es bueno que ahora sea tu exnovio —dijo Carmella.

Zoe se sentó en uno de los taburetes y observó la primera pintura de su portafolios. Era una acuarela bien ejecutada de un barco de vela en un puerto. Usaba trazos atrevidos y seguros, con un toque gráfico que evocaba los años sesenta.

—Sí... Ahora, ya ni siquiera le caigo bien a Milo, pero siempre es idiota con mi nuevo novio, Teddy Matson. La tía de Teddy tiene un barco precioso, el *Sunset*. Pinté esta acuarela después de que nos llevara a navegar.

—Espero que Teddy Matson sea tan fantástico como el barco —dijo Carmella.

Zoe sonrió.

—Puede que lo sea. Y, si no lo es, por lo menos su tía tiene este velero tan precioso, ¿no? —dijo, y miró a Carmella y a Nikki—. Pienso en los chicos todo el rato, incluso cuando estoy pintando. Mi madre dice que es normal. ¿Creéis que es normal?

Nikki suspiró. Ella había cambiado toda su vida por un chico y no podía dejar de pensar en él.

—Seguro que sí, es normal y no pasa nada. Aunque yo soy la última persona a la que deberías preguntarle qué es lo normal.

Nikki cargó un pincel del número cuatro de pintura azul celeste y una pequeña mota de gris acerado, e hizo un trazo constante para definir el borde de una nube. Volver a pintar fue una de las decisiones que había podido tomar con facilidad. Fue como recuperar el vínculo con un viejo amigo.

Llevaba una hora en el acantilado, pintando Three Tree Point justo cuando el sol de finales de la tarde atenuaba los colores y alargaba las sombras. Del mismo modo que hacer surf, pintar la alejó de su dolor, fue un respiro para su cabeza.

Aunque había perdido la práctica, la imagen que había plasmado la agradó. Había conseguido un estado de ánimo particular con una inclinación de la luz y capas de agua y cielo. Se llevó la obra a la caravana para darle los toques finales. Después, retrocedió para observar su creación. «Estoy pintando de nuevo», se dijo. Johnny nunca la había conocido como pintora. No sabía por qué nunca le había mostrado aquella faceta suya.

Seguramente, él se habría echado a reír, la habría abrazado y le habría dicho alguna tontería, como «deja que te pinte una obra de arte en la piel desnuda».

Nikki suspiró y dejó a un lado la pintura. Limpió meticulosamente los pinceles y tapó los tubos de pintura. Lo más importante para caber en una Airstream era, por supuesto, ser muy ordenado y mantenerlo todo en su sitio.

Como Johnny. ¿Estaba él en su sitio?

En aquel momento, la urna de sus cenizas estaba en un armario, encima de la nevera. Aún no había hecho nada con ellas. Sacó la urna y se quedó mirándola.

—Ay, Johnny... ¿Qué debería hacer contigo ahora?

No sabía dónde ponerlo, del mismo modo que no sabía dónde poner todo el amor que había llenado su vida hasta el borde.

Impulsivamente, se puso un traje de baño, tomó la urna y fue al cobertizo para ponerse un traje de neopreno. Metió la urna en una bolsa, tomó la tabla larga más grande que encontró y se fue a la playa. Hacía frío y casi había anochecido, aunque había algunas olas grandes y, al fondo, una expansión de agua ondulante e ininterrumpida.

Ondeaba la bandera roja, una advertencia de que el oleaje era peligroso. La marea estaba alta y había gente paseando con sus perros por la orilla. A ella no le parecía que las olas fueran peligrosas; lo que le parecía peligroso era estar sin Johnny.

Con la bolsa en una mano y el tobillo atado a la tabla, entro al agua y comenzó a remar, notando la resistencia del paquete que llevaba y de la *longboard*, que era más grande que las que ella solía usar. Las olas la golpearon, pero siguió adelante.

Una vez que salió de la rompiente, se sentó sobre la tabla a esperar. No tenía prisa. Sacó la urna de la bolsa y la colocó entre sus piernas.

Rompió el sello y quitó la tapa. Dentro había un paquete pequeño, como si fuera de harina. Estaba lleno de polvo. Aquel no era Johnny. Johnny se había ido para siempre.

—No sé cómo decir adiós, así que no lo voy a hacer —dijo, entre dientes—. El tiempo que pasamos juntos fue muy corto, pero creo que también la eternidad habría sido muy corta. Oh, Dios mío... Ojalá hubiera podido pasar un momento más contigo para decirte lo mucho que significabas para mí. Llenaste mi mundo de alegría, Johnny. No sé si alguna vez volveré a sentirla... pero supongo que puedo hacer surf. Y tú puedes ir allá donde te lleve el mar.

Inclinó la urna por el borde de la tabla. El océano recibió a Johnny con indiferencia, y ella vio las cenizas dispersarse en nubes pálidas, sin forma, sin color, que se arremolinaban brevemente y comenzaban a hundirse.

—Oh, Johnny. Tal vez te vea por aquí alguna vez.

Nikki siguió las partículas con la mirada, hasta que desaparecieron. Después, volvió a guardar la urna en la bolsa. Los últimos restos mancharon la tabla hasta que una ola se lo llevó todo.

Nikki tomó una gran ola para volver a la orilla, pero, cuando se agarró al borde de la tabla para incorporarse, sintió un agudo dolor en la muñeca. Aunque se concentró para elevarse en la tabla y seguir el ascenso del agua, la ola se cerró sobre ella y perdió el equilibrio. El peso del agua era demasiado como para que pudiera escapar, y recibió el golpe de una ola tras otra, sin poder tomar aliento.

Nikki sabía que no debía luchar por salvar la vida, porque, en una lucha contra el mar, el mar siempre ganaba. Se rindió, pensando en Johnny, preguntándose si lo vería. No sintió miedo. Nunca había sentido miedo por hacer las cosas que soñaba. Tal vez había elegido una ola peligrosa en un día peligroso a propósito.

El estruendo del océano le llenó la cabeza y, simplemente, se dejó llevar. Con todos los miembros relajados, permitió que las olas pasaran por encima de ella. Transcurrió una eternidad y, al final, una ola la llevó al otro lado.

Cayó en la parte poco profunda como si la espuma la hubiera expelido, y se dio cuenta, vagamente, de que la gente corría hacia ella. Alzó una mano para indicarles que estaba bien, inclinó la cabeza hacia atrás y tomó una bocanada de aire, agradecida de poder respirar de nuevo.

Aquella era la lección más importante del surf: dejarse llevar. Encontrar de nuevo el aire. Lo único que tenía que hacer era respirar.

Cuarta parte

«Vive en el sol, nada en el mar, bebe el aire salvaje».
Ralph Waldo Emerson.

Capítulo 15

Cuando Cal oyó que su teléfono móvil empezaba a sonar con la melodía de *Para Elisa*, estuvo a punto de dejar que la llamada fuera al buzón de voz. Hubo un tiempo en que hubiera respondido sin dudarlo. Incluso aprendió a tocar la conocida pieza con la guitarra solo para impresionarla. Pero, en aquel momento, vaciló. Para empezar, estaba en el trabajo. Para continuar, Elise Matson y él eran exnovios.

Habían salido juntos el año anterior. Se habían reído mucho y habían mantenido unas buenas relaciones sexuales. Y, una noche, después de unas horas deliciosas de sexo en su yate Beneteau de veinte metros de eslora, ella le había dicho, con los ojos húmedos y con seriedad, que estaba enamorada de él.

Ojalá él hubiera podido emocionarse con aquella declaración. Ojalá hubiera sido recíproco. Había hecho todo lo posible por ir a la par que ella emocionalmente, porque, por muchas razones, era perfecta para él. Interesante, atractiva y heredera de una fortuna naviera. Y quería tener hijos. Él, también.

Quería estar enamorado, y había intentado convencerse a sí mismo de que lo estaba, pero era algo forzado y artificial. No sabía cómo llegar a aquel estado de felicidad. Elise no solo le había dicho que estaba enamorada de él, sino, también, que podía dejar su trabajo y que podían viajar juntos donde quisieran. Que podrían contratar a una ayudante interna para su padre y recorrer el mundo. Serían unas vacaciones con todos los gastos pagados para siempre.

Aunque había sentido una pequeña tentación, se había dado cuenta de que no tendría sentido unir su vida con la de aquella mujer agradable y atractiva. Estaría en un entorno lujoso con una persona a la que admiraba, pero a la que no quería. Y esa no era forma de vivir. Al menos, para él.

Fue una conversación difícil, pero Elise y él eran adultos y lo superaron. Cal supo que había tomado una buena decisión cuando se le deshizo el nudo del estómago y sintió alivio y gratitud. Las cosas no siempre habían terminado tan amigablemente con otras mujeres con las que había salido. Había tenido un par de relaciones anteriores que habían durado demasiado porque no sabía cómo terminar. Con Elise hubo lágrimas, promesas de que siempre serían amigos, un abrazo final y claridad. Adultos.

Era un asco que se le diera tan bien acabar las cosas. Tenía que mejorar en el inicio de las cosas.

La pantalla del teléfono le estaba mostrando una imagen de la cara sonriente de Elise Matson. Era una cara muy bonita. Miró la pila de documentos que tenía sobre el escritorio. Después, respondió.

—Elise —dijo.

—Cal, necesito que vengas al puerto deportivo —le dijo ella—. Alguien se ha metido en el *Sunset*. Han robado cosas y lo han destrozado —explicó, en un tono de tensión—. Hay grafitis, porquería... un espanto.

—Oh, no. Lo lamento mucho. ¿Estás bien?

—Sí. Todo estaba perfectamente ordenado cuando salí a navegar este fin de semana, pero he llegado esta mañana y me he encontrado con esta pesadilla. Cal, me siento tan... violentada... Estoy asustada. ¿Quién ha podido hacer algo así?

—¿Está allí el oficial de medio ambiente?

—¿Quién?

—El oficial de medio ambiente. El puerto deportivo está bajo la jurisdicción del Departamento de Recursos Naturales.

La mayoría de la gente no lo sabía, ni estaba obligada a saberlo. Alara Cove estaba cubierta por un mosaico de cuerpos: la policía municipal, la oficina del sheriff, el Departamento de Recursos Naturales y, gracias a la isla de Radium, la Marina de Estados Unidos. Los oficiales de medio ambiente del distrito se ocupaban de hacer cumplir la ley en las zonas señalizadas, controlaban a los pescadores, impartían clases de seguridad y se hacían cargo de los robos y daños perpetrados en los barcos.

—Es... No veo a nadie así. Aquí solo está un tipo de la oficina del capitán del puerto, creo —dijo Elise—. Cal, es realmente espeluznante. ¿No puedes venir? Como... un favor para una amiga.

Cal echó un vistazo al trabajo que tenía amontonado sobre el escritorio y en el monitor del ordenador.

—Claro —dijo. Se puso de pie y recogió sus cosas—. Llego enseguida. Espera y no toques nada.

De camino, le pidió a la operadora de teléfono que le enviara un mensaje al oficial de medio ambiente pidiéndole ayuda. No era porque quisiera zafarse del trabajo, pero su departamento era pequeño y estaba corto de personal.

Elise estaba esperando en el embarcadero, junto a su barco, un elegante yate que se balanceaba suavemente en el agua. El sonido de los aparejos y los mástiles vibraba rítmicamente debido a la brisa. Ella estaba preciosa; llevaba unos pantalones blancos, unas sandalias y una camisa amarilla. Se había recogido el pelo rubio en una cola de caballo. Sin embargo, cuando se quitó las gafas y se las colocó sobre la cabeza, Cal se dio cuenta de que sus ojos se movían nerviosamente.

Conocía bien aquella mirada. Las víctimas de un crimen, por muy insignificante que fuera, siempre se sentían desconcertadas por la experiencia. Aunque no hubiera ningún herido, la agresión taladraba profundamente la psique de una persona, porque alteraba su forma de ver el mundo. A él no le gustaban todos los aspectos de su trabajo, pero sí le gustaba ayudar a los demás. Y le gustaba el hecho de que cuando aparecía en escena, normalmente era recibido con alivio.

—Hola —le dijo a Elise—. ¿Cómo estás?

Ella se adelantó como si necesitara apoyarse en él, pero, para su alivio, se detuvo cerca y mantuvo la distancia profesional.

—No muy bien. Iba a sacar a pasear a mi sobrino y a un grupo de amigos suyos, porque hoy es su cumpleaños. Es el hijo de mi hermano Teddy, que estudia en Thornton —dijo ella, y señaló el barco—. Es obvio que he tenido que cancelar el plan.

Cal recibió un mensaje. El oficial de medio ambiente estaba en otro caso, a sesenta y cinco kilómetros de allí. Cal respondió que él mismo haría el informe y lo enviaría a la comisaría. Elise iba a necesitar la documentación para entregársela al seguro. A juzgar por los toscos grafitis que habían pintado en el casco, el incidente parecía un acto de vandalismo sin sentido. Mientras trabajaba metódicamente en el escenario, se preguntó quién podría beneficiarse de aquel delito. ¿Por qué había sido el objetivo el barco de Elise?

Observó que habían arrancado un motor de un bote amarrado y que habían forzado la puerta. Dentro, los muebles y los equipos estaban volcados, los armarios saqueados y los aparatos electrónicos y equipo de navegación habían sido robados o destrozados. La cama del camarote principal olía a orina. Tomó fotografías y le preguntó a Elise cuáles eran las cosas que podían faltar para hacer una lista. Ella dijo que no había armas de fuego a bordo, pero faltaban algunas bengalas de emergencia, aparte de la comida de la cocina y las botellas de licor del bar.

Mientras Elise hablaba con su seguro paseándose por el muelle de un lado a otro, Cal recogió algunos objetos perdidos y los embolsó. Una llave inglesa que, probablemente, habían utilizado para forzar la entrada, una estera en la que había una huella de zapato, un pequeño botón metálico, un par de tapas de botes de pintura en aerosol y tapas de botellas, una goma del pelo u un pedazo de vaporizador que olía a marihuana.

Acudió a la oficina del capitán del puerto. Le aseguraron que en el puerto deportivo había una buena seguridad, pero que alguien había logrado pasar por la puerta de entrada porque, tal vez, tuviera el código. Las cámaras de seguridad no funcionaban, pero nadie se había dado cuenta porque nadie había revisado la carga. Excrementos de pájaro en los paneles solares: un problema constante.

El capitán dijo que se pondría en contacto con los propietarios de los otros barcos del puerto, puesto que algunos de los yates más grandes tenían sus propios sistemas de seguridad por vídeo. Tal vez alguna cámara hubiese captado algo de interés.

Cal tomó algunas fotos más y miró a su alrededor.

—Lamento mucho que haya ocurrido esto —le dijo a Elise—. Voy a trabajar con el Departamento de Recursos Naturales para averiguar quién ha sido. Haremos todo lo posible por conseguir respuestas.

—Gracias, Cal —dijo Elise. Se estremeció y se abrazó a sí misma—. Es muy perturbador, ¿sabes? No puedo dejar de pensar en que unos extraños han destrozado el *Sunset*. Este era uno de mis sitios más queridos, ¿recuerdas?

Sí, lo recordaba. Habían hecho el amor en un camarote que ahora olía a orina.

—¿Volveré a sentirme segura alguna vez aquí? —preguntó ella.

—Se necesita tiempo para procesarlo —dijo él—. En este momento estás en *shock*. Sería buena idea contratar a un servicio de limpieza y volver a amueblarlo. A lo mejor también deberías instalar un sistema de seguridad.

—Creía que el puerto deportivo era seguro —dijo ella—. Dios Santo, ¿quién hace estas cosas?

—Gamberros, niños que no hacen nada bueno. Por desgracia, nunca hay escasez de gamberros de fuera ni del pueblo.

En un pueblo pequeño como Alara Cove no era difícil encontrar sospechosos. Aquel delito era obra de menores de edad. Él tenía algunas ideas sobre los chicos que solían saltarse el horario y escaparse porque les gustaba salir a pasar el rato por ahí, pero el puerto deportivo no era su primera opción. En aquel caso había varias cosas inesperadas. Antes no había sucedido nada semejante.

—¿Y por qué el *Sunset*? Hay docenas de barcos en los pantalanes.

—Hay grafitis en varios barcos. Parece que el tuyo es el único al que han entrado.

—Es... repugnante —dijo ella, y se estremeció.

—Ya lo sé. De nuevo, lo siento muchísimo —dijo él—. Voy a preparar el informe preliminar para que puedas entregárselo a tu seguro. Y haré correr la voz en los otros.

—Sí, gracias —dijo ella, y sacó su teléfono. La brisa le revolvió el pelo. Tenía la frente llena de arrugas de preocupación.

—Cuídate, Elise, ¿de acuerdo?

—Sí.

Mientras él se alejaba, ella dijo:

—Eh, Cal.

Él se volvió.

—¿Sí?

—Yo... eh... Gracias por venir. Me he alegrado de volver a verte, aunque haya sido en esta situación.

Él asintió.

—Lo mismo digo, Elise. Cuídate. Lo digo en serio.

Cuando salió del puerto, Cal inspeccionó la zona del aparcamiento. Solo había una cámara y estaba cubierta de excrementos de pájaro, como las demás. Observó variedad de huellas de neumáticos en la arena y la grava, incluidas algunas de bicicleta. Había un llavero viejo, sin llaves, entre el polvo. La envoltura arrugada de un caramelo. Tomó más fotos y volvió a la comisaría. Tenía muchísimo trabajo, y parecía que nunca iba a terminar.

La comisaría era un edificio anexo al ayuntamiento, las oficinas municipales y el juzgado. En aquel momento, al mediodía, la zona estaba llena de gente que iba de un lado para otro. Cal se topó con Jason Sanger en el pasillo, junto al mostrador del secretario municipal. Él nunca había tenido una buena opinión de Jason y sospechaba que el sentimiento era mutuo. Sin embargo, tenían una relación profesional.

—¿Qué tal la jornada? —le preguntó Jason en un tono de aburrimiento que indicaba su absoluta indiferencia por la respuesta.

—Va. Ha habido un caso de vandalismo en el puerto deportivo. Seguramente, menores de edad.

—Vaya, eso es una lástima. Supongo que estarás pensando en los sospechosos de costumbre, ¿no?

Jason siempre pensaba que los incidentes provocados por menores eran cosa de los chicos de secundaria del pueblo. A menudo tenía razón, pero a él no le gustaba que el alcalde señalara tan rápidamente en esa dirección y nunca a los relucientes salones de Thornton.

—Ya veremos —le dijo a Sanger. Puso los artículos embolsados en el mostrador y preguntó—. ¿Reconoces algo de esto?

Jason observó brevemente las pruebas. Se dio un tirón de la corbata para colocársela.

—No, lo siento.

—El barco tiene veinte metros de eslora y se llama *Sunset*. El sobrino de la dueña estudia en Thornton.

—¿Y? —preguntó Jason, enarcando una ceja.

—Tu hermano pequeño también estudia en Thornton. Me pregunto si él sabrá si hay alguna relación.

A Jason se le endureció el gesto.

—Cuidado con lo que estás preguntando, tío.

—Solo estoy haciendo mi trabajo, tío.

—Claro.

—Muy bien, voy a enviar todo esto al oficial correspondiente del Departamento de Recursos Naturales. Es su jurisdicción.

Jason miró más allá de Cal. Su expresión cambió. Entrecerró los ojos y su mirada se volvió afilada, pero sonrió.

—Vaya, si es nuestra princesa del parque de caravanas.

Nikki acababa de salir del Departamento de Urbanismo.

Le clavó a Jason una mirada glacial, pero su expresión se volvió cálida al ver a Cal.

—Hola —dijo—. ¿Sabes quién ha conseguido la aprobación definitiva de los planos para Beachside?

—¿De verdad? —preguntó Cal, sonriendo.

Sabía que había estado trabajando con el Departamento de Planificación del pueblo muchas semanas para conseguir una declaración especial para el parque de caravanas de Guy Graziola. Cal admiraba su aplomo. Había conseguido sacudirse un dolor que él ni siquiera podía imaginar y tratar de recuperar su vida después de que se hubiera hecho añicos. Llevaba una temporada trabajando sin parar para ayudar a su padre a conservar el parque de Airstreams.

—Eso es estupendo, Nikki.

Jason miró con furia los papeles que ella llevaba en la mano.

—Todavía falta la aprobación del comité de desarrollo de la comunidad y el informe positivo del comité de impacto ambiental.

—Tú eres el alcalde, no el jefe del Departamento de Planificación. ¿No tienes nada mejor que hacer que entrometerte en los asuntos ajenos? —le preguntó ella, y se giró hacia Cal—. Jason ha estado interfiriendo en el proyecto desde el primer día.

—No es una interferencia. Estaba haciendo mi trabajo.

—No, estabas intentando impedir esto. Y tu último truco no ha servido de nada —respondió ella, y volvió a mirar a Cal—. Intentó anular el contrato de arrendamiento, pero no lo consiguió.

—Ya veremos —dijo Sanger.

Ella lo miró con mala cara.

—¿No tienes que irte a ningún sitio? ¿No tienes que trabajar?

Él le devolvió el gesto ceñudo.

—Parece que voy a ir a una reunión para revisar las políticas del Departamento de Planificación —dijo, moviendo la cabeza con condescendencia—. ¿De verdad crees que merece la pena salvar ese cuchitril? —le preguntó a Nikki, señalando con un dedo los documentos que ella llevaba abrazados contra el pecho.

Mientras él se alejaba, ella se quedó mirándolo unos segundos. Después, se volvió hacia Cal.

—¿Será posible que sea todavía peor que hace quince años?

«Totalmente», pensó Cal.

—Sin comentarios —dijo.

—Entonces, es que sí, claro —dijo ella. Miró las bolsas de pruebas y se sobresaltó—. ¿Dónde has encontrado un pin de los Buccaneers?

—¿Qué es eso?

Ella señaló un pequeño botón que él había recogido en el barco.

—Eso es un pin de los Buccaneers. Lo usaban como distinción de honor para los niños de Thornton. Los entregaban cuando uno de los miembros cumplía un desafío. Pero el colegio prohibió el Buccaneers Club cuando murió Mark.

Interesante, pensó Cal. Jason debería haber reconocido al instante aquel objeto.

—¿Qué? —preguntó ella.

—¿Qué quieres decir con «qué»?

—¿Que por qué me miras así?

—Háblame más de este proyecto tuyo. Tengo curiosidad.

Estaba contento de verla entregada a la renovación de Beachside. Estaba más animada, se parecía más a la muchacha a la que él había conocido.

—¿Qué proyecto? Uno de ellos es renovar el parque de mi padre. Otro, ayudar de voluntaria en la campaña electoral de Shasta. Y, pensándolo bien, también en el parque de mi padre trabajo voluntariamente. Dios no quiera que consiga un trabajo de verdad.

—¿Quieres un trabajo de verdad?

—¿Me lo estás ofreciendo?

Él sonrió.

—En mi , no. Tienes muchos talentos, Nikki. Vas a encontrar algo.

—¿Con un nivel de educación de instituto y una carrera fallida de surfista?

—Eh, no te subestimes. En serio, ¿cómo estás?

Ella se pasó una mano por el pelo y suspiró.

—Tengo un techo y una hermanita pequeña. Un padre que me necesita. Supongo que me estoy adaptando a este nuevo orden mundial.

Cal no sabía por qué se sentía tan azorado cuando estaba con ella. Tal vez, porque le recordaba a su adolescencia. Ella siempre había sido una muchacha muy segura de sí misma, era como una diosa sobre la tabla de surf y salía de las olas como una Venus.

—Me alegro. Sé que no puede ser fácil.

—Echo de menos hacer surf. Este verano no he podido salir mucho por la muñeca. Y, ahora que llega el invierno, saldré menos aún. En Australia siempre es posible encontrar el verano.

Australia era uno de los muchos lugares que quería conocer. Durante aquellos quince años, Nikki había puesto el pie en más de la mitad de los sitios de su lista.

Había llevado una vida diferente durante mucho tiempo junto a un hombre que había sido todo su mundo. Era bello y triste al mismo tiempo verla buscar el camino en medio de un dolor tan horrible. Él tenía mucho amor en su vida, el de su padre, el de su hermano y el de sus amigos, pero nada como el tipo de amor que sustentaba un buen matrimonio. No había nada que él pudiera hacer para ayudarla a superar aquella pérdida. Aunque, por lo menos, podía tratar de animarla.

—¿Qué te parece una vuelta en barco? —le preguntó.

—Bien, claro, si tuviera un barco.

—¿Y si yo te llevo a navegar?

—¿Tú tienes barco?

Él sonrió al pensar en el nuevo bote patrulla de alta tecnología del .

—Pues sí —dijo—. Tengo barco.

—Genial —respondió ella.

Consultaron el tiempo y el calendario para saber cuál era el próximo día libre de Cal y quedaron en verse en el embarcadero del pueblo. El bote patrulla no era un juguete, pero a los agentes se les permitía usarlo ocasionalmente si no estaba en servicio.

—Muy bien —dijo cal—. Nos vemos entonces.

Nikki recogió sus cosas y se fue hacia la puerta.

Él se quedó mirándola mientras se alejaba. Aunque hubiera pasado tanto tiempo, Nikki estaba tal y como la recordaba, esbelta y bronceada aunque hubiera terminado el verano, con el pelo oscuro y brillante y el paso tan suave como las olas en un día de calma.

Nikki siempre había estado presente en su vida. En preescolar ponían juntas sus colchonetas del descanso y él todavía se acordaba de cómo le brillaban los ojos cuando intentaba no reírse. En la escuela secundaria ella se había empeñado en acompañarlo a los bailes, aunque no fueran novios, para salvarle del ridículo. Sus veranos durante el instituto habían sido mágicos, idílicos, una tortura, porque sabía que, si le decía lo que sentía verdaderamente, sería el final de su amistad.

Cal recibió un mensaje de texto de Elise Matson. Lo echaba de menos. Quería volver a verlo. Para tomar una copa. Quizá para algo más.

Elise Matson era impresionante. Divertida. Estaba disponible. Era un gran partido para cualquiera. Cal no sabía por qué ya no se sentía atraído por ella.

Entonces, vio que Nikki se daba la vuelta en la salida para despedirse moviendo la mano. Y, sí. Supo por qué.

Capítulo 16

Mientras crecía en una Airstream de diez metros, a Nikki no se le había ocurrido pensar que la caravana era un icono estadounidense. Nunca había pensado que su litera abatible fuera una innovación, ni que las encimeras de formica, los gabinetes y el suelo de madera fueran señas de identidad de mediados del siglo anterior. Sin embargo, su investigación sobre el origen de aquellas caravanas la llevó a un mundo nuevo. Según los estándares para la conservación histórica, el diseño tenía que reflejar el verdadero carácter histórico del bien original.

Ahora, con la aprobación del departamento y un préstamo de desarrollo para llevar a cabo la renovación, ella estaba inmersa en el proyecto. Era un proceso difícil y, a veces, frustrante, pero cada vez que resolvía otro obstáculo con el ayuntamiento tenía una agradable sensación de logro. Era gratificante. Nunca había soñado que pudiera estar a cargo de algo así, pero había muchas cosas con las que nunca había soñado.

Miró el reloj y cerró el ordenador portátil. Era hora de ir a ver a Shasta y Carmella. Shasta no había exagerado al decir que era un hacha para encontrar subvenciones y redactar propuestas. Además de la subvención de la sociedad de conservación, había encontrado una oportunidad para recibir fondos del Departamento de Arte del ayuntamiento, siempre y cuando el proyecto de renovación incluyera la obra de artistas emergentes de la zona. Era una emoción extraña, pero bienvenida también, el hecho de saber que tenía presupuesto para el arte.

Nikki se había aficionado a visitar los locales del pueblo en sus estudios y talleres en busca de piezas únicas para exhibir.

Aquel día, Carmella quería presentarle a un escultor llamado Kenji Harui, cuyas instalaciones eran evocaciones dramáticas y complejas de la era atómica de las décadas de los cincuenta y sesenta.

Las tres fueron juntas al estudio de Kenji, un edificio destartalado que estaba al otro lado de la carretera. Tenía un techo de hojalata corrugado y paredes hechas de madera reciclada, y la puerta del garaje era de vidrio para dejar pasar la luz. A pesar de su aspecto humilde, el estudio tenía cierto encanto rústico.

Nikki miró a su alrededor y se dio cuenta de que las cosas estaban colocadas al azar. Había un cenador de hierro, una pasarela hecha de madera de deriva bajo un gran arco de ciprés marino y móviles que se mecían con la brisa.

—Ya me gusta —dijo Nikki, mientras observaba una escalera que llevaba a la parte superior del estudio.

—Me alegro —dijo alguien, y ella se dio cuenta de que Kenji estaba arriba.

El artista bajó e hizo una reverencia llena de cortesía.

—Tú debes de ser Nikki. También me gustas ya —dijo.

Tenía el pelo pelirrojo y pecas, unos rasgos japoneses refinados y el cuerpo de un gimnasta. Nikki intentó no quedarse mirando, no sonrojarse. Mientras él se movía por el estudio, ella se giró hacia

Shasta y le dijo, formando las palabras con los labios, en silencio: «Podías haberme avisado».

Shasta se encogió de hombros exageradamente.

El estudio estaba abarrotado pero bien organizado. Había una máquina soldadora y los materiales estaban en cubos colocados en estanterías que iban del suelo al techo. Muchos hallazgos y mucho metal. Nikki ya se había informado sobre la carrera de Kenji. Él había asistido a escuelas prestigiosas de arte y había ganado varios premios, pero, como muchos artistas, luchaba por ganarse la vida. Sus piezas eran de gran formato, atrevidas, y tenían un aire retro. Nikki ya se imaginaba una de ellas al lado del mástil de la bandera de la entrada del parque o, tal vez, al lado de la zona de la fogata donde se reunía la gente después de un día de surf.

El propio Kenji era encantador. Más que encantador, de hecho. Parecía que tenía un genuino interés por ella.

—Tengo que confesar que te he buscado online —le dijo a Nikki—. Eres una surfista de clase mundial.

—No, últimamente, no, pero gracias —dijo ella—. Estos días hago cosas diferentes.

Él asintió.

—Carmella me ha contado que estás trabajando en una renovación histórica. A mí me encanta esa playa. No sería lo mismo sin el parque de las Airstream.

—Esa es la idea, volver a darle vida para que no tenga que desaparecer nunca.

Observó de arriba abajo una escultura de metal. Le encantó el uso de los espacios y las formas. Los objetos y la estructura de la elipse retorcida atraían la vista. Le llamó la atención el hecho de que pareciese que podía elevarse en cualquier momento. La pieza transmitía emoción de alguna manera indescriptible. O, tal vez, la emocionó.

—Esto es maravilloso —dijo.

—Esa me la encargó un banco del condado de Orange —dijo él—. Pero no les funcionó. Demasiado controvertido.

—¿Lo dices en broma?

—Me lo tomé como un cumplido. Solo sigo las formas a medida que surgen.

—¿Puedo tomar alguna fotografía?

—Por supuesto.

Él les hizo un tour a Shasta y a Carmella mientras ella echaba un vistazo. Miró a Kenji disimuladamente. Era un hombre que vivía del arte, algo que ella había soñado alguna vez. ¿Seguía soñándolo? Hacía mucho tiempo que no se lo preguntaba. Casi no confiaba en su respuesta.

A la salida, Kenji se acercó a ella.

—Gracias por la visita —dijo—. Sé que estás muy ocupada con todo esto, pero, si alguna vez te apetece salir a tomar algo...

Nikki sintió una punzada de curiosidad. ¿Le estaba pidiendo que salieran juntos, o era solo algo de artista a artista? Le resultaba confuso. Y no... no del todo desagradable.

—¿Qué te parece si vienes a Beachside un día de estos? Estamos hasta arriba con la renovación, pero me encantaría enseñarte lo que hemos planeado.

—Eso suena estupendo —dijo él, y le tendió la mano—. Buena suerte, Nikki. Con todo.

—¿Y bien? —le preguntó Shasta a Nikki cuando subieron al coche.

—Y bien, ¿qué? —respondió Nikki, ruborizándose.

—Que este pueblo no es tan horrible, después de todo, ¿no?

—Es un buen artista, ¿verdad? —intervino Carmella—. Yo lo he contratado para hacer una exposición en la galería.

—Está bien, punto —dijo Shasta. Arrancó el motor y siguió el camino de gravilla hasta la autopista.

—Ni se te ocurra —dijo Nikki.

—Sí, ya lo sé —dijo Shasta—. Pero era imposible no darse cuenta de cómo te miraba. ¿Quién sabe? A lo mejor os hacéis amigos. O algo así.

Nikki la fulminó con la mirada.

—¿Entonces, se supone que tengo que meter a un tipo nuevo en el vacío que ha dejado Johnny?

—Nik...

—No lo malinterpretes, cariño —le dijo Carmella desde el asiento trasero—. Todos sabemos cuál era la fortaleza de tu amor por Johnny. Y es esa fortaleza la que me dice que, si puedes querer tanto a una persona, puedes querer de nuevo.

—Preferiría estar pintando —le dijo Nikki a Gloria, alzando la vista desde el monitor—. ¿Y tú?

—Sí, sí —dijo la pequeña, que estaba en el suelo de la caravana de Nikki, haciendo remolinos de colores en una gran hoja de papel. Nikki la había recogido en la guardería y la estaba cuidando mientras Guy y Patsy trabajaban en una de las caravanas.

—Te gusta el morado, ¿eh? —le preguntó Nikki, admirando el trabajo de Gloria.

—Morado —repitió la niña, levantando la cera de pintar que tenía en la mano y destrozando la palabra.

—A mí me encanta pintar —dijo Nikki—. Pintar me ayuda a tomar contacto conmigo misma de nuevo. ¿Colorear te ayuda a ti también?

—Sí, sí.

Nikki sonrió. Sabía que la niña no tenía ni idea de qué estaba hablando. Era agradable tener la compañía de Gloria aquel día. Trabajar tantas horas con un programa CAD era una experiencia nueva para ella. Conseguir dominar el programa de diseño y planificación fue muy satisfactorio. Con aquel software preparó los documentos para el contratista y para el

Departamento de Planificación. Gloria le hacía compañía mientras terminaba los diseños de las caravanas más pequeñas.

—¿Sabes? En Australia yo formaba parte de un equipo, pero cuando estábamos en el mar, entre las olas, estábamos solos —le dijo a su hermana—. Esto es un equipo diferente. ¿Eres tú miembro de nuestro equipo?

—Sí —dijo Gloria.

—Eso es estupendo, porque necesitamos toda la ayuda posible. Shasta lo está investigando todo y Carmella me ayuda con los diseños. Tengo que decidir qué obras de arte vamos a necesitar y dónde ponerlas —dijo ella. Había sido un placer visitar los estudios y talleres de los artistas y encontrar piezas únicas. También había hecho una presentación en la biblioteca y había invitado a estudiantes serios a que enviaran piezas.

—No puedo dejar de pensar en la escultura de Kenji —dijo, e hizo una pausa—. Pienso mucho en Kenji. Me preocupa, porque me recuerda a Johnny, tan guapo y encantador. ¿Me gusta por eso? Voy a verlo en la galería de Carmella un poco más tarde. Tiene una exposición allí el viernes. Y necesito hablar con él sobre sus piezas para el parque. A lo mejor él quiere hablar de otras cosas... ¿Crees que debería intentarlo? ¿Que debería reunirme con él en la galería?

Gloria levantó las dos manos con las palmas extendidas.

—¡Sí! —exclamó.

La Carmella Beach Gallery estaba tranquila en temporada baja, pero seguía siendo un magnífico lugar para encontrar buenas obras de arte. La galerista de Carmella estaba de baja maternal, por lo que Nikki la había estado ayudando cuando tenía tiempo. Se cercioró de que la iluminación y la ubicación fueran perfectas.

Kenji llegó vistiendo unos pantalones vaqueros rotos y un jersey de cachemir, y con una caja de bombones de Sweet Spot, una tienda que había en la acera de enfrente.

—No sé lo que te gusta, pero me imaginé que no podía fallar con el chocolate.

—Pues acertaste —dijo ella.

Bajó de la escalera donde había estado dirigiendo uno de los focos hacia una obra.

—Se te da muy bien —dijo, mirando la pieza sinuosa que había creado. La iluminación proyectaba su sombra ampliada contra una pared blanca.

—¿Tú crees? No es difícil exhibir una pieza que sé que es realmente buena.

—Vaya, gracias —dijo él—. Carmella me ha dicho que eres una pintora con mucho talento. Y ella no dice esas cosas a la ligera.

—Espero encontrar tiempo para pintar nuevamente. Me gusta tanto como hacer surf. Pero me dediqué por completo al surf cuando me casé y estábamos en la liga.

—¿Sigues en la liga?

—No. Esa era otra vida.

—Siento lo que ocurrió. Es bueno que hayas vuelto a tu pueblo natal.

Él no sabía por qué se había marchado.

—No estaba entre mis planes volver, pero... bueno, aquí estoy.

—Eres estupenda, Nikki —dijo él.

—Y tú —respondió ella. Ojalá pudiera sentir algo más que aprecio por él. Era un tipo estupendo—. Lo siento, pero... —murmuró.

—No te preocupes. Has pasado por mucho. Paso a paso, ¿de acuerdo? Te vas a recuperar.

—No, no voy a recuperarme.

—Sí, ya lo estás haciendo. Lo que pasa es que no lo sabes.

Realmente, le proporcionó alivio oírle decir eso.

—Es muy amable por tu parte.

—Mi abuela, que vive en Okinawa, dice que la amabilidad no cuesta nada.

—Bueno, pues gracias. Y, por supuesto, quiero hacer un trato contigo.

Después de que Kenji se marchara, ella se comió demasiados bombones mientras terminaba de preparar la galería. Se sentía vacía y sola. No era una cita, se recordó a sí misma, pero ella se sentía como si hubiera sido una cita que había salido mal. ¿Significaba eso que todas sus citas iban a fracasar?

Ojalá Carmella estuviera en lo cierto. Antes de arrepentirse, tomó el teléfono y envió un mensaje: *Vamos a navegar*.

—Puede que haya hecho una tontería —le dijo a Gloria al día siguiente.

Había pasado una hora en la Oficina de Planificación del pueblo y luego había recogido a su hermana en la guardería para llevarla a casa.

—Vaya —dijo, mirándola por el retrovisor—. Dos añitos, con toda una vida llena de tonterías por delante.

Volvió al parque y redujo la velocidad para admirar los progresos. El antiguo letrero luminoso estaba restaurado y tenía todas las letras de Beachside Caravans. Las Airstream brillaban alegremente. Los albañiles estaban haciendo una losa de hormigón cerca de la fogata para exhibir la escultura de Kenji Harui.

—Es un chico muy majo, pero ni siquiera lo intenté con él. Le envié un mensaje de texto a otra persona, impulsivamente, y no creo que haya forma de deshacer el envío de un mensaje de texto, ¿verdad?

—Sí —dijo Gloria.

—Y no tengo respuesta, así que no sé qué significa eso. ¿Cuánto se tarda en responder a un dichoso mensaje?

—Dichoso mensaje.

—Lo único que no quiero es ser una viuda joven que vive aferrada al pasado, ¿sabes? Necesito saber que hay algo más para mí. Alguna alternativa a estar triste todo el tiempo.

—Papá —dijo Gloria, cuando Nikki aparcó—. Papá... Papaaá...

El móvil emitió un sonido y Nikki miró los mensajes. Por fin, una respuesta: *¿Qué te parece hoy, después del trabajo?*

—Hola —dijo Nikki, con las mejillas sonrojadas.

—Papá —dijo Gloria otra vez, con más fuerza.

—Bien, bien. Vamos a ver qué están haciendo papá y Patsy.

Recogió el rollo de planos y sacó a Gloria de su sillita. En el parque había mucha actividad. Aunque estaba cerrado todo el invierno, había electricistas, fontaneros, jardineros y carpinteros trabajando. Otros trabajadores estaban arreglando los caminos del jardín, pintando los cobertizos auxiliares y puliendo el revestimiento de aluminio de las caravanas hasta que brillaban.

Los más trabajadores de todos eran su padre y ella. Se quedaban a trabajar incluso después de que todos se hubieran marchado y hablaban mucho durante esas horas, más de lo que nunca hubieran hablado cuando ella era más joven.

Llevó a Gloria a la caravana número dos, donde habían improvisado una cocina. A través de la puerta vio a Patsy con un pañuelo en la cabeza y unos guantes de goma hasta los codos. De su padre solo veía unas botas verdes de goma que salían por debajo de la Airstream.

—¿Cómo va todo? —preguntó, agachándose.

—¡Papá! —gritó Gloria, dando palmaditas.

Él tenía una linterna en la boca y una llave inglesa en la mano. Incluso con la boca llena, consiguió proferir una retahíla de palabrotas.

—Así de bien, ¿eh?

Patsy dejó un montón de trapos de limpieza sobre el porche.

—Eh, deja de decir eso —le exigió a Guy, y miró a la niña con una sonrisa—. ¿Qué tenemos aquí?

Gloria balbuceó y le enseñó a Patsy una bolsa de galletitas saladas. Desde debajo de la caravana se oyeron más juramentos.

—Problemas con la fontanería —dijo Patsy—. Se queja, pero lo va a arreglar. Siempre lo consigue.

El comentario le recordó a Nikki que Patsy llevaba más tiempo que nadie en el parque, salvo que Guy y ella. Gloria fue caminando hacia un montón de trozos de madera rotos, y Nikki hizo que retrocediera.

—¿Qué es todo eso?

—Lo que queda de los armarios. Estaban podridos y, como tú descubriste que no eran los originales, los he desarmado. Voy a echar la madera a la fogata —dijo, y captó la mirada de Nikki—. Resulta que se me da muy bien demoler, y me gusta. Me sirve para desahogar la rabia acumulada.

—¿Tienes mucha rabia acumulada?

—No, en realidad, no. Estos últimos tiempos, no.

—He traído más diseños y bocetos —dijo Nikki—. ¿Quieres verlos?

—Claro que sí —dijo Patsy, y se quitó los guantes.

—Claro que sí —repitió la niña.

Entraron en la caravana. Guy se quitó las botas y se unió a ellas. Su mono de trabajo y su gorra de béisbol estaban llenos de arena húmeda y olían a tierra y aceite.

—Las tuberías están arregladas —dijo, mientras se lavaba las manos en el fregadero de la cocina.

—Estupendo —respondió Nikki—. Y el Departamento de Planificación nos ha concedido la aprobación provisional.

Desenrolló los planos y las páginas impresas desde el programa CAD, en el que se veía con detalle el diseño de cada una de las unidades, las combinaciones de colores y los estilos que ella había encontrado durante su investigación.

Patsy le dio a Guy un trapo limpio para que se secara las manos.

—Todo es genial —dijo—. Eres muy buena en esto, Nikki. ¿Cómo conseguiste ser tan buena?

Nikki se encogió de hombros. Para su sorpresa, parecía que tenía una habilidad especial para ordenar espacios y realizar dibujos a escala. No era pintura al aire libre, pero se parecía bastante al hecho de crear arte.

—No estoy segura. Quizá por desesperación.

—La gran motivación —dijo Patsy—. Creo que tu plan va a funcionar.

Nikki respiró profundamente.

—Nuestro plan. Es trabajo en equipo, ¿no te acuerdas?

—Espero que tengáis razón —dijo Guy mirando a Gloria—. No quiero perder este lugar.

—No va a pasar. Mira esto. Carmella me ha ayudado a encontrar los colores y diseños de los años cincuenta y sesenta, y vamos a añadir obras de arte de artistas de la zona.

—Y tú te vas a incluir en ese grupo, ¿no? —preguntó Patsy—. Haznos algunas pinturas.

—De acuerdo —dijo Gloria.

—Puede ser —respondió Nikki—. Shasta me ha ayudado a encontrar un montón de referencias sobre el significado de las caravanas. Tenemos recortes de revistas de surfistas legendarios que se han alojado aquí, y los vamos a utilizar también —dijo, y miró a su padre—. Tenemos que revisar todos los registros y libros de visita antiguos. He encontrado una caja llena al fondo del cobertizo. Todos son de la época en la que Boone Garrity dirigía el parque. Resulta que tuvo varios huéspedes muy interesantes durante esos años, surfistas, artistas e incluso gente de Hollywood.

—Deberíamos sacar todo lo que hay en el almacén —sugirió Patsy—. Puede que encontremos alguna cosa que incluir en los diseños.

Guy se puso a Gloria en las rodillas y observó los bocetos que había hecho Nikki.

—Me encantan —dijo—. Buen trabajo, Nikki. Pero, seguramente, nos va a llevar todo el invierno y la primavera acabar todo esto.

Él solía pasar los inviernos en Costa Rica. Empezó a hacerlo después de dejarla a ella en casa de Carmella. Nikki le rogaba que la llevara, pero él siempre decía que el campamento de surf era muy difícil para un niño pequeño y que el colegio era más importante. Ahora que tenía a Gloria, pasaba el invierno en Alara Cove.

—Tardaremos lo que sea —dijo Nikki—. ¿No era eso lo que me decías cuando me estabas enseñando a hacer surf?

—Entonces será mejor que aceleremos —dijo él.

—Es lo que vamos a hacer —dijo Nikki, y miró el reloj—. Mañana.

—¿Qué pasa hoy? —le preguntó su padre, y tomó unas cuantas galletitas de la bolsa de Gloria.

—Voy a salir pronto para ir a navegar.

—¿A navegar? ¿Con quién?

—Con Cal Bradshaw. Vamos a dar una vuelta en una lancha motora de la policía.

—Pero... ¿por qué vas a hacer eso? —le preguntó su padre.

Nikki se encogió de hombros.

—Mencioné que echaba de menos estar en el agua y se ofreció.

—Eh, eso es estupendo —dijo Patsy, y la acompañó fuera—. Me alegro mucho de verte salir. Nunca es tarde para tener una cita, ¿verdad?

—¡No, no! No es una cita —dijo Nikki, con las mejillas ardiendo—. Cal y yo... somos amigos. Desde niños.

—Esos son los mejores —murmuró Patsy.

—No es una cita —repitió Patsy.

—Bueno. Pero también estaría bien si salieras con alguien. Eres muy joven y no voy a mentir, el agente Cal Bradshaw es un buen partido. No dejes de hacer nada que quieras hacer.

—No sé lo que quiero hacer.

—Eso no es excusa.

—Bueno, voy a prepararme —dijo Nikki, y fue a su caravana.

Después de la ducha, se preguntó qué podía ponerse, aunque no tenía mucha ropa. Hacía una tarde preciosa. El cielo estaba despejado y el mar, en calma. Se puso unas mallas, una sudadera negra y un cortavientos. Se peinó, se maquilló ligeramente y, por un momento, se sintió como si se estuviera preparando para una cita. Movió la cabeza. No, no era una cita. Sin embargo, se miró al espejo por última vez antes de salir hacia el puerto del pueblo.

Carmella estaba esperando junto al bote patrulla. Llevaba unos pantalones vaqueros y una chaqueta del Departamento de Policía y, cuando la vio, se le iluminó el rostro de puro deleite.

—Me alegro de que hayas podido venir —dijo, y miró el atardecer, que teñía de colores anaranjados el horizonte—. Una tarde preciosa para navegar.

Nikki se acercó por el muelle y observó el barco. Tenía dos motores gemelos y estaba lleno de equipos de navegación, rescate, comunicación y seguridad.

—Vaya —dijo—, esto sí que es un buen barco.

—Sí. Es un barco SAFE, está especialmente equipado para que tenga una flotación segura y completa.

—En otras palabras, no vamos a hundirnos.

—De ninguna manera —dijo él.

Le tendió una mano mientras ella saltaba a cubierta. Nikki agradeció el suave movimiento del agua
bajo sus pies. Él arrancó los motores y ella le ayudó a
soltar amarras. Aunque hacía frío, había una pequeña cabina con una consola y varios equipos. Cal llamó a la comisaría para avisarles de que estaba dando
un paseo.

Salieron al canal y dejaron atrás el muelle de
pesca y el rompeolas. Al otro lado, llegaron a mar
abierto.

—Espera —le dijo Cal, señalando un asidero que
había en la consola. Entonces, aceleró suavemente. Y,
al cabo de unos minutos, parecía que la lancha iba a
volar. A lo lejos, Alara Cove se veía como un pueblo
de juguete. A Nikki, aquella velocidad le produjo un
sentimiento de euforia. Miró a Cal y se echó a reír.

—¡Es increíble! —exclamó, y él también sonrió.

Mientras pasaban velozmente por delante del
parque de caravanas, Nikki tocó la bocina. El letrero
luminoso del parque, que era su faro cuando salía a
surfear, brillaba recortado contra el cielo. Tenía sentimientos complicados por aquel lugar, pero no podía negar que, en aquel momento, le parecía su hogar.
Cal hizo un par de giros y un salto sobre su propia
estela para demostrar la agilidad del barco.

—Es genial —dijo ella, y se echó a reír. La sensación era agradable, pero extraña. Todavía echaba de
menos a Johnny cada día, pero estaba descubriendo
que era posible echarlo de menos y, al mismo tiempo, divertirse.

Mientras navegaban, se oyeron varios mensajes
por radio. La mayoría eran incomprensibles para
ella, pero sí reconoció un comentario sobre que el

supermercado del puerto deportivo no estaba exigiendo los carnets de identidad para vender alcohol.

—Algunas cosas no cambiarán nunca —dijo Nikki—. Seguro que los que quieren comprar alcohol son estudiantes de Thornton. Son los únicos que pueden permitírselo, ¿no?

—No es tan sencillo. Los que no pueden comprarlo, lo roban —dijo Cal.

Ella se estremeció al recordar aquel incidente en el supermercado. ¿También se habría emitido el mensaje sobre su robo en el canal de la policía? «Niña de doce años sin madre roba unos tampones».

Rodearon la isla de Radium. Había señales que prohibían a los surfistas y a los barcos acercarse a menos de sesenta metros, pero parecía que la prohibición no afectaba a una embarcación oficial. Más allá de la costa rocosa, se veía una serie de edificios bajos, de forma cuadrada.

—La última vez que estuve aquí, estaba persiguiendo a los malos —dijo Cal.

Ella se quedó sorprendida por su tono despreocupado.

—¿De verdad?

—Sí, de verdad. Drogas, armas de asalto... cumplían todos los requisitos.

—Y tú los perseguiste.

—Eran contrabandistas y los muy idiotas se perdieron. Pensaban que estaban en Long Beach.

—¿Y los detuviste?

—Claro. Como ya he dicho, eran idiotas. Hay muchos tipos malos que no son precisamente inteligentes. Intentaron dejarme atrás, hicieron un giro demasiado cerrado y dos de los chicos salieron disparados —le contó, agitando la cabeza—. Estaban demasiado cerca de estas rocas.

—No sé por qué, pero no había caído en que tienes un trabajo tan peligroso, Cal.

—De vez en cuando.

—¿No te preocupa eso?

—Tengo una buena formación, y eso es una gran ventaja sobre los malos y los tontos.

Nikki lo observó un instante. El apacible Cal Bradshaw siempre le había parecido muy cauteloso cuando eran niños. Incluso tímido. Siempre llevaba casco, siempre cumplía las normas. Sin embargo, tal vez lo que parecía timidez era una vigilancia silenciosa. Cuando era socorrista, nunca había vacilado a la hora de correr a salvar a alguien. No le importaba correr riesgos cuando alguien lo necesitaba.

Terminaron de rodear la isla, pasando junto a una zona rodeada de vallas metálicas y alambre de púas. Entonces, el barco entró en el canal que fluía entre el océano y la ensenada.

—Este es el sitio favorito de los navegantes para meterse en líos —dijo Cal, señalando los pilones del puente que comunicaba la isla con tierra firme—. Aquí la corriente puede volverse muy peligrosa y muchos aficionados no lo entienden.

—Los lugareños, sí —dijo ella—. ¿No te acuerdas? Nos subíamos a las tablas y surfeábamos por debajo cuando había marea baja.

—Tú eras la que surfeabas por debajo del puente —la corrigió él—. Yo siempre te estaba vigilando desde la orilla, rezando para no tener que ir a buscarte.

—Eras listo —admitió ella, mirando las aguas turbulentas—. Era muy peligroso. Algunas veces creo que solo lo hacía para llamar la atención de mi padre.

—¿Y te funcionó?

Ella se rio.

—Chocaba los cinco conmigo. Creo que esa no era la reacción que yo estaba buscando.

Nikki miró a Cal.

¿Qué tal está tu padre?

—Muy bien. Está jubilado, pero más ocupado que nunca. Deberías venir a verlo un día de estos.

—Claro. Tendré que consultar con mi agenda social.

Él frunció el ceño. Después, se encogió de hombros.

—Bueno. Avísame.

—Es una broma. No tengo vida social.

—Pues tal vez necesites tenerla.

Ella lo miró con una sonrisa. Aquel no era el Cal Bradshaw al que estaba acostumbrada. Estaba allí, sí, pero sentía algo nuevo en él. Era algo relacionado con su energía, su lenguaje corporal, su voz... Le producía sentimientos diferentes. Y no sabía si estaba preparada para sentir aquello.

—Puede que sí.

—Eh, mi padre se ha enterado de lo de vuestro proyecto de renovación. ¿Sabes que tiene algunos letreros antiguos del parque de caravanas original? Cuando era adolescente, se los hizo al dueño anterior, pero el tipo no fue a recogerlos, así que están en un cobertizo. Lleva a tu padre un día y os los enseño.

—Con una condición: nosotros llevamos la cena. No se nos da bien cocinar, pero podemos llevar comida preparada.

Él puso rumbo hacia el puerto deportivo. Cuando llegaron, lo amarró al muelle.

—Gracias por el paseo —le dijo Nikki—. Es un barco estupendo.

Él asintió.

—El trabajo tiene algunas ventajas.

Capítulo 17

Nikki y su padre recorrieron en coche la costa en busca de suministros y materiales para el proyecto de renovación. Cuando se trataba de la precisión histórica, los detalles eran muy importantes. Las Airstream eran de los años cincuenta, sesenta y setenta, por lo que había objetos suficientes.

Fueron a mercadillos, reuniones de intercambio y ventas de garaje, y se hicieron con piezas que les sirvieran para realzar el ambiente de la época de los campistas. Algunos de los lugares que visitaron eran muy modernos, con música en directo y comida gourmet para los compradores adinerados, pero los mejores eran mercados muy ecléticos que no siempre estaban bien organizados. Encontraron cosas memorables, restos arquitectónicos, accesorios de iluminación...

Fue una búsqueda del tesoro agotadora y estimulante a la vez. Sentían una gran satisfacción cuando se topaban con lo que necesitaban, como un reloj de gato con la cola como péndulo o un juego de tapacubos auténticos de Airstream en perfecto estado.

Sus paseos los llevaron por las sinuosas carreteras de la costa central y más al sur, hacia Los Ángeles y Malibú. Mirando por la ventanilla de la vieja furgoneta de Guy, veía la costa con otros ojos, y era mucho más bella de lo que ella recordaba. De adolescente, entre aburrida e impaciente, no había sabido apreciar las hermosas vistas del mar, las sombras de las montañas y las colinas que descendían hasta ensenadas y plácidas bahías, los destellos de vida salvaje y flores que aparecían incluso en invierno.

Y, mientras contemplaba el paisaje, se acordó de respirar. Aquella belleza pura y profunda la sanó un poco. O tal vez fuera la extraña conexión que sentía con su padre y la nueva personita que había en su vida. Gloria iba en su sillita, balbuceando y jugando con un libro de trapo sobre unos gatitos.

—Mira por la ventanilla —le dijo Nikki—. A lo mejor vemos ballenas grises. Es el momento perfecto del año. ¿Sabes lo que es una ballena?

—Tengo hambre —dijo Gloria.

Nikki se giró y le dio algunas galletas de yogur en una taza.

—Te estás perdiendo las vistas —dijo ella—. ¿No quieres mirar? Estamos creando recuerdos, ¿verdad, papá?

—Bah, no creo que ella se acuerde de nada de esto —dijo Guy.

Nikki percibió algo en su tono de voz. Arrepentimiento. ¿Amargura?

—¿Qué?

—Los niños pequeños no se acuerdan de las cosas, ni siquiera de las mejores que hicimos.

Nikki vaciló. Intentó pensar en sus primeros recuerdos. La playa. El techo curvo que había por encima de su cama. Las estrellas brillantes que veía por la ventana.

—Cuéntame algo de lo que yo no me acuerde.

Él tamborileó con los dedos sobre el volante.

—Muchas cosas. Bastantes, hasta que empezaste la guardería. Tú y yo lo pasamos bien. Te llevaba de viaje por carretera cuando podíamos salir del parque. Un año fuimos al muelle de Santa Mónica y te montaste en un pony, ¿no te acuerdas?

—No. ¿Yo me monté en un pony?

—No te gustó mucho. Tuvimos muchas aventuras en la carretera. Nos parábamos en los puestos de fruta, en las tiendas de música y en las ferias. Te enseñé a hacer pis de pie.

Ella frunció el ceño y se echó a reír.

—¿Y eso?

—Cuando estabas aprendiendo, no siempre podíamos encontrar baños públicos, ¿sabes? Entonces, si estábamos en algún lugar del bosque, no estaba seguro de lo de las cuclillas. Así que lo hacías de pie. Seguro que de eso no te acuerdas tampoco.

Ella se echó a reír otra vez.

—No estoy segura de querer.

—¿Y te acuerdas de cuando nadaste con un tiburón ballena?

—¿Qué? ¿Yo he nadado con un tiburón ballena?

—Fuimos a Baja California y nos bañamos en el mar de Cortés. En cabo Pulmo. Tendrías cuatro o cinco años y te enseñé a usar el esnórquel y las aletas, y te pusiste manos a la obra. Había una bahía preciosa y protegida con tiburones ballena. Yo me agarré a su aleta dorsal y dimos un paseíto. Eso sí que fue un gran día. Te encantó.

—Supongo que no tendrás ninguna foto.

—No. Estaba demasiado ocupado para no perderte de vista, porque no eras capaz de estarte quieta —dijo él, y volvió a tamborilear con los dedos en el volante—. Entonces nadie hacía fotos. No es como ahora, con los teléfonos móviles.

Su padre y ella habían compartido momentos que no recordaba. En ese caso, ¿a quién le pertenecían los recuerdos? «Gloria es mi segunda oportunidad».

Nikki alzó el teléfono y lo giró hacia el asiento trasero.

—Muchas fotos. Sin excusas.

Gloria sonrió un poco y babeó.

Nikki se dio cuenta de que su padre la estaba mirando de reojo.

—¿Qué?

—Nunca entendí por qué te fuiste.

A ella se le escapó un jadeo de incredulidad.

—Eché a perder mi futuro —dijo—. Tú mismo lo viste.

—Ojalá hubiera hecho más por ti en ese momento. Me pesa.

«Pues ya somos dos», pensó ella.

—Hice lo que hice y seguí adelante —dijo, con un suspiro—. No sé si elegí bien, pero tenía que vivir con esa elección. Al volver aquí, he visto que todo el mundo terminó los estudios y emprendió una carrera profesional. Yo no lo hice. Me lancé a la vida de surf de Johnny y, algunas veces, me pregunto si es algo que hice después de que todo lo demás fracasara.

—¿O lo hiciste porque querías a ese chico?

Ella miró a su padre con agradecimiento.

Sí, pensó. Lo quería como si mi vida dependiera de él.

—Aquí está nuestra salida —dijo Guy, y tomó la carretera hacia Seabrook, donde se celebraba un mercadillo semanal y había un punto de intercambio.

A aquellas alturas ya tenían una forma de hacer las cosas. Mientras Guy se abrochaba la mochila, Gloria tomó la bolsa de los pañales y se llevó a Gloria al baño.

—No le dejes que te enseñe a hacer pis de pie. No es algo que vayas a usar más tarde en la vida —le dijo, mientras le cambiaba el pañal en la mesa plegable—. Aunque si te lleva a montar en pony, deberías aceptar.

—Me gustan los ponis.

—A todo el mundo le gustan —dijo Nikki.

Llevó a Gloria al lavabo para que las dos pudieran lavarse. Después, miró sus caras en el espejo.

—Todo el mundo dice que parecemos hermanas. ¿A ti qué te parece?

—Hermanas —dijo Gloria.

Aunque pronunció mal la palabra, Nikki estaba segura de que la reconocía.

Cuando salieron, su padre estaba esperando. Gloria chilló de alegría al verlo y extendió las manos con los dedos abiertos como estrellas de mar.

—He buscado suministros —dijo, y le dio a Gloria un *pretzel* blando.

Había una taza de café para ella. Dejó al bebé en la mochila y empezaron a explorar. Era un mercado sencillo, con vendedores amables y una mezcla de cosas antiguas y artesanía. Su padre, que medía un metro ochenta y cinco centímetros, parecía un gigante con Gloria en la mochila, jugueteando con su coleta. Él todavía era lo bastante guapo como para llamar la atención, y recordaba poner a funcionar su encanto para conseguir rebajar el precio de un par de tiradores de cajones y algunas ventanas recuperadas para el cobertizo de la lavandería.

Recorrieron el mercado tranquilamente, porque habían aprendido que era fácil pasar por alto algunos tesoros si se apresuraban demasiado. Ella estaba mirando unas figuritas de bailarinas de hula cuando algo captó su atención: la mesa en la que estaban colocadas que, en realidad, era una tabla de surf maltrecha colocada sobre dos caballetes. El tablero tenía una insignia grabada a fuego cerca de la cola.

—Eh —le dijo a su padre—. Mira esto. ¿Es lo que creo que es? ¿El logotipo de Renny Sweet?

—Vaya —dijo él, mientras sacaba las gafas de lectura—. Creo que sí.

Reynolds Sweet era famoso por haber diseñado una de las primeras tablas con madera de balsa y una aleta, casi cien años antes. Y ellos estaban buscando una tabla *vintage* para la entrada del cobertizo en el que guardaban todas las tablas. Un modelo antiguo y preciado como aquel sería perfecto.

La vendedora era una mujer de mediana edad que había tomado demasiado el sol y estaba feliz de vender aquella vieja tabla.

—Nunca me pondré a restaurarla —admitió.

Sonrió a Guy mientras él le entregaba el dinero. Nikki apartó las figuritas de las bailarinas.

—Llévense una para su bebé —les dijo la vendedora—. Regalo de la casa.

—Oh, gracias. Es usted muy amable.

Nikki había dejado de corregir a la gente que pensaba que Gloria era su hija. Aunque era todavía peor cuando pensaban que era de su padre y suyo.

—¿Qué te parece esta? —le preguntó a Gloria, señalándole una bailarina que tenía una falda de hierba.

—¡Sí! —exclamó Gloria.

—¿Puedes decir «gracias»?

—No.

Nikki miró a la mujer con expresión de disculpa.

—Gracias en nombre de los tres —le dijo—. Vamos a cuidar muy bien esta tabla.

Era muy grande y ancha, como el ala de un aeroplano, con una forma muy diferente a las de las tablas actuales. Sin embargo, la madera y la silueta le daban personalidad, y ella ya se la imaginaba formando parte del nuevo aspecto del parque.

—Buenas compras hoy —dijo Guy, mientras volvían a casa. Gloria iba dormida en el asiento trasero, con la bailarina agarrada en una mano.

—Somos un buen equipo —dijo Nikki.

Cuando llegaron al parque, metieron sus tesoros en el cobertizo del almacén. Nikki y su padre observaron los objetos que habían ido reuniendo. Guy se metió las manos en los bolsillos y ladeó la cabeza.

—Este sitio está lleno hasta arriba —dijo.

—Eso es bueno —respondió Nikki—. Tenemos que hacerlo bien, papá. Hasta el último detalle. Carmella dice que los detalles son lo más importante.

—Da buenos consejos. Y fue muy buena contigo —dijo él.

—Sí —respondió Nikki. Claro que él necesitaba decir eso—. Pero, seguramente, sabrás que para mí fue muy duro entender por qué tenía que vivir en un hogar de acogida.

—Siento que fuera difícil para ti. Esto no es una excusa, pero cuando eras pequeña, me despertaba todos los días como si fuera un principiante. Tú eras lista, tenías motivación, estabas llena de energía, y tan preciosa... No sabía cómo darte una buena vida. Acababa de salir de la adolescencia y tuve que arreglármelas a medida que iban sucediendo las cosas. Mis padres no fueron precisamente un buen ejemplo. Siempre estaban gritando y pegando.

—Entonces, me alegro de que no siguieras su ejemplo.

—Ahora, con Gloria, tengo más confianza. Patsy me da muchos consejos. Ella lo hizo muy bien con sus hijos. El mayor es bombero y el pequeño está en la universidad estudiando Magisterio.

—Al contrario que la perdedora de tu hija —dijo Nikki.

—No digas tonterías. Sabes que eso no es cierto. Yo estoy orgulloso de todo lo que tú has hecho —dijo él. Enrojeció y apartó la mirada—. Hice un curso para padres, ¿te lo conté?

—Sí, me lo contaste.

—Es raro, ¿no?

—No, en absoluto. Yo también estoy orgullosa de ti porque lo hicieras. Es bueno que Gloria sea tu prioridad.

—Voy a intentar hacerlo bien con ella. Seguramente me equivocaré, pero no la voy a traumatizar —dijo él, y miró a Nikki con suavidad—. Ojalá hubiera sido mejor padre contigo.

Ella le dio un golpe con el hombro en el brazo y suspiró.

—A mí no me traumatizaste, papá. Lo hice todo mal yo solita.

—Mira, tú no has hecho nada mal. Es una pena lo que ocurrió en Australia, pero me alegro de que hayas vuelto. El verano que viene deberíamos...

—Eh, eh —dijo ella—. ¿El verano que viene? Ni siquiera sé si voy a estar aquí para entonces.

—¿Dónde has pensado irte?

—No lo sé, pero no me siento como si este fuera mi sitio.

En Australia, Jess le había aconsejado que averiguara por qué se había ido de su pueblo, para empezar. Había muchos, muchos motivos. Lo que necesitaba era una razón para quedarse.

Pensó en su nueva vida. Había cosas que le gustaban. Le gustaba aquel proceso. Estaba trabajando muchísimo en aquella renovación, más de lo que había trabajado nunca pintando o haciendo surf. Y, de vez en cuando, sentía un cambio por dentro. La transición fue sutil, gradual, pero se dio cuenta de que era posible encontrar en su corazón algo más que el dolor.

—Dime, hija —le dijo su padre—. ¿Acaso es tan malo estar aquí?

—No, en absoluto. Es solo que... cuando estoy haciendo todos los planos, los diseños y las renovaciones, dejo de estar triste durante minutos.

—¿Y eso es malo?

—Es algo que sucede. No sé si es malo o bueno. Es bueno cuando mitiga el dolor. Es malo cuando olvido recuerdos. Me preocupa que olvidarme del dolor sea lo mismo que olvidarme de Johnny. Me da miedo deshacerme del dolor por si lo pierdo a él.

—Eh, las cosas no funcionan así. Yo todavía me siento triste por Lyra, pero cada vez que te miro a la cara, veo a tu madre. En treinta y tres años, nunca la he perdido.

«Entonces, ¿por qué me alejaste?», quiso preguntarle Nikki, pero no lo hizo.

—Yo estoy muy asustada de perderlo para siempre.

—No vas a perderlo. Lo tendrás para siempre. Pero eso no significa que tengas que convertir tu alma en un santuario para él. ¿Sabes cuál es la mejor manera de honrar su memoria?

—Ah, vaya, así que ahora eres un experto.

—No, ni por asomo. Pero soy viejo, y sé cosas. Sé que tú sitio está aquí, con la gente que te quiere. Nikki, podrías tener una vida aquí. Una buena vida.

—Cuando tallé estas cosas, no era más que un niño. A lo mejor tenía catorce o quince años —dijo el padre de Cal, que estaba sentado en la mesa de la cocina.

Estaba moviendo las manos por los viejos letreros que había hecho para el parque de caravanas. Cuando Cal le había hablado sobre el proyecto que estaban llevando a cabo, su padre le había mandado al viejo taller a buscar los letreros que había hecho para alguien llamado Boone Garrity.

Cal y su hermano Sandy los habían encontrado en una caja vieja, envueltos en periódicos que tenían titulares sobre la guerra de Vietnam. El tipo que le había encargado los letreros no los había recogido ni se los había pagado.

—Son preciosos, papá —dijo Sandy—. Están perfectamente conservados. No están descoloridos en absoluto.

—Seguro que son lo que Guy y Nikki necesitan en este momento —dijo Cal—. Están convirtiendo el parque en una cápsula del tiempo de mediados de siglo.

—Así que por fin ha aceptado tu invitación para venir —dijo su padre con una sonrisa.

—Sí —dijo Cal—. Pero solo Nikki. Dijo que su padre no podía encontrar niñera.

—¿Niñera?

—Tiene una niña pequeña, ¿no te acuerdas? Creo que tiene dos años.

—Ah, sí. He oído decir algo de eso. La madre de la niña se marchó y él está otra vez de padre soltero —dijo Al, y movió la cabeza de lado a lado—. Demonios, me acuerdo de cuando tenía que criaros yo a vosotros dos. Erais unas buenas piezas.

—Estábamos haciendo lo que nos correspondía —dijo Sandy.

Como era el hermano mayor, tenía recuerdos más nítidos de su madre. Ella se había marchado a Hollywood en busca de fama y fortuna, pero había encontrado a otro tipo y, al final, había dejado de comunicarse con sus dos hijos.

—Siempre me cayó bien esa chica, Nikki —dijo Al—. Era una surfista. ¿Sigue siendo tan guapa?

—Ella... Ya no es una chica, papá, y es genial. Está intentando superar un mal momento y ayudando a su padre. Un día de estos te llevaré a que conozcas el proyecto de renovación. Parece que va muy bien.

—Espero que estas señales le den el toque final.

—Eh, papá, hablando del final, he traído una botella de cerveza fría para celebrar que has terminado las clases —dijo Sandy, y puso una jarra helada y varios vasos en la mesa.

—¿Clases? ¿Qué clases? —le preguntó Cal a su padre—. No me habías dicho nada de que estuvieras yendo a clase.

—No tengo que contártelo todo —dijo Al. Sonrió

y le acarició la cabeza a China—. Ahora tengo el certificado de especialista en habla y lenguaje.

—¿Qué? —preguntó Cal con asombro.

—Genial —dijo Sandy, y sirvió tres vasos de cerveza—. Eso se merece un brindis. Por ti, papá.

—Vaya, gracias. No podría haberlo hecho sin ti, Sandy —dijo Al. Y, como si le estuviera leyendo el pensamiento a Cal, añadió—: Tu hermano me apuntó a un curso a distancia. Acabo de terminar los exámenes finales e hice las prácticas en la escuela primaria del pueblo.

—Pero ¿cuándo fuiste a la escuela primaria? —preguntó Cal.

—Todos los lunes y miércoles, cuando tú estabas trabajando. Sabes que siempre me han gustado los niños. Nunca había tenido tiempo de terminar los estudios, hasta ahora.

Cal estaba asombrado. Se había sentido frustrado con Sandy a menudo, porque se dedicaba a revolotear por sus vidas, entrando y saliendo de ellas. Su economía aumentaba y disminuía dependiendo de con qué grupo estuviera tocando en un momento determinado. El actual acababa de sacar un disco y parecía que iba bien.

—¿Especialista en habla y lenguaje? ¿Infantil? —preguntó, y le dio un buen sorbo a la cerveza.

—Fue idea de Sandy. De verdad, Sandy, a veces me parece que tú me conoces mejor que yo mismo.

—Sí, hermano, tú siempre has pensado que soy un inútil —dijo Sandy.

—Yo nunca...

—Sí es verdad, y lo era, pero no siempre.

—Pues me parece algo perfecto —dijo Cal.

Verdaderamente, a su padre se le daban muy bien los niños. Tenía una paciencia inagotable y tenía tiempo. No necesitaba la vista para poder ayudar. Sería estupendo a la hora de ayudar a resolver problemas del habla.

—Si consigo el trabajo que espero conseguir, a lo mejor tienes que buscar un compañero de piso —dijo Al.

Cal frunció el ceño.

—¿Qué trabajo es ese?

—Me he graduado con una beca de un programa de Santa Bárbara, a cambio del compromiso de trabajar durante dos años en esa escuela del distrito. Tendría que ir a vivir cerca del colegio. Ja, ¿me ves trabajando en Santa Bárbara? A lo mejor me ligo a una viuda rica, de paso.

—En serio, todo esto me parece maravilloso —dijo Cal. Sin embargo, se le pasaron por la cabeza muchas cosas que podían salir mal—. Pero no veo...

—Exacto —dijo su padre—. Tú no lo ves.

Respiró profundamente y bajó la mano para acariciar de nuevo a China.

—Mira, te agradezco muchísimo todo lo que has hecho para ayudarme. Cambiaste toda tu vida por mí. Ya es hora de que yo encuentre otro camino. No soy joven, y quiero que los años que me queden tengan un significado.

A Cal se le llenó la cabeza de objeciones. Santa Bárbara era una ciudad grande y muy bulliciosa. Podían surgir todo tipo de problemas. Tomó una bocanada de aire, como hacía cuando llegaba a la parte más difícil de una carrera larga. Ahora entendía por qué había ido Sandy a casa a pasar el fin de semana. No era para ayudar a sacar los viejos letreros del taller.

Captó la mirada de su hermano, levantó su vaso de cerveza y le dijo, formando la palabra con los labios: Gracias.

—El lunes vamos a ir a conocer al equipo del colegio —dijo Al—. Será mi primera entrevista en persona.

—Te van a adorar —dijo Cal.

—Esperemos —respondió Al—. Incluso podría...

China se puso en alerta y estiró las orejas.

—Viene alguien —dijo Al. Parecía que la perrita y él se leían el pensamiento.

Sandy se levantó a mirar.

—Es tu novia —dijo.

—No es mi novia.

Sin embargo, a Cal se le aceleró el corazón.

—Pues buenas noticias para mí, entonces —dijo Sandy, que se había quedado boquiabierto mirando por la ventana—. Demonios, qué buenísima está...

—Eh.

Sandy movió la mano desdeñosamente.

—Que no le voy a tirar los tejos, hombre. Confía un poco en mí —dijo. Fue a abrir la puerta e hizo una exagerada reverencia—. *Milady*...

—¡Sandy! ¡Cuánto tiempo! —exclamó Nikki, y entró en la casa—. Estás igual.

—Espero que en el buen sentido.

—Por supuesto. Siempre me intimidaste un poco. La estrella de rock. ¿Sigues siendo una estrella del rock?

—Depende de a quién se lo preguntes. Sigo tocando en un grupo y viviendo en Laurel Canyon. Y tú no estás igual —dijo él—. Estás increíble de adulta. He tenido que prometerle a mi hermano que no te iba a tirar los tejos.

«Gracias, hermano», pensó Cal, y le clavó una mirada fulminante.

Ella se ruborizó.

—Seguramente, es lo mejor. No habría ido bien. Pero gracias.

Llevaba pantalones vaqueros, botas y un jersey grueso, pero, tal y como había dicho Sandy, estaba impresionante. En aquel pueblo, en el que muchas de las mujeres ricas parecían retocadas, ella era un soplo de aire fresco.

—Deja que te ayude con eso —le dijo Cal, y tomó de sus manos una bolsa grande de papel—. Huele muy bien.

—Son tacos —dijo Al—. ¿Cómo sabías que son mis favoritos, señorita?

—Son los favoritos de todo el mundo. He traído sopapillas y helado de canela de postre —dijo ella. Puso el helado en la nevera y se giró hacia Al—. He oído hablar muy bien de China. Le he traído unas chucherías también a ella.

—Gracias —dijo Al—. Bueno, vamos a sentarnos y a tomar una cerveza, y déjame que te hable de esos letreros.

Nikki fue a la mesa y los miró. Eran de madera con detalles metálicos en formas abstractas, futuristas y espaciales, con curvas y colores vivos y brillantes. Las señales eran para señalar lugares y direcciones, como la lavandería, las duchas exteriores, la zona de pícnic y la playa. Tenían un carácter de *pop art* que parecía inspirado en la forma de una tabla de surf.

—Oh, Dios mío —dijo Nikki—. Me alegro de que los guardarais durante todos estos años. Son fantásticos.

—¿Tú crees?

—Mi padre y yo llevamos meses visitando mercadillos en busca de cosas como estas —dijo Nikki, con los ojos brillantes, mientras admiraba los letreros—. Cal me contó que los habías hecho para el propietario anterior, Boone Garrity. ¿Por qué él no los utilizó nunca?

—Yo era pequeño cuando me los encargó. Trabajé en ellos durante semanas, pero no vino a recogerlos. Yo no tuve valor para decirle que viniera y los pagara. Era un hombre peculiar, de todos modos. Supongo que yo me los quedé porque me gustaron.

—Son estupendos. Perfectos. Me encantaría comprarlos para...

—Vaya, no. Es una donación.

—Pero tengo los fondos de la fundación de arte para cosas como esta...

—Ni hablar, señorita —dijo Al, alzando una mano—. Ahora, vamos a obligar a estos dos granujas a que te empaqueten los letreros para poder empezar a cenar.

—¿Granujas, papá? ¿De verdad? —preguntó Cal.

—Dime que no tengo razón.

—Quiero oír esas historias de granujas —dijo Nikki.

Se puso en pie y se acercó a la encimera, junto a Cal, para ayudarle a sacar los tacos y el resto de la comida. El padre de Cal hizo todo lo posible por avergonzar a sus hijos contando todas las travesuras y bromas pesadas que hacían de pequeños, como cerrarle la casa al otro cuando uno de ellos estaba en la ducha exterior, o poner cuerdas trampas en la puerta de sus dormitorios para que el otro tropezara. En el décimo sexto cumpleaños de Sandy, Cal había cambiado todas las fotografías de su hermano que había en casa por un primer plano de Tom Skerritt. Sandy se había vengado en el cumpleaños de Cal escribiendo «encuentra la uña del pie» en la tarta justo antes de la fiesta.

A Cal le encantó ver a Nikki riéndose a carcajadas. Le encantaba verla feliz.

—Era mi deber como hermano mayor —dijo Sandy—. Me he enterado de que tienes una hermanita.

—Sí, Gloria. Tiene dos años, así que soy más como una vieja tía viuda para ella.

—Eso también lo había oído —dijo Sandy—. Lo siento mucho. Me alegro de que tengas aquí a tu familia.

Ella se quedó un poco sorprendida al oírlo.

—Sí —dijo—. Yo, también.

—Y puede que seas viuda, pero no eres vieja.

Cal sirvió los tacos. Preparó un plato para su padre, como hacía todas las noches. No quiso preguntarse quién iba a hacerlo si se mudaba a Santa

Bárbara. Nikki siguió charlando con Sandy, hablándole de la campaña de Shasta para la alcaldía y preguntándole por su nuevo disco. A los pocos minutos, le había convencido para que tocara en un acto de recaudación de fondos para Shasta en primavera.

Sandy siempre conseguía que hablar con las mujeres pareciera fácil. Ella ya estaba apuntando su número de teléfono en su móvil. Para Cal, hablar con Nikki nunca era fácil, porque se jugaba mucho. Era muy importante para él, y no quería estropearlo.

—¿Hay alguna novedad en el caso de vandalismo? —le preguntó Nikki.

—Disculpa, ¿qué decías?

—El caso de vandalismo, ¿no te acuerdas? En el puerto deportivo. ¿Averiguaste lo que pasó?

—No han averiguado nada, que yo sepa —dijo Cal—. Pero esa no es mi jurisdicción. Yo solo elaboré el informe inicial.

—Papá me dijo que el barco es de Elise Matson, tu ex —dijo Sandy.

Cal volvió a fulminarlo con la mirada. «Gracias, hermano».

—No es mi ex. Solo es alguien con quien salí algunas veces.

Sintió que Nikki lo estaba mirando fijamente y movió la mano para quitarle importancia.

—De todos modos, el caso fue asignado al Departamento de Recursos Naturales y parece que no es ninguna prioridad para ellos.

—¿Por qué al Departamento de Recursos Naturales? —preguntó Nikki—. No sabía que investigaran delitos.

—El Departamento de Recursos Naturales tiene una división para el cumplimiento de la ley. Pero resulta que la dirige Vernon Sanger, y no es conocido precisamente por cooperar con las otras agencias —dijo Cal.

—Un Sanger —dijo ella, e hizo una mueca—. Han contaminado tanto el Departamento de Recursos Naturales como la oficina del fiscal del distrito. Son como un virus.

El padre de Cal se echó a reír.

—Bueno, y tienes razón. Yo fui al colegio con Vernon y Neil Sanger. Son uña y carne.

Después de la cena, Cal acompañó a Nikki al coche. Era el mismo vehículo con el que la había visto al principio.

—Ya lo he arreglado todo —dijo ella—. El foco es nuevo —añadió, dándole un empujoncito.

—Estoy fuera de servicio —respondió él.

Desde la playa llegó una brisa fría, y ella se estremeció.

—Mis primer invierno de verdad desde hace quince años —dijo—. Casi se me había olvidado cómo es el viento frío.

—¿Sí? ¿Vas lo suficientemente abrigada?

Cal intentó no avergonzarse de sus propias palabras.

Pero no pareció que ella oyera la pregunta. Tenía una expresión difícil de descifrar. La brisa le removió el pelo y parecía tan vulnerable que él lamentó no poder abrazarla.

—Mi padre dice que yo podría tener una buena vida aquí —dijo ella, de repente.

—Te refieres a Alara Cove.

Nikki se giró hacia él. Tenía las mejillas brillantes a causa del frío.

—¿Eso es lo que hiciste tú? ¿O te quedaste por tu padre?

—Bueno, al principio fue por mi padre, claro. Él detestaba el sitio donde querían que viviera. No era exactamente lo que yo quería, pero la casa no era segura para que viviera solo. Volví a vivir aquí para ayudar, terminé consiguiendo un trabajo y ocurrió lo que te dijo tu padre: que tengo una buena vida aquí.

—¿No tienes ganas de irte a vivir a algún sitio exótico? Cuando éramos pequeños siempre estabas hablando de eso.

—Viajo cuando tengo tiempo y Sandy se puede quedar con mi padre. No es muy a menudo, la verdad. En realidad, una vez.

—¿Y dónde fuiste? —le preguntó.

—Al mar de Cortés —dijo él—. Fui por Año Nuevo el año pasado, y me encantó hacer esnórquel. Había un parque marino, se llama Cabo Pulmo.

—¿Cabo Pulmo? —preguntó ella, con los ojos muy abiertos por la sorpresa.

—Sí. ¿Tú has estado allí?

—Sí —dijo ella, e hizo una pausa—. Pero no me acuerdo de nada. Mi padre lo mencionó justo el otro día. Me dijo que nadé con un tiburón ballena cuando era pequeña. Ahora quiero volver, porque creo que es increíble. Ojalá me acordara.

—Deberías. Es maravilloso.

—A lo mejor, algún día —dijo ella—. Pero... puede que tenga problemas con la renovación del pasaporte, por la deportación y la cuestión de ser indigente...

—Seguro que podrás resolverlo.

—Lo intentaré un día de estos. ¿Y fuiste en coche? Él apartó la mirada.

—Fue... Fui en barco.

—En barco. ¿En un crucero? —preguntó Nikki, sonriéndole—. No pareces el típico que se iría de crucero.

—Era... Um... Un barco privado. Hay un puerto deportivo en Cabo Riviera —dijo Cal, y se le pusieron muy calientes las orejas a medida que se daba cuenta de que se había metido en un lío—. ¿Y tú? ¿Cuál es el mejor...?

—¿Un barco privado, como el de Elise Matson? —preguntó Nikki, y se echó a reír al verle la cara—. Shasta ya me lo ha contado. De todos modos, lo sabía.

Es difícil pasar por alto uno de esos cargueros con el nombre puesto en el casco.

—Bueno, pero ella no fue el motivo por el que me gustó tanto el mar de Cortés.

Eso era cierto. Podría haberse quedado eternamente bajo el agua, moviéndose con las rayas, las ballenas y los leones de mar.

—He comprado un cuadro de su barco para poner en una de las Airstreams —dijo Nikki—. El *Sunset*, ¿no?

—¿Has comprado un cuadro del *Sunset*?

—Sí. Lo pintó una estudiante que está trabajando con Carmella. Está saliendo con un chico que se apellida Matson y ha estado en ese barco. Pero no lo compré por eso, sino porque el cuadro es maravilloso, es como un cartel, en realidad. Parece un cartel de viajes de California de los sesenta.

—Ah. Suena bien.

Nikki lo miró con curiosidad.

—¿Por qué no funcionaron las cosas entre Elise y tú?

Cal lo pensó un instante. Cuando Elise entraba a una habitación, a él no se le aceleraba el pulso. No le sudaban las palmas de las manos. No le temblaba el estómago, como le estaba sucediendo en aquel momento.

—Ella no tiene nada de malo —dijo—. Ni yo, tampoco. Pero no estábamos bien juntos.

—No sé, si alguien me llevara en su yate al mar de Cortés...

Él sonrió.

—Eso fue lo que pensó mi padre. Que debería haberme casado durante aquel viaje. Él quiere que me case.

—¿Y?

—Yo estoy abierto a las sugerencias.

Nikki emitió un sonido breve, una exhalación que

no le dio ninguna pista sobre cómo se había tomado su respuesta. Ella debió de darse cuenta de cómo la estaba mirando, porque preguntó:

—¿Qué?

—Estoy intentando dilucidar si te estás riendo o burlándote.

—Me estoy riendo. Podría ser que también estuviera pensando en cosas serias —dijo Nikki, con una ligera sonrisa—. Pero tenemos treinta y tres años y yo no tengo sugerencias para ti, Cal. Ahora, no, por lo menos.

Capítulo 18

A finales de invierno, todas las caravanas estaban casi terminadas. Se habían hecho todas las reparaciones. Todas las superficies tenían brillo gracias a la pintura y los acabados. Las caravanas resplandecían como nuevas. Los documentos ya estaban presentados ante la comisión local de conservación. Habían solicitado los préstamos y obtenido subvenciones para el proyecto. Era hora de prepararse para la fase siguiente: el proceso de aprobación. El comité de conservación tendría que validar la autenticidad y el significado del parque.

Al investigar la procedencia de las caravanas, Nikki y Shasta habían revisado archivos de noticias y libros de visita. Había historias escondidas entre las paredes y los recovecos de las Airstreams, y Nikki lo tuvo en cuenta a la hora de tomar cada de las decisiones. Habían resaltado cualquier cosa que subrayara la esencia histórica del parque.

Descubrieron que Woody Prentice, un poeta beat lleno de talento, había ocupado una vez la unidad 4, por lo que Nikki la diseñó como un pequeño estudio para escribir y colocó allí una máquina de escribir antigua. La unidad 7 tenía una historia más oscura. Quentin Barry, un actor que había tenido una carrera prometedora, había muerto de sobredosis de drogas en la caravana en el año 1972. Nikki dedicó aquella caravana al tema del cuidado de uno mismo y lo llenó de libros reconfortantes, muebles cómodos y relajantes y obras de arte por las paredes. Otra de las unidades había alojado a un político destacado que perdió su escaño cuando hizo pública su homosexualidad y que, a raíz de ello, se convirtió en un gran surfista y activista. Ella decoró la caravana con el tema de los derechos LGBTQ. La decoración de la mayoría de las Airstream ponía de relieve las mejores cosas de la playa: el sol, el surf, el verano.

Carmella había creado varios *collages* a partir de las firmas de los libros de visitas. Muchas de las páginas estaban llenas de historias garabateadas y de dibujos de la gente que había creado el parque de caravanas a lo largo de las décadas. Era un lugar donde se alojaba la gente común y corriente para disfrutar de la playa. A medida que restauraban cada una de las Airstreams, Nikki se daba cuenta de que aquel sitio antiguo y excéntrico formaba parte del tejido de Alara Cove. Confiaba en conseguir que la comunidad aprobara el proyecto.

El único obstáculo era la presentación en el ayuntamiento. Era el examen final, aunque aún quedaban varios meses. Por supuesto, hubo desencuentros con el ayuntamiento a cada paso, y ella atribuía las dificultades a Jason Sanger, que seguía intentando hundir el proyecto de renovación. Era el alcalde y tenía el veto definitivo porque dominaba el ayuntamiento. Seguramente, hasta aquel momento le había frenado el hecho de que la campaña de Shasta por la alcaldía no era ninguna tontería. Realmente, Shasta tenía el apoyo de una gran parte de la comunidad. Cabía la posibilidad de que ganara las elecciones. Por ese motivo, Jason Sanger debía de ser cauteloso para no granjearse enemigos.

Al final de un largo día, Nikki y Patsy siguieron

trabajando a pesar de que los demás se habían marchado a casa. Hacía frío y estaba oscureciendo, pero todavía quedaban bastantes cosas por hacer. Empezaron por separar los restos de un montón de basura para tirarlos y, cuando volvieron del vertedero, Guy apareció con Gloria, a quien había recogido de la guardería.

Shasta llegó también, con ingredientes para preparar *s'mores* y perritos calientes.

—¿Quién quiere comida basura? —preguntó.

—¡Yo! —exclamó Gloria.

—Pensaba que te estabas entrenando para la carrera —dijo Nikki, mirando la cesta de golosinas.

—Hoy estoy comiendo por estrés.

—Ay, ¿qué pasa? ¿Es por algo de la campaña?

Shasta hizo una mueca.

—Jason Sanger está intentando cambiar las normas del debate.

—A su favor, sin duda.

—Por supuesto.

—Es porque sabe que le vas a dejar a la altura del betún.

—Betún —dijo Gloria.

—Exactamente —dijo Shasta—. ¿Cómo estás, pequeñina? —le preguntó a Gloria.

Gloria sonrió con timidez.

—Me gusta esta niña —dijo Shasta—. Quiero una.

—¿Sí? Quizá deberías tener una.

—Primero tengo que conseguir una cita.

—¿Cómo puedo ayudar? —preguntó Nikki.

—Olvídate de eso. Tengo que concentrarme en mi campaña electoral.

—Es cierto. En cuanto superemos el siguiente obstáculo, una presentación ante el comité de Cultura e Historia, voy a concentrarme en tu campaña. Jason ha convertido este proceso en algo tan complicado que resulta ridículo. Hay que reemplazarlo. ¿Hacemos un debate para practicar? Intentaré provocarte y ponerte nerviosa —le sugirió Nikki.

—Probablemente, pero creo que la provocación y el nerviosismo no me van a ayudar a calmarme.

—Practicaremos —le prometió Nikki—. Como cuando éramos pequeñas y yo te preguntaba para que ganaras todos los concursos de ortografía, ¿te acuerdas?

—Claro, como eso, pero más desagradable.

—Lo vamos a conseguir juntas, Shasta. Vamos a encontrar su punto débil. Tienes que pillarlo con los pantalones bajados. No tiene poder sobre ti ni puede controlarte. Y eso le está volviendo loco.

—Es un tipo horrible, pero yo intento convencerme de que todo el mundo tiene algo bueno —dijo Shasta.

—¿Jason, algo bueno? No. De adolescente ya era idiota, estaba deformado por los privilegios y el complejo de superioridad. ¿Existe la manera de dejar eso atrás? No. Hay gente que, sencillamente, es mala.

—No me gustaría nada que ese fuera el caso.

—Bueno, claro, a lo mejor un día demuestra que estoy equivocada.

—O no.

Guy se acercó a ellas con un paquete de seis cervezas frías y un zumo para Gloria.

—Y ahora, ¿qué?

—Vamos a encender la fogata —dijo Patsy.

—Buena idea —dijo Nikki.

—Es mejor que cocinar —dijo Patsy, y dio un sorbo a su cerveza.

Guy encendió el fuego, y Nikki agradeció la sensación de calor en la cara.

—¿Estás bien? —le preguntó Patsy.

—Sí. Me encuentro bien —respondió Nikki, mientras metía un palo de madera en el centro de las llamas—. Shasta me proporciona los últimos libros sobre cosas que nunca pensé que necesitaría saber.

Puso un perrito caliente en un plato y se lo entregó a su padre para que le diera de cenar a Gloria.

—Por ejemplo, cómo criar a un bebé. Tengo mucho que aprender de ti —le dijo a su hermana pequeña.

—Los libros sobre la crianza infantil siempre acababan resumiéndose en pocas cosas —dijo Shasta—. Seguridad, respeto y validación.

Patsy asintió.

—Y chucherías. No te olvides de las chucherías. A mí me encantó criar a mis hijos. Se me dio bien. Lo más difícil fueron las noches interminables. Mi marido nunca estaba, así que tenía que soportarlo yo sola.

Guy asintió.

—Yo no lo hice muy bien.

—Eh, claro que sí —dijo Patsy, empujándolo suavemente con el codo—. Criaste a una buena hija.

—Sí, esa parte es cierta —dijo él—, pero no es mérito mío. Nikki nació buena.

Patsy lo miró pensativamente. Su semblante era bondadoso y reflejaba cierto cansancio del mundo al resplandor del fuego. Nikki nunca se había parado a pensar por qué se había quedado allí para siempre. En aquel momento, al mirarlos a los dos, supo la respuesta. Los observó y estudió sus expresiones, y cómo se inclinaban el uno hacia el otro.

—¿Por qué has tardado tanto? —preguntó en un suave murmullo.

Patsy sonrió y miró a Guy.

—Algunas veces, la gente tarda un poco en llegar a la misma página.

Un coche entró en el parque, y Nikki frunció el ceño al darse cuenta de que era un coche patrulla.

—¿De qué va esto? —le preguntó a su padre.

—Ni idea. Que yo sepa, no hay ningún problema.

El coche se detuvo y los focos se apagaron. Cuando

salió el policía, ella reconoció la alta silueta. Y, de nuevo, tuvo una reacción inesperada.

—Cal —dijo, mientras se ponía en pie.

Gloria se agarró al muslo de Guy y escondió la cara.

—Buenas noches —dijo Cal, y movió la cabeza para saludar a Guy, a Shasta y a Patsy—. Buenas noches, ¿tienen permiso para encender esta fogata?

—Todavía estamos en invierno —dijo Guy.

—Se supone que tienen que pedir un permiso —dijo Cal, y sacó su bolígrafo y su bloc.

—¿Me vas a poner una multa? Por favor, Cal...

Cal escribió algo y le entregó la hoja a Guy.

—Aquí está el permiso. Por si alguien lo pide.

—¿No puedes quedarte? —le preguntó Nikki—. Bueno, sé que estás trabajando, pero...

—Me encantaría. Mi turno ya ha terminado.

Shasta preparó un festín de perritos calientes, mostaza y salsas, con cebolla y pimientos, y un gran cuenco de patatas fritas. Hablaron del proyecto y de la campaña de Shasta. Mientras charlaban, Nikki se inclinó ligeramente hacia atrás y observó sus caras, y sintió algo que no reconoció al principio. Era la sensación de pertenencia, de tener un propósito compartido, de conexión. Eran una familia.

—Eh —le dijo Cal, suavemente—. ¿Estás bien?

—Yo... sí.

—Te has puesto muy seria por un momento.

Ella lo miró y, de nuevo, sintió una calidez desconocida. Hizo un gesto hacia la playa.

—Vamos a dar un paseo. Bueno, si tienes tiempo.

Él se puso en pie y le ofreció la mano.

—Yo siempre tendré tiempo para ti.

Ella intentó no darle demasiada importancia a aquella respuesta, pero no lo consiguió. Bajaron a la arena y se quedaron un instante admirando las olas grises y desorganizadas, llenas de espuma. Se quitaron los zapatos y Nikki notó la arena fría en los pies.

Caminaron hasta la orilla y dejaron que el agua les mojara los tobillos.

—Antes odiaba el invierno —dijo Nikki—. El frío, el viento del mar... Me molestaba mucho que interrumpiera mi horario de surf.

—¿Y ahora?

—La playa tiene algo mágico en invierno. Me produce el deseo de pintar más.

—Entonces, espero que estés haciéndolo.

—Supongo que este invierno me ha proporcionado tiempo para hacer algo más que surf.

—Arreglar el parque.

—Eso. Y...

—Nikki, soy yo, Cal. ¿No te acuerdas? Sé que has estado fuera muchos años, pero antes me lo contabas todo.

—Sí, es cierto.

—Todavía puedes hacerlo.

—A lo mejor, esto no.

—¿A qué te refieres con «esto»? Soy un tío, ¿no te acuerdas? No hablo con matices.

—No tienes que recordarme que eres un tío.

—Pero tengo que recordarte que soy un amigo.

—Eso, tampoco. Es solo que... pienso en ti —le dijo Nikki, de repente. Tenía la sensación de que él quería acariciarla. Estar cerca de ella. No tenía sentido y, sin embargo, tenía todo el sentido—. Como amigo, pero, tal vez...

—¿Tal vez como algo más?

Se giró hacia él y lo tomó de la mano.

—Tal vez, algo más.

Él posó la palma de la mano en su mejilla y le acarició la sien con el dedo pulgar.

—No sé si este es el sitio o el momento para decir esto, porque, una vez que lo diga, ya no habrá vuelta atrás. Pero quiero que sepas que estoy enamorado de ti, Nikki. Te quiero. Siempre te he querido.

A ella se le cortó el aliento.

—Eso es... Cal, no. Es demasiado. Es demasiado pronto...

—Si me lo preguntas a mí, te diré que es treinta años tarde...

—No sé qué decir.

—No tienes que decir nada. Solo tienes que estar conmigo, Nikki, y veremos qué...

Ella lo detuvo con un beso. Se puso de puntillas y lo besó sin rodeos, y buscó y saboreó con un hambre que había estado aumentando en algún lugar secreto durante mucho tiempo. Cal tenía un sabor a aire salado y frío, y la abrazó como si no fuera a soltarla nunca. A ella se le aceleró el pulso y se sintió envuelta por él, abrumada. Fue como una especie de rendición, aunque no se sentía débil. Se entregó a ello como se entregaba cuando estaba debajo de una ola, dejando que avanzara hasta que se rompía para dejar que ella tomara aire.

Cuando se separaron y miró hacia arriba, la intensidad del momento le atravesó el corazón. La luz había desaparecido y ya no había puesta de sol. El cielo estaba cubierto y gris.

—Estás temblando —le dijo él.

—Sí —dijo ella.

—Yo, también —dijo Cal. La tomó de la mano y la llevó hacia el acantilado—. Vamos a tu casa.

Pero no se movió. Parecía que la estaba esperando. Las cosas iban a cambiar entre ellos y no había vuelta atrás. Y, de repente, Nikki supo que eso era, exactamente, lo que quería.

El chasquido de una radio de policía despertó a Nikki. Sintió la cálida expansión de un pecho masculino bajo la mejilla. Por la ventana que había sobre la cama de la caravana se veían los primeros rayos de sol de la mañana.

Cal alargó el brazo y silenció la radio. Después, le besó la sien e inhaló su olor.

Ella se estiró y alzó la cabeza para mirarlo.

—Espero no tener los ojos llorosos y no estar tan poco atractiva como me siento —dijo.

—Tienes los ojos llorosos, pero estás preciosa —respondió él.

Su sonrisa somnolienta le acarició el corazón.

—Dijiste que las cosas iban a cambiar entre nosotros y que no habría vuelta atrás.

—Sí, lo dije.

—Creo que tienes razón.

—Espero que te parezca bien.

—Yo... Oh, Cal. Estoy hecha un lío. No sé...

—No tienes que saber nada, Nikki. Solo tienes que estar conmigo. Es lo único que tienes que hacer.

—¿Y si no sale bien?

—Eso sería un asco —dijo él—. Y nos dolería. Pero sobreviviríamos. Así que vamos a hacer otra cosa, vamos a imaginarnos qué pasaría si sale bien.

Cal se apoyó en un codo y le acarició un brazo. Nikki sintió un hormigueo allá por donde la tocó y recordó cómo había hecho el amor con ella la noche anterior, con movimientos fuertes y con una habilidad que la habían dejado sin aliento.

De repente, Nikki tomó absoluta conciencia de todo lo que la rodeaba: el crujido de la ropa de cama, la respiración suave de Cal en su hombro y en su cuello. De la luz apagada que entraba por la ventana. Del sonido lejano de las olas. El olor desconocido, pero evocador, del cabello de Cal, y la calidez de su piel.

—Te estás sonrojando —dijo él—. Es una monada.

—Eres bueno en la cama —dijo ella.

—Soy bueno contigo.

—Quiero decir que sabes cosas —respondió ella.

Era cierto. Con sus manos, su boca y su lengua, con el ritmo conjunto de sus cuerpos.

—Es como si... supieras cosas.

—No he sido un monje, Nikki. Pero no se trata de las cosas que yo sepa en general, sino de que quiero hacerte feliz.

Ella posó la mano en su corazón.

—Lo de anoche me hizo feliz.

Se quedó asombrada, porque era una respuesta sincera. Ella solo había estado con Johnny. Johnny era bueno en la cama y, cuando lo había perdido, estaba segura de que nunca volvería a experimentar aquel tipo de amor.

Durante la noche anterior se había dado cuenta de que estaba equivocada. La noche anterior había hecho que pensara que, quizá, el buen sexo y el amor ocurrían más de una vez en la vida.

—Lo de anoche también me hizo feliz a mí, nena —susurró Cal.

Se estiró y se levantó de la cama. Tuvo que agacharse un poco en aquel espacio tan pequeño.

«Y ahora, esto», pensó ella, mirando su cuerpo desnudo. «Es hermoso». Era tan perfecto como un campeón de surf. Tenía los miembros largos y los músculos definidos por el ejercicio.

—¿Sabes lo que me haría feliz? Una taza de café, eso.

Cal se puso las gafas y se las subió por la nariz.

Ella preparó el café. Se sentaron en la cocina, en silencio, con las tazas humeantes.

—Estás pensando en él —dijo Cal.

—Siempre pienso en él. Seguramente, siempre pensaré en él —dijo ella. Pestañeó rápidamente y lo miró—. No sé hacer esto de otro modo.

—No pasa nada —dijo él—. Sería raro que no pensaras en él. Es parte de tu historia.

Ella asintió.

—Viajamos a toda velocidad por la vida. Parecía que no parábamos nunca. Yo lo quería con todo mi corazón, pero él... no era perfecto. No se centraba mucho en los detalles, ¿sabes? A veces pienso que me casé con mi padre.

—Tu padre es un buen tipo.

—Sí.

—Y tú estás haciendo algo bueno por él, al intentar salvar su negocio.

—Espero que salga bien. Él no tiene un plan B. Y yo, tampoco. Seguramente, tendría que pensar en algo.

Él sonrió. Tenía una sonrisa absolutamente sexy. ¿Cómo era posible que no se hubiera dado cuenta antes?

—Te quiero, Nikki. Sé que esto es nuevo, pero lo digo desde el fondo de mi corazón. Aunque no seré tu plan B.

—Pero... ¿qué significa eso? ¿Que necesitas ser mi plan A? ¿Que esto tiene que ir en serio, o nada?

—No, no. Significa que ya no puedo retirar lo que he dicho. Así que... Si...

Ella posó las yemas de los dedos en sus labios.

—Escucha. Es nuevo. Y no sé... No tengo ningún plan. Pero no quiero que esto pare.

Capítulo 19

Después de quince años, Kylie Scarborough estaba aún más bella que en sus días de secundaria. Nikki había seguido a su excompañera de clase en redes sociales y sus perfiles estaban llenos de fotografías de destinos desconocidos y aventuras con sugerencias de viajes, poniendo énfasis en pequeñas empresas familiares. Parecía que Kylie se había alejado de la relación con su famosa madre y se había convertido en *influencer* y presentadora de un programa de viajes online que tenía millones de seguidores. Tenía un estilo innato, un sentido del humor sarcástico y una energía que le granjeaba mucha atención.

Pensando en que era una posibilidad remota, Nikki se había puesto en contacto con ella, aunque no tenía esperanzas de que respondiera. Se sorprendió mucho al recibir su respuesta. Kylie le envió un mensaje diciéndole que quería hacer una grabación en el renacimiento de Beachside Caravans.

Kylie llegó en un todoterreno eléctrico junto a una ayudante de producción y un camarógrafo que llevaba una *steadycam*. Cuando tenía todo el equipo abrochado al cuerpo, el hombre parecía un cíborg.

—No te preocupes, esto no duele nada —dijo Kylie, riéndose, al ver la expresión de Nikki—. Me alegro de que te pusieras en contacto conmigo. Leí lo que le ocurrió a tu marido. Tenía que haberte llamado cuando me enteré y siento no haberlo hecho.

—Bueno, ahora estás aquí —dijo Nikki, haciendo un gesto con el que abarcó el parque de caravanas—. Esta es mi nueva vida por el momento. He estado evitando a la gente de Thornton desde que llegué.

—La mayoría de la gente detesta cómo era en el instituto. A mí siempre me pareció que tú fuiste increíble todos los años de Thornton, y nunca se te concedió el mérito suficiente —dijo Kylie, moviendo su melena rubia—. En mi opinión, cambiaste el colegio a mejor.

—¿De verdad?

—Aquel estúpido club, los Buccaneers, fue desmantelado. Se acabaron las fiestecitas con desafíos. Eso es algo. ¿Sabes cuántos niños se habrán librado de intoxicaciones alcohólicas?

Nikki se encogió de hombros.

—Ojalá. Siento rabia por la muerte de Mark. Fue lo peor que me ha pasado en la vida hasta que perdí a Johnny.

Kylie le tocó suavemente el hombro.

—Bueno, por lo menos, sabes cómo se sobrevive a lo peor.

Sí, había sobrevivido. Ahora estaba en la siguiente fase de la supervivencia. No estaba segura de cómo era. Algunas veces parecía que era terminar en los brazos de Cal Bradshaw. Luchaba contra aquel sentimiento, porque era muy diferente a lo que había sentido por Johnny. Su matrimonio con él había sido una montaña rusa llena de giros inesperados, colinas y valles peligrosos, cometas y torbellinos.

Cuando estaba con Cal, el tiempo pasaba lentamente. No había oleadas de incertidumbre, sino una sensación de calma y seguridad. Existía la certeza de que estaba en compañía de alguien en quien podía confiar. Pensaba en él constantemente. Anhelaba su contacto, el sonido de su voz y las largas conversaciones que mantenían después de hacer el amor. Cal era una persona excepcional. Eso lo había sabido siempre. También era excepcionalmente bueno en la cama. Sabía quién era, sabía lo que quería él y sabía lo que quería ella.

Por el momento, se hacían felices el uno al otro, y ella estaba empezando a pensar que podían tener algo más allá de lo temporal. Sin embargo, amar y perder a Johnny había hecho que su corazón se protegiera.

—Nunca pensé que me gustaría, pero es increíble —estaba diciendo Kylie.

Nikki se dio cuenta de que se había distraído. Últimamente, se distraía mucho pensando en Cal.

—Disculpa, ¿qué?

—El matrimonio y los hijos. Mis padres fueron un desastre. Yo nunca pensé que tomaría ese camino, pero es increíble. Vu y yo nos conocimos en un viaje a Vietnam y ha sido maravilloso. Tres niños después, sigue siendo maravilloso.

—Ah, Kylie. Me alegro muchísimo por ti.

—Gracias. Todo el mérito es de Vu.

Kylie le enseñó una fotografía que tenía en el teléfono. Un vietnamita guapísimo y tres niños.

—Él lo hace todo muy fácil, ¿sabes?

—Bueno, no lo sé, pero suena genial.

Era cierto, parecía genial para Kylie. Sin embargo, a ella le parecía imposible. Su matrimonio con Johnny nunca había sido fácil. Divertido, sí. Apasionado, sin duda. Pero fácil, no.

Volvió a pensar en Cal. Él era lo contrario a temerario. Pasaba mucho tiempo con niños de todas las edades haciendo trabajo voluntario en colegios, dirigía un programa de seguridad para jóvenes y enseñaba rescate para el surf.

—Esto es incluso mejor de lo que me esperaba —dijo Kylie, mirando a su alrededor.

—¿De verdad? ¿Tú crees? —preguntó Nikki con una sonrisa—. Gracias otra vez por hacer esto. Lo hemos apostado todo al proyecto. Si el ayuntamiento no aprueba la declaración histórica del parque, se llevarán las caravanas.

—Eso sería una pena, pero no puedo dejar de preguntarme por qué tu padre no vende el terreno y se va con una millonada. Con los precios de hoy día, tendría muchas opciones, ¿no?

—No exactamente. El terreno es del pueblo. Mi padre solo es dueño de las caravanas. Por supuesto, son piezas de coleccionista, pero solo son remolques. No servirían para que Gloria y él pudieran mantenerse para siempre.

—Ah, no lo sabía. Espero que la gente del ayuntamiento sepa lo valioso que es esto que tienen aquí.

—Me gustaría pensar que es así, pero... puede que haya complicaciones. ¿Te acuerdas de Jason Sanger, del colegio?

—Claro. Su idiotez es difícil de olvidar.

—Pues ahora es el alcalde de Alara Cove , y es tan idiota como siempre.

—Por lo menos tiene constancia. Vamos a hacer un recorrido previo y puedes informarme.

El camarógrafo ya iba caminando lentamente y filmando. Las producciones de Kylie siempre tenían una música excelente y ella ya iba dictando notas de voz al respecto en su teléfono.

Nikki se sintió orgullosa mientras le enseñaba el parque a Kylie. Describió la investigación que habían hecho y los viajes con su padre y su hermana en busca de tesoros del pasado. Cada una de las unidades era como una cápsula en el tiempo. Además de las caravanas, el parque contaba con una biblioteca que había preparado Shasta, especializada en libros sobre surf y naturaleza y una zona de fogatas y pícnic que habían ajardinado con madera flotante y obras de arte.

—Esto es precioso —dijo Kylie, señalando la unidad más pequeña—. Parece una pequeña tostadora. Nikki, estoy impresionada. Has hecho un trabajo fantástico.

—Bueno, ha sido un esfuerzo colectivo.

Nikki vio a su padre paseando a lo lejos, como si quisiera esconderse.

—Bueno, me encanta el ambiente que hay aquí —dijo Kylie—. Hay una cosa para cada uno, ¿no?

—Esa es la idea. Aunque tengo que admitir que probablemente a algunos de los surfistas acérrimos no les van a gustar los cambios. Siempre fue su lugar de referencia.

—Y seguirá siéndolo —dijo Kylie, con una sonrisa—. Por experiencia, sé que los cambios son difíciles, sobre todo con respecto a algo que se recuerda con tanto placer. Quieren que un lugar especial siga siendo tal y como lo recuerdan desde siempre.

—Tienes razón. Algunos siempre quieren reservar la misma caravana y, cuando llegan, recorren el parque para cerciorarse de que todo sigue igual.

—Bueno, otra de las cosas que he aprendido en la vida es que las personas se adaptan.

—Sí, eso es algo que un surfista entiende bien. O te adaptas, o la ola te arrastra. Yo he intentado las dos cosas y adaptarse es mejor.

Kylie la observó un instante.

—Vas a estar muy bien, Nikki. Mejor que bien. Tienes un espíritu muy resistente. Siempre fuiste así.

A Nikki debió de reflejársele un gran escepticismo en la cara, porque Kylie añadió:

—Estudié Psicología y sé lo que digo.

Nikki se quedó sorprendida. Kylie sonrió.

—De verdad. Me licencié e hice la formación clínica en el Centro Médico de la Universidad de California, en Los Ángeles. Pensé que era la mejor forma de sacar partido a tantos años de terapia infantil.

—Eso es... increíble —dijo Nikki, con una mezcla de admiración y frustración. Kylie había recorrido un largo camino. Ella, por el contrario, ni siquiera tenía el diploma de la educación secundaria. Pero nada de eso era culpa de Kylie—. En realidad, es maravilloso.

—Gracias. Yo... Bueno, tú ya viste los problemas que tenía en el instituto.

—Todos teníamos problemas.

—La bulimia era algo muy duro —dijo Kylie—. Tenía que descubrir cómo curarme o convertirme en una versión cada vez peor de mí misma. Así que... Gracias, Universidad de California. Trabajé con adolescentes que me recordaban a mí misma. Cambié de profesión cuando tuve a los niños.

—Has estado muy ocupada.

Kylie asintió.

—Y tú —dijo. La miró con atención. Después, le preguntó—: Bueno, y ¿has mantenido contacto con alguien de Thornton?

—No, apenas. Estaba deseando marcharme de aquí después de lo que pasó en mi graduación. Ahora que he vuelto, no hago más que encontrarme con Jason Sanger, porque es el alcalde —dijo Nikki, con un suspiro—. Pero pienso en Mark McGill todos los días.

—Su hermana, Marian, entró en el mundo de la política, como su madre —dijo Kylie—. Tengo entendido que también trabaja de abogada de oficio para jóvenes.

Kylie se protegió los ojos del sol con una mano y observó a su camarógrafo, que estaba filmando la escultura de Kenji a la entrada del parque.

—Esto va a salir genial —dijo—. Es exactamente lo que me gusta enseñar en mi canal. Un proyecto apasionante y ejecutado con brillantez.

—Gracias por el voto de confianza —dijo Nikki. Le hizo una seña a su padre, que estaba paseando con

Gloria apoyada en la cadera—. Ven a conocer a mi familia. Están muy contentos de que hagas esto.

Mi familia. Al decirlo, sintió un inesperado golpe de emoción. Durante la mayor parte de su vida no se había considerado alguien que tuviera una familia.

Le presentó a Kylie a su padre, a Patsy y a Gloria. La ayudante de producción les puso un micrófono a Guy y a Nikki y ocultó los cables entre su ropa.

—Esto es estresante —dijo Guy, mientras miraba al camarógrafo—. No se me da muy bien la cámara.

Tampoco era lo que más le gustaba a Nikki, pero el proceso no le resultaba nuevo. Cuando estaba en la liga de surf se acostumbró a que la filmaran y aprendió a pronunciar tópicos sobre el impresionante poder del mar y la fuerza de la naturaleza, y a agradecer el apoyo de los patrocinadores.

—Todo va a salir bien —dijo.

Tomó a su padre del brazo e hizo que girara para mirar al parque que, en aquel momento, estaba bañado en los colores del atardecer.

—Vamos a mirar lo que hemos hecho. Mira, papá. Hemos restaurado estas caravanas viejas y les hemos devuelto su estatus de remolque icónico de California. Le hemos devuelto la vida a este sitio y no hay nada que nos pueda parar.

Vio que él sonreía.

—Tienes toda la razón, Nikki. De verdad, te juro que no sé qué habría hecho sin ti.

A su espalda, desde algún lugar, Nikki oyó que Kylie le decía al camarógrafo:

—¿Has captado eso?

—Sí, lo tengo.

Capítulo 20

Nikki estaba en la puerta del remolque de Guy con Gloria en la cadera.

—Vamos, diles adiós a Patsy y a papá.

—No —dijo Gloria, frunciendo los labios.

—Bueno, no pasa nada. De todos modos, él está muy ocupado en su papel de príncipe azul.

Observó, con desconcierto, a su padre, que abría la puerta de la vieja furgoneta para que Patsy entrara con su bolsa de viaje.

—Se van de cita, ¿te lo puedes creer?

—No.

—¿No? Bueno, ellos se niegan a reconocer que es una cita, pero es lo que es. Van a Santa Mónica, a un concierto de Bonnie Raitt. Y se van a quedar en Sea-drift, un hotel elegante. En mi opinión, eso es una cita. Y míralos. Tan arreglados.

Patsy llevaba un vestido vaporoso con botas de vaquero y moño. Su padre se había puesto unos pantalones vaqueros oscuros y una camisa blanca nueva, y se había recortado el pelo y la barba. Nikki les dijo adiós con la mano y cerró la puerta.

—Bueno, creo que va a salir bien, ¿y tú? —le preguntó a Gloria, mientras la dejaba al lado de su cesta de juguetes—. Qué novedad más interesante. Mi padre y Patsy, después de todo este tiempo. Me preguntó qué es lo que los ha unido, finalmente. ¿Y tú?

—Bip, bip —dijo Gloria, mientras empujaba un cochecito de plástico por el suelo—. ¿Dónde está papá? —preguntó—. ¿Dónde está Patsy?

—Han ido a un concierto. Vuelven mañana.

—Vale —dijo la niña, y siguió colocando juguetes en el suelo, en fila.

De repente, Nikki pensó en Cal. Siempre que pensaba en él sentía un estremecimiento. Durante la noche de la hoguera se había abierto una puerta y ella la había atravesado y había entrado en otro mundo. Eso era lo que le parecía, al menos.

Después de la primera vez que Cal había pasado la noche en su caravana, las cosas habían cambiado. A la mañana siguiente, él le había acariciado el pelo y la había besado, y le había dicho lo que había en su corazón. Después, había salido del remolque y se había encontrado con su padre.

Nikki había presenciado la escena por la ventanilla y se había quedado sin respiración. Era una mujer adulta, pero se avergonzó al ver a su padre procesando la situación. No había forma de ignorar lo que había ocurrido en la caravana aquella noche.

Los dos hombres hablaron brevemente. Asintieron para saludarse. Después, Cal se marchó.

Aquella mañana, más tarde, su padre la había mirado mientras estaban cargando cosas en la furgoneta.

—¿Estás bien? —le preguntó Guy.

Ella se sonrojó.

—Sí, estoy bien.

La noche anterior, ella se había quedado en casa de Cal por primera vez. Como su padre se había marchado para empezar un trabajo en Santa Bárbara, Cal se había quedado viviendo solo. Había preparado una cena a la luz de las velas, con música suave y una buena botella de vino. Habían abierto la botella y ni siquiera habían llegado a la mitad de la película que iban a ver antes de empezar a hacer el amor. Eran como dos adolescentes, insaciables, urgentes, que se abandonaron al placer hasta muy entrada la noche.

Cal Bradshaw. Estaba emparejada con Cal Bradshaw. Era lo último que se hubiese imaginado y, ahora, era lo único que quería.

—Me pregunto si Cal y yo somos parecidos a papá y Patsy —le dijo a Gloria—. Yo me he pasado muchos años sin pensar en él y, ahora, no puedo dejar de hacerlo. No me imaginaba nada de esto, Gloria. No pensé nunca que me gustaría. ¿A ti te parece bien?

—Sí, bien —dijo Gloria.

Nikki le dio a la niña una taza llena de uvas cortadas.

—Él quería hacer algo especial para el día de San Valentín. Yo le dije que no. Se lo dije porque Johnny murió el día de San Valentín. Dios, no puedo creerme que haya pasado más de un año.

Había dejado de tener pesadillas y ataques de llanto, pero seguía sintiendo una tristeza persistente como el dolor de la muñeca lesionada, que no había llegado a curársele por completo.

—No puedo dejar de preguntarme por mis propios sentimientos. Es completamente distinto a lo que sentí por Johnny, pero... no puedo creer que vaya a decir esto, pero creo que me estoy enamorando de Cal. ¿Puedes creer que me esté enamorando de un chico a quien conozco desde la escuela primaria?

Toda su vida estaba llena de recuerdos de Cal. El niño más bueno de toda primaria, el adolescente ignorado, el amigo que siempre había estado ahí para ella. Había hecho falta que pasara el tiempo, que hubiera distancia y madurez, para que ella reconociera lo que Cal decía que sabía desde el principio: que estaban hechos el uno para el otro.

Nikki aún no podía estar segura. No confiaba en sí misma. Le había dado su corazón a Johnny y no sabía si quedaba algo por dar.

—Vamos a la playa, Gloria —le dijo a su hermana—. El mar es el sitio donde me aclaro la mente, ¿sabes?

A Gloria le encantaba la playa, como a todos los niños pequeños. Todo le parecía muy grande. Hacía demasiado frío para bañarse, pero se quitaron los zapatos y corrieron por la orilla. Gloria chilló cuando una ola llena de espuma le rodeó los pies. Nikki la tomó de la mano y corrieron hasta el extremo de la playa, donde se formaban charcos de la marea junto a las rocas. Vieron pececillos saliendo del agua, metieron los dedos en las anémonas y encontraron el caparazón de un molusco que los pájaros habían dejado limpio.

—¿Has visto qué bonito? —le preguntó, mostrándole el interior iridiscente—. Vamos a llevárnosla a casa.

Gloria sonrió de felicidad y Nikki se echó a reír.

—Eres genial. Creo que algún día serás surfista, ¿y tú?

Gloria siguió encontrando conchas y piedrecitas de colores. Persiguió una bandada de pájaros por la arena y les dijo hola a los pelícanos. Metieron los tesoros en una bolsa de plástico y se sentaron juntas a mirar la puesta de sol. Nikki se preguntó qué estaría haciendo Cal. Tenía turno de noche durante los siguientes dos días.

—Algunos dicen que, justo cuando está desapareciendo el sol, se ve un gran rayo verde —dijo Nikki, abrazando a la niña—. Yo he visto muchos atardeceres desde aquí, pero nunca he visto el rayo verde.

—Tengo hambre —dijo Gloria.

—Yo, también. ¿Quieres ayudarme a hacer la cena?

—No.

—Gracias.

Se levantó y tomó a Gloria de la mano. Volvieron al parque justo cuando se encendían las luces. El letrero luminoso recién restaurado y la nueva iluminación le daban un brillo especial.

—Está precioso, ¿a que sí? —preguntó Nikki—. Le dije a papá que no nos va a parar nada, y espero tener razón. Lo único que necesitamos es la aprobación del ayuntamiento. ¿Crees que Jason Sanger intentará impedirlo? A él le gusta que la gente pase por el aro. Yo espero que Shasta gane las elecciones, ¿y tú?

—Shasta —dijo Gloria, y se puso a dar saltitos. Sentía por Shasta lo mismo que todo el mundo.

—Está nerviosa por las elecciones, y no debería. Va a ser la próxima alcaldesa, ya verás. Tú aún eres muy pequeña, pero estas elecciones son para ti. Ella tiene que ganar. Va a hacer que este pueblo sea mejor para ti. Para todo el mundo.

Cuando llegaron a la caravana, Nikki cabeceó.

—¿Qué voy a hacer conmigo misma, Gloria? Cuando esto esté terminado y papá vuelva a abrir el parque, ¿me quedo aquí? ¿Y qué hago? Ahora todo me asusta, y antes no tenía miedo de nada...

Gloria subió a la mesa y apretó los botones de la *jukebox*. Empezó a sonar una canción de los años setenta. Nikki preparó pasta con guisantes y aceite de nuez, que estaba deliciosa. Gloria quitó todos los guisantes y se comió la pasta. Miró a Nikki como si quisiera probar algo.

—Más uvas.

—Ya no quedan uvas —dijo Nikki—. Te las has comido todas.

—Por favor.

—Lo siento, cariño. Se nos han acabado —dijo ella—. ¿Quieres fresas?

—Sí.

Nikki le preparó un cuenco de fresas cortadas y

Gloria las devoró, manchándose las manos y la boca de rojo brillante. Se miró las manos pegajosas y se echó a llorar. Nikki intentó limpiarla con un trapo húmedo, pero Gloria no se lo permitió. Era fascinante que su estado de ánimo pudiera cambiar de la alegría a la tragedia en cuestión de segundos.

—Demonios —dijo Nikki—. Toma, límpiate tú misma, ¿de acuerdo?

Gloria lloró con más fuerza. Seguramente, estaba cansada del paseo por la playa.

—Vamos, nena —le dijo Nikki—. ¿Por qué lloras? No hay motivo para estar triste.

Más sollozos desconsolados. Nikki pensó en su madre, sola, con un bebé que no dejaba de llorar, desesperada por conseguir que se calmara. Era doloroso imaginarse a una mujer de diecinueve años, en medio de una depresión, completamente sola en el mundo.

Nikki tomó a Gloria en brazos, la sentó en su regazo y la meció.

—Ojalá hubiera podido tener ayuda —musitó, pronunciando las palabras contra la cabecita de la niña—. ¿Por qué no salió a pedir ayuda a alguien de las otras caravanas, o llamó a alguien desde la cabina de teléfono? Es horrible. Echo de menos a alguien a quien no conocí. Me pregunto qué va a pasar si aparece tu madre. Espero que eso suceda y puedas conocerla.

Gloria lloriqueó y se retorció en su regazo.

—Ah, vamos, vamos —dijo Nikki—. No me lo hagas pasar mal. Estoy haciendo lo que puedo.

Encontró a Bluey en la televisión, y vieron un poco del capítulo de la acampada. El acento australiano de los personajes le provocó una ola de nostalgia.

—Algunas veces llega gente especial a nuestra vida, se queda un tiempo y, después, tienen que irse —le estaba diciendo su madre a Bluey. Gloria exhaló un suspiro de tristeza. Se frotó los ojos enrojecidos—. Quiero que venga papá.

—Lo verás por la mañana.

—Quiero a papá.

—Ya te he oído, pero solo estoy yo.

Nikki miró la hora.

—Tenía que haberte acostado antes. Es hora de ir a la cama.

No.

—Mira, vamos a hacer una cosa. Vamos a dormir en la cama grande.

—No.

—Por favor.

—Más fresas —dijo Gloria, con las mejillas rojas del llanto.

—¿Y si nos tomamos las fresas en la cama?

—¡Sí!

Nikki suspiró. Miró por la ventana y vio la niebla espesa que se acercaba desde el mar. Bluey dijo:

—¡Me he resbalado con las alubias!

Nikki miró a Gloria, que se había acurrucado con toda su tristeza.

—Ay. Va a ser una noche muy larga.

—Eh, estos libros están pasados de fecha.

Cal sonrió sin dejarse amedrentar por la mirada de reproche de Shasta en su faceta de bibliotecaria.

—Es culpa de mi padre —dijo él, empujando los audiolibros por el mostrador, hacia ella—. Ahora que se ha mudado a Santa Bárbara, todavía estoy investigando. Ha empezado su nuevo trabajo en el distrito escolar.

—Es increíble —dijo Shasta—. Ha comenzado una profesión completamente nueva. Pero el personal del bibliobús lo va a echar de menos. Era uno de nuestros mejores clientes.

Cal asintió.

—Espero que le vaya muy bien.

—Claro que sí. Pero entiendo que estés preocupado.

—Soy así por naturaleza.

Ella miró el reloj y se fijó en que él llevaba el uniforme recién planchado.

—Ya es casi hora de cerrar. ¿Hoy tienes turno de noche?

—Sí —dijo Cal—. Doce horas de caos en un pueblo pequeño.

—Qué suerte. ¿Seguimos entrenando mañana?

—Claro —dijo él. Se habían inscrito en la media maratón de San Luis Obispo, una carrera para recaudar fondos para la investigación contra el cáncer—. Nos vemos a mediodía.

Ella salió del mostrador y lo acompañó. Pasaron por debajo de un arco de buganvilla que estaba empezando a florecer.

—¿Cómo estás? Me refiero a que, ahora que tu padre se ha ido, tú también podrías ir a cualquier parte.

Él se quedó callado. Aquella pregunta lo mantenía despierto por las noches. Si su padre se había mudado, ¿qué le ataba a él allí?

—Pero ahora tengo un motivo para quedarme.

Ella se detuvo.

—Oh, Cal. Eso es maravilloso. ¿Cómo os va a Nikki y a ti?

—¿Por qué lo preguntas? ¿Te ha dicho algo sobre mí? ¿Qué te ha dicho?

—Tío, creo que tuvimos esta conversación cuando estábamos en el instituto.

—¿Soy patético por seguir colgado de la chica de mis sueños del instituto?

Ella le dio un empujoncito.

—Ya está bien. Eso fue entonces. Esto es ahora. Me hace muy feliz ver a mis dos personas favoritas juntas. Todo se centra en mí, ¿no te das cuenta?

—Sí, claro.

—Tú haces feliz a Nikki, y eso me hace feliz a mí. Espero que sea bueno para vosotros dos. Espero que dure.

Ella debió de ver la expresión de su cara, porque le dio un abrazo lleno de afecto.

—Aguanta, socio.

—Gracias —dijo él, con un suspiro—. Estoy enamorado y tengo paciencia. Pero tengo mis límites...

—Oh, Calvin. Si las cosas no salen bien, estarás triste durante un tiempo, pero la tierra seguirá girando sobre su eje. Es un hecho científico.

Cal sabía que ella hablaba por experiencia. Shasta se enamoraba fácilmente, profundamente. Cuando su última relación había terminado mal, había renunciado al amor durante un tiempo.

—Me gustaría evitar la tristeza, si es posible.

—Sí, es posible. Además, cabe la posibilidad de que a vosotros os salga bien y viváis felices para siempre.

Cal sonrió.

—Tengo que irme a trabajar. Nos vemos mañana.

Su turno de aquella noche era rutinario... hasta que dejó de serlo. A medianoche la central envió el aviso de un choque de barcos debajo del puente que comunicaba la isla de Radium con tierra firme, con múltiples heridos. La llamada fue enviada a los servicios de urgencia y de rescate marítimo, al Departamento de Recursos Naturales, al Departamento de Seguridad de la Marina y a la guardia costera.

Todos a bordo, pensó Cal, mientras recogía sus cosas y salía. Encendió las luces azules y entró en la carretera desierta. Había mucha niebla y él sintió en las entrañas que aquello iba a ser malo. Se le ocurrían un puñado de niños del pueblo que podían estar involucrados en el accidente. Durante la marea alta, la corriente era rápida e impredecible, y los navegantes tenían problemas allí, sobre todo, si era de noche y había niebla.

Él fue el primero en llegar. Vio que tenía una llamada de Nikki, pero la desvió. No podía charlar con ella en aquel momento.

Alguien debió de ver sus luces, porque comenzaron los gritos pidiendo ayuda. A través de la bruma vio un parpadeo de luz verde. Eran las luces de navegación de un barco. Encendió la cámara corporal y se detuvo para prender una bengala al costado del camino para avisar a los demás trabajadores de emergencias. Después, corrió hacia el agua, narrando la información mientras avanzaba por la orilla arenosa. Oyó más gritos y una voz femenina entrecortada por el dolor y el miedo. Debajo de los pilotes vio una lancha motora volcada. Olía a combustible. Un par de personas se movían a su alrededor. Parecía que la embarcación se había estrellado contra uno de los pilotes del puente y había terminado en tierra firme.

—Policía de Alara Cove —dijo Cal—. Viene más ayuda de camino. ¿Hay algún herido?

—¡Ayuda! ¡Aquí!

Había una niña en el suelo, al lado de un niño que se agarraba la mandíbula y gemía.

Cal pasó por encima de una nevera portátil rodeada de hielo y latas de cerveza. Examinó a la niña en busca de heridas visibles, pero no vio ninguna. El muchacho que estaba en el suelo gemía y jadeaba.

—¿Cómo te llamas? —le preguntó a la niña.

—Anya —dijo ella. Llevaba una sudadera con capucha de Thornton. Tenía el pelo enmarañado y lleno de barro, y le castañeteaban los dientes—. Nos hemos estrellado...

Él apuntó al muchacho con la linterna.

—¿Quién es él, Anya?

—Milo Sanger. Está herido. Íbamos muy rápido y nos hemos chocado.

Milo Sanger. Niños de Thornton.

—Milo, ¿puedes respirar?

—Sí... me duele...

—Bueno, no te muevas. Enseguida llegará el servicio de urgencias. ¿Cuántos estabais en el barco, Anya?

—Seis —dijo la niña—. Milo y yo. Emmie y Rosco. Teddy y Zoe. Mi madre. Quiero ir con mi madre —dijo, en un tono de histeria.

Una de las niñas, Emmie, estaba en el barco, sujetándose el brazo y llorando. Encontró a Rosco dando vueltas con su teléfono móvil. El chico llamado Teddy estaba metido en el agua hasta las caderas, gritando y llorando.

Cal entró al agua tras él.

—¿Teddy Matson? ¿Teddy?

Era el sobrino de Elise.

—Eh, Teddy, ¿estás herido?

—No la encuentro —dijo el niño.

—¿A quién? ¿A Zoe? —preguntó Cal—. ¿Se llama Zoe?

—Camden. Zoe Camden. Mi novia. Estaba asustada porque él iba muy rápido. Estaba en mi regazo...

Todos apestaban a cerveza. Cal alzó la luz e iluminó el agua. La corriente tiraba hacia el mar. Comenzaron a aparecer el resto de los servicios de emergencias y, a los pocos minutos, la zona estaba llena de paramédicos, bomberos y guardacostas. Había un vehículo de la Marina y un par de coches particulares, seguramente, de transeúntes.

Cal informó rápidamente a todos los demás.

—Una pasajera fue expelida de la embarcación y está desaparecida —dijo—. Se llama Zoe Camden.

La gente se dispersó e iluminó la superficie del mar con las linternas.

—¿Va a venir el helicóptero?

—No puede —respondió alguien. Era una mujer con el uniforme del Departamento de Recursos Naturales—. La visibilidad es muy baja.

Los paramédicos y los encargados de la búsqueda se pusieron a trabajar. La mente de Cal se aceleró mientras se movía entre los estudiantes recabando datos para el informe preliminar del incidente. Los niños estaban ebrios, con los ojos llorosos y en estado de pánico.

—¿Dónde estás herido? —le preguntó Cal a Teddy.

—Yo... No lo sé. ¿Dónde está Zoe?

—La están buscando. ¿Puedes decirme lo que ha pasado? ¿De quién es el barco? Necesitamos toda la información que podáis darnos.

—Hemos salido del embarcadero cuando era de día. Creo que es el barco del colegio. Zoe se asustó cuando empezamos a ir muy deprisa. Ella le decía que fuera más despacio.

—¿Quién conducía?

—Necesito encontrar a Zoe —dijo el chico, mirando a todas partes—. Estaba muy asustada. Odio a Milo. ¿Han encontrado a Zoe?

Cal no respondió. La niebla tapaba el agua y no corría ni una brizna de viento. Los socorristas se estaban desplegando, gritando, lanzando botes de rescate al agua, organizando la búsqueda. Cal consiguió que Teddy Maston le diera el nombre y los apellidos de todas las víctimas del choque. Eran estudiantes de último curso de Thornton. Alguno tenía la llave del club de yates y se habían provisto de hielo y cervezas. La típica gamberrada juvenil con un final desafortunado, algo fácil de predecir.

Octavia, la otra policía de servicio, avisó por radio de que había llegado.

—Trae el PBT y muchas pajitas —le dijo Cal.

—Ahora mismo. Dame un minuto.

—Un momento —dijo un hombre alto que llevaba una sudadera y chanclas. Se acercaba con un teléfono en la mano—. No va a hacer pruebas de alcoholemia a nadie.

—¿Quién es usted? —le preguntó Cal.

—Neil Sanger, y el Departamento de Recursos Naturales está a cargo de esta investigación. Mi hermano Vernon es el jefe de la división de cumplimiento de la ley.

Como si él no lo supiera ya. Un accidente en el mar no estaba bajo la jurisdicción de la policía local.

—Y yo estoy ayudando al departamento —dijo Cal, con irritación—. He sido el primero en llegar a la escena y estoy haciendo el informe preliminar del accidente, y usted está obstruyendo mi labor, señor.

Octavia bajó por la orilla, con los ojos muy abiertos, examinando la caótica escena. Cal se preguntó por qué Sanger, que era abogado, había aparecido tan rápidamente.

—¿Es usted el padre de Milo?

—Sí.

—Su hijo está allí. El servicio de urgencias lo está atendiendo.

Cal señaló al chico, que estaba en el suelo y seguía gimiendo. Después, tomó el alcoholímetro y las pajitas de manos de Octavia.

Neil Sanger no se movió.

—¿Ha averiguado quién conducía?

No al cien por cien. Era obvio que todos los chicos estaban confusos y en estado de shock.

—Señor, estoy investigando.

—Eso es un no. No puede tomar muestras con el alcoholímetro si no sabe quién llevaba el barco. No va contra la ley que un pasajero esté ebrio, aunque sea menor de edad.

Cal conocía la ley y el procedimiento a la perfección. Sabía muy bien que si hacía la prueba de alcoholemia a más de una persona el caso podía ser desestimado si se presentaba una acusación. Sin embargo, también sabía que podía conseguir que los adolescentes se sometieran a la prueba de forma voluntaria.

—Vaya a cuidar de su hijo —le dijo Cal a Neil—. Y deje que hagamos nuestro trabajo.

—Recuerden lo que les he dicho —respondió Sanger—. Nada de pruebas de alcoholemia.

Cal miró a Octavia. Iba a ser una noche muy larga.

Capítulo 21

Nikki se despertó al oír llorar a Gloria. Aquel llanto no era normal en ella. Parecía que la niña estaba asustada, y sus sollozos eran, más bien, intentos de tomar aire.

—Eh, mi niña, ¿qué ocurre? —preguntó Nikki.

Se habían quedado dormidas juntas mientras veían a Bluey. Miró la hora: era medianoche.

—No te encuentras bien, ¿verdad?

Gloria sollozó y estornudó. Nikki le puso el dorso de la mano en la mejilla húmeda. Parecía que tenía fiebre.

—Voy a traerte un poco de agua, ¿de acuerdo? Tú espera aquí mismo. Abraza a Bun Bun —le dijo, y le dio su peluche favorito.

Llenó un vasito de agua y marcó el número de la clínica pediátrica, que estaba colgado junto al antiguo teléfono de pared. Saltó una grabación que le indicaba que, en caso de urgencia, debía llamar al 911.

Volvió corriendo al dormitorio.

—¿Es una urgencia? —le preguntó a Gloria.

La niña jadeó y se aferró al peluche.

Nikki llamó a Cal. Lo hizo por puro reflejo, pero él no respondió de inmediato, lo cual significaba que estaba ocupado. No llamó a su padre, porque Guy estaba a dos horas de casa. Ella podía encargarse de aquello. Tenía que hacerlo.

—¿Qué te pasa, pequeñina? —le preguntó a Gloria.

Observó a su hermana durante un momento. Inclinó la lamparita de la mesilla hacia la niña.

—Oh, Dios mío. Tienes un sarpullido horrible... Abre la boca, por favor. Necesito mirar dentro. ¿Puedes hacerme ese favor?

—Nooo —dijo Gloria.

Le abrió la boca. Nikki no veía que hubiera ninguna obstrucción.

—Todo va a salir bien —dijo, y tomó su móvil.

Sintió una punzada aguda de pánico, algo como un dolor físico.

—Está llamando al nueve uno uno. ¿Cuál es su emergencia?

—Mi hermana pequeña, de dos años, está enferma. Creo que tiene una reacción alérgica a algo. Se ha despertado con un sarpullido y está estornudando y jadeando. No tiene ninguna obstrucción en la garganta, pero...

—Señora, ¿cuál es su ubicación?

Nikki se lo dijo rápidamente.

—Creo que es una urgencia. Tiene los labios un poco azulados.

—¿Está consciente?

—Sí, pero le cuesta respirar. ¿Cuánto van a tardar en llegar?

—Señora, las dos unidades están de servicio. Lo intentaré en Castillo...

—¡Eso está a media hora de aquí! La llevo yo misma. Llegaré antes.

Nikki ya estaba tomando la bolsa de pañales y la mochila. El tiempo era esencial. Gloria respiraba, pero no con normalidad.

—¿Puede avisar al centro médico de que voy de

camino? Es una niña de dos años. Pesa unos doce kilos. Tiene sarpullido y dificultades para respirar.

Nikki puso el teléfono en altavoz y sentó a Gloria en su sillita del coche.

—Dígales que estaré ahí dentro de cinco minutos.

El operador le hizo más preguntas mientras conducía, preguntas que ella trató de responder con Gloria llorando en el asiento trasero. No había nadie en la carretera, y ella apretó el acelerador. Había una niebla espesa y no tenía visibilidad, así que se inclinó hacia delante, con las manos agarradas al volante, intentando ver algo. Cuando pasó junto al desvío de la isla de Radium vio luces de vehículos de emergencia en el puente. Debía de tratarse de un accidente o, tal vez, la Marina estaba moviendo una de sus barcazas de equipamiento, algo que solo podían hacer con la marea alta.

Gloria tosió y jadeó. Después, vomitó.

—Qué asco —dijo, llorando.

—Dios mío, cariño, te limpiaré en cuanto lleguemos. Espera un poco —dijo Nikki, mirando por el espejo retrovisor—. Ya casi hemos llegado.

Entró en el aparcamiento del centro médico del condado y aparcó en el primer sitio que encontró. Sacó a Gloria del coche y la llevó hacia la entrada. No parecía que la sala de urgencias estuviera ocupada en aquel momento, pero Nikki vio a trabajadores con bata y máscara esperando cerca de la zona de ambulancias. Ella fue directamente al mostrador principal y dijo todo lo que había observado en Gloria, y la enfermera de admisiones la llevó a una zona con cortinas en la que había una camilla cubierta con una toalla de papel.

—Ha vomitado de camino aquí —dijo Nikki, acariciándole la cabeza a su hermana mientras la enfermera la examinaba—. Eso de color rosa son fresas. Comió muchas fresas.

—¿Ah, sí? —preguntó la enfermera, con una breve sonrisa—. ¿Te gustan las fresas, Gloria?

Miró a Nikki y le dijo:

—Parece una anafilaxis. Una reacción alérgica. ¿Puede que tenga alergia?

—Ella... Oh, Dios. No lo sé. ¿Pueden ser las fresas?

—No es raro.

—Nuestro padre se ha ido a pasar la noche fuera. No creo que pueda ponerme en contacto con él.

Llegó un médico enérgico y atento. En su placa de identificación se leía Miguel Arrondondo. La enfermera le informó de la respiración de Gloria, del pulso y de la saturación de oxígeno.

—Vamos a tratar la anafilaxis ahora mismo y después descubriremos la causa, cuando esté estable —dijo el doctor.

Le administró epinefrina y, al momento, la respiración de Gloria se estabilizó. Sus labios recuperaron el color normal. La enfermera comprobó que su pulso y su respiración habían mejorado.

Nikki se tambaleó de alivio.

—Oh, Gloria, chiquitina —le dijo—. Tienes mucho mejor aspecto. ¿Te encuentras mejor?

Gloria asintió débilmente.

—Sí.

—Tenemos que hacer una examen completo y dejarla aquí, en observación —dijo el médico—. Vamos a darle antihistamínicos para el sarpullido. Existe el riesgo de que la anafilaxis se repita y tengamos que administrarle otros medicamentos como broncodilatadores y esteroides si tiene dificultades para respirar.

—Entonces, ¿tiene que quedarse ingresada?

—No, seguramente, no. Puede permanecer aquí durante un rato. Vamos a bajar las luces y dejar que descanse y, cuando pasen unas horas, posiblemente le daremos el alta si está bien —dijo el médico. Fue al

ordenador y tecleó unas cuantas notas—. La manda-
ré a casa con un EpiPen y las instrucciones de uso. Y
tiene que hacer un seguimiento con su pediatra.

—Por supuesto —dijo Nikki, y estuvo a punto de
echarse a llorar del alivio y el agotamiento—. Entonces... ¿nos quedamos aquí?

—Sí —dijo él, y le entregó una tarjeta con la información del wifi y una página web—. Aquí encontrará
información sobre la anafilaxis y el manejo de la alergia. Le recomiendo que lo lea.

—Sí, por supuesto. Muchas gracias.

El médico recibió un aviso y, al instante, la enfermera también. Los dos se miraron.

—Vamos a venir a vigilarla periódicamente —dijo
el médico—. Intente descansar un poco.

Nikki asintió.

La enfermera le entregó algunas toallitas desinfec-
tantes.

—Apriete el botón de aviso si necesita cualquier
cosa.

Se marcharon con el carro del ordenador y corrieron las cortinas alrededor de la camilla.

Nikki le dio un beso en la frente a Gloria. El sarpullido ya estaba desapareciendo de su cara y su cuello.

—Siento muchísimo no saber lo de las fresas. Las
compré en el mercadillo de los granjeros para tener
un dulce especial esta noche —le dijo, mientras buscaba una camiseta limpia y un pañal en la bolsa del
bebé—. Te vas a poner bien muy pronto. Ahora te voy
a limpiar y vamos a descansar, ¿de acuerdo?

Gloria asintió. Se quejó un poco mientras Nikki la
cambiaba y le ponía la camiseta limpia. Le dio un
sorbo de agua y volvió a besarla.

—Intenta descansar un poco, ¿de acuerdo? —le
sugirió, y puso a Bun Bun a su lado.

Ella se sentó en una silla plegable, suspiró y se movió con incomodidad. Después, sacó el teléfono y

empezó a leer información sobre las anafilaxis producidas por una alergia. Decidió no avisar a su padre. La crisis había terminado y no tenía sentido alarmarlo a aquellas horas. De todos modos, él apagaba el teléfono móvil por las noches. Ya se lo explicaría todo por la mañana.

Oyó alboroto fuera. Pasos apresurados en el linóleo, puertas que se abrían, pitidos de los monitores, algo sobre múltiples víctimas. Se preguntó si estaría relacionado con las luces que había visto en el puente. Tenía curiosidad, pero no iba a apartarse de Gloria para ser una entrometida.

—Abrázame —dijo la niña.

Parecía tan pequeña e indefensa en aquella cama mecánica... A Nikki se le encogió el corazón.

—Claro que sí, mi niña. Ven aquí —dijo, y se inclinó por encima de la barandilla de la cama.

Se tendió al lado de Gloria, formando una curva protectora con el cuerpo. La cama era sorprendentemente cómoda. Gloria dio un suspiro y se acurrucó contra ella.

—Te quiero —balbuceó con un hilillo de voz.

—Oh, cariño. Yo también te quiero —le dijo Nikki.

Sintió una emoción extraña mientras abrazaba a una niña que todavía olía ligeramente a vómito y a orina. Sintió... Tal vez no fuera felicidad, pero una especie de satisfacción endulzada por el amor. En aquellos momentos, se sentía como si estuviera en el único lugar del mundo que podía importar. Aquella fue su primera experiencia real de lo que era criar a un niño: una montaña rusa de terror, alivio, euforia, culpabilidad, precaución, ternura y alegría. Pasar por todo aquello como madre soltera debía de ser, sin duda, doblemente difícil. Por primera vez, se imaginó a su padre lidiando con todo aquello por su cuenta. Cuando era pequeña, ella también había tenido que ir varias veces a urgencias.

Gloria se quedó profundamente dormida. Nikki también debió de dormirse, porque despertó al rato al oír una voz urgente y baja.

—...va a salir bien. Podemos arreglarlo. Todo saldrá bien.

Nikki se quedó inmóvil. Gloria seguía dormida. Había gente fuera de la cortina. No eran sanitarios, porque el hombre llevaba chanclas y la mujer, unas zapatillas cubiertas de arena húmeda.

—Tengo miedo, Neil —dijo la mujer—. Acaba de cumplir dieciocho años. Ya no es menor de edad. ¿Y si lo acusan al final de la investigación?

Una suave carcajada.

—No va a haber ninguna acusación. No le han hecho a nadie la prueba de alcoholemia. Y, después de dos horas, ya no importa, de todos modos.

—Sabes muy bien que no es así. Los detectives tienen modos de demostrar el grado de sobriedad aunque no se realizaran pruebas en la escena. Supongamos que alguien mira los resultados de los análisis de sangre del hospital. ¿Y si la gente testifica? ¿Y si...?

—Por Dios, tranquilízate. Lo único que tenemos que conseguir es que todos los niños digan lo mismo. Tenemos que asegurarnos de que sepan que era Zoe Camden la que pilotaba el barco. No pueden acusar a una chica muerta.

—Oh, Dios mío —susurró la mujer—. Eso es horrible. Estoy segura de que la van a encontrar. Rezo por que esté bien.

A Nikki se le subió el corazón a la garganta. ¿Zoe Camden? Zoe era la estudiante que estaba haciendo prácticas en el estudio de Carmella. Y le había ocurrido algo. Algo malo.

Capítulo 22

Cuando la tragedia golpeaba a un pueblo pequeño, todos lloraban juntos, incluso los que no habían conocido a la muchacha muerta. El terrible incidente conmovió a todos los que se enteraron, porque era muy triste y muy fácil imaginarse a una niña joven, llena de energía y talento, cuya luz se había extinguido en un momento. Nadie era inmune al dolor de semejante pérdida.

Mientras se llevaba a cabo la búsqueda hubo una vigilia por Zoe Camden. Asistieron cientos de personas. A medida que pasaban las horas, la esperanza se fue acabando. La vigilia se convirtió en una reunión de apoyo a la familia.

El ejército de buscadores tardó dos días en encontrar a Zoe. La corriente se había llevado su cadáver por el canal hacia mar abierto, entre las rocas que rodeaban la isla de Radium. Según los medios de comunicación, había muerto por un traumatismo y por ahogamiento. Hubo nuevas muestras espontáneas de apoyo por todo el puente de la isla de Radium. Aparecieron ramos de flores, poemas manuscritos y recuerdos en forma de juguetes y joyas, y pequeños talismanes que querían expresar lo inexpresable.

Aunque habían pasado muchos años desde la muerte de Mark, a Nikki le resultaba familiar la pesadez que aplastaba el ambiente del pueblo. No podía escapar de sus recuerdos, de las pérdidas propias que marcaban su alma, la de Mark y la de Johnny.

Para recordar la vida de Zoe y llorar por su muerte, se celebró una procesión que salió lentamente por las puertas de Thornton y recorrió el camino hasta la iglesia cercana al mar a la que pertenecían los Camden. El tiempo frío y ventoso acentuó la tristeza de aquel día.

Nikki asistió a la misa con Carmella, Shasta y Cal. De lejos, vislumbró a los padres de Zoe. Los Camden se habían mudado a Alara Cove desde Oakland, buscando la seguridad y la comodidad de la vida en un pueblo pequeño. Zoe era su única hija. Se movían lentamente con el rostro pétreo por la agonía. Nikki reconoció aquella expresión dura de desconsuelo porque era la misma que se había reflejado en su cara cuando había muerto Johnny.

La vida de Zoe se recordó con cantos, oraciones y lecturas por parte de los amigos y familiares más cercanos. Era una chica vivaz y querida, que adoraba el arte y trabajaba de voluntaria en el refugio de animales del pueblo. Su sueño era estudiar Bellas Artes, dijo el señor Wendell, el profesor de arte de Thornton.

Cuando terminó la ceremonia, vio a Marian McGill entre la multitud que se arremolinaba junto a la iglesia. La hermana melliza de Mark estaba muy elegante, con un traje azul marino y unos zapatos de tacón bajo, secándose los ojos con un pañuelo.

—Marian —le dijo Nikki, tendiéndole la mano—. Soy Nikki Graziola.

—¡Nikki! —exclamó Marian, con una sonrisa temblorosa—. Vaya, cuánto tiempo. Lamento mucho que nos encontremos de nuevo en una ocasión tan triste.

—¿Conocías a Zoe? ¿O a su familia?

—Un poco. Zoe trabajó de voluntaria en mi última campaña, así que quería venir a presentar mis respetos. Y... esto me ha traído un montón de recuerdos.

—De Mark —dijo Nikki, asintiendo—. A mí, también.

Observó la cara de Marian para intentar hacerse una idea de cómo sería Mark a aquella edad. Tenía los pómulos pálidos, los ojos azul claro y un hoyuelo en la barbilla. Mark también tenía aquellos rasgos.

—Debes de echarle mucho de menos —le dijo.

—Todos los días. Yo... Nikki, no volví a verte después de aquel día, pero siempre te agradeceré que denunciaras las fiestas y los desafíos. Y siempre me avergonzaré por no haberlo hecho yo. Desde aquel día quise ser mejor persona por Mark. Dios, lo echo de menos. Cada vez que me miro al espejo siento su ausencia.

—Trabajas en el servicio público —dijo Nikki, conmovida por la emoción de Marian—. Como tu madre. A él le gustaría eso.

—Sí, eso espero —dijo Marian, intentando recuperar la compostura—. Todavía me acuerdo de que tú fuiste la única que lo defendió. A veces pienso que toda mi carrera profesional ha sido una forma de buscar la redención.

—Éramos niños, Marian. A veces creo que el trabajo de un niño es equivocarse para hacerlo mejor después.

Marian cerró los ojos y tomó aire. Después, miró a Nikki.

—¿Cómo estás? Mejor, espero.

Nikki no quería contar su triste historia, así que cambió de tema.

—He visto a Kylie Scarborough. Me dijo que has trabajado de abogada de oficio para jóvenes.

—Sí, es mi labor —dijo Marian.

—Thornton va a recibir otro golpe —dijo Nikki, observando a los estudiantes con sus uniformes.

—Si no pueden garantizar la seguridad de sus alumnos, se lo merecen.

—¿Puedo preguntarte una cosa?

Marian asintió.

—Claro.

—¿Podrías decirme qué está pasando con la investigación? Supongo que conocer lo ocurrido no va a ser consuelo para la familia de Zoe, pero se merecen respuestas.

—Y espero que las consigan. El Departamento de Recursos Naturales está a cargo de la investigación.

—Ah. El Departamento de Recursos Naturales. Está dirigido por un tipo llamado Vernon Sanger.

Marian apretó los labios.

—Lo sé. En este momento están investigando el accidente.

—Pero... ¿no es un delito provocar un accidente como este?

Marian asintió.

—Se dice que Zoe y los demás se expusieron voluntariamente al riesgo de sufrir un accidente, pero, al final, hay una chica fallecida. Si durante la investigación se descubren indicios de un crimen, habrá acusaciones.

Nikki se mordió el labio.

—¿Tienes una tarjeta, Marian? Me gustaría llamarte para contarte una cosa.

Marian le dio una tarjeta con el logotipo del distrito.

—Cuando quieras, Nikki. Cuídate.

Nikki se quedó sola unos instantes. Después, Cal se acercó a ella entre la gente.

—¿Estás bien? —le preguntó, en voz baja.

—Esto es tan horrible —susurró ella.

Cal tenía un semblante especialmente sombrío. Iba de uniforme de gala, con un collar de latón, la placa de identificación la insignia del cuerpo, las botas brillantes y el sombrero metido bajo el brazo.

—Su familia está sufriendo un dolor de los que te dan ganas de tirarte al suelo y morirte.

Él le puso la mano en la espalda.

—Siento que sepas cómo es eso.

—Yo... eh... —balbuceó Nikki. Se secó los ojos y bajó la cabeza—. Sí, lo siento.

—Escucha —dijo él—. Puedo soportar tu tristeza, Nikki. Estoy aquí si me necesitas.

Cal ya llevaba diez años en un trabajo que consistía en ayudar a la gente. Nikki sabía que había visto muchas cosas, incluidas cosas de las que no hablaba.

Él apretó la mandíbula. Había sido el primero en llegar a la escena del accidente y había estado allí más de treinta minutos antes de que llegaran los encargados del Departamento de Recursos Naturales. No había dicho mucho sobre lo que había encontrado, pero, según las noticias y las imágenes de la cámara de vigilancia del puente, había sido un caos. Él había encendido su cámara corporal y había transmitido la información al equipo de investigadores. Nikki tenía la sensación de que estaba frustrado por el proceso.

—Debe de ser duro —le dijo— tratar con personas que están en el peor momento de su vida.

—A veces, sí. Pero ese también es el momento en el que más ayuda necesitan.

—Oh, Cal. A veces creo que estoy demasiado rota para...

—No digas eso —respondió él, rápidamente—. Ni lo pienses —añadió, y le acarició suavemente la espalda—. Escucha, tengo que volver a trabajar. ¿Por qué no vas a casa de Carmella?

Nikki asintió.

—Sí, voy a hacer eso.

Fue a buscar a Carmella y se marcharon juntas a su casa. Nikki no podía dejar de sentir una gran melancolía.

—Me alegro de que Zoe tuviera la oportunidad de trabajar contigo.

—Tenía mucho talento y se entusiasmó cuando le compraste el cuadro del barco para el parque. Era luminosa —dijo Carmella—. Estoy sufriendo por su familia. Espero que hoy sientan mucho amor y apoyo.

—¿Crees que sirve de algo? —preguntó Nikki—. ¿Tanta efusividad?

—No lo sé —dijo Carmella. Fue a la cocina y puso la tetera al fuego—. Supongo que no puede empeorar algo así.

Nikki le puso miel a su té y dio un sorbo.

—Tú siempre nos hacías té y una tostada cuando teníamos un mal día.

—Y no empeoraba las cosas, ¿no? Zoe estaba haciendo una cosa para ti —dijo Carmella—. Ven a verla.

Fueron al estudio con las tazas y ella sacó un cartel gráfico. Zoe todavía estaba encontrando su propio estilo, y aquella pieza emulaba los anuncios brillantes de viajes de los años sesenta. A Nikki le llegó al corazón aquella vibración alegre e inocente. El arte de Zoe estaba representado con nitidez y confianza. No tenía nada que temer del futuro.

En el cartel aparecía una mujer en bikini, con gafas de sol, con la cara inclinada hacia el sol mientras sujetaba una tabla de surf por encima de la cabeza. Había un coche familiar a su lado y al fondo estaba la playa bañada en un brillo dorado. Se veía un letrero que decía *Bienvenido a Beach Town*.

Capítulo 23

Era una noche calurosa de verano, y el ayuntamiento de Alara Cove tenía una reunión extraordinaria. Nikki se sentía casi enferma de nerviosismo, porque el propósito de aquella junta era la presentación definitiva al pleno. Había terminado el período de exposición pública y aquella noche, después de los comentarios ciudadanos, se llevaría a cabo la votación.

Guy aparcó la furgoneta y sacó a Gloria de su sillita. Patsy se adelantó a colocar el ordenador portátil y el proyector para las fotografías. El equipo de Kylie le había hecho llegar una colección de fotos de su visita al parque de caravanas y, en ellas, el parque parecía el país de las maravillas. El cartel de *Bienvenido a Beach Town* que había pintado Zoe Camden estaba ya expuesto en el vestíbulo del auditorio.

—Vamos, mi niña surfera —le dijo Guy a Gloria—. Te va a encantar esto. Una reunión llena de mayores.

—Nooo —dijo Gloria, mirándolo con desconfianza.

—Va a estar bien. Después nos iremos a tomar un helado.

—¡Sí!

—¿Por qué tienes esa cara? —preguntó Guy, al fijarse en la sonrisa de Nikki.

—¿Sabes? Cuando tuve que ir a urgencias con Gloria, entendí lo difícil y doloroso que puede ser criar a un niño. Y me di cuenta de que todo lo que había aprendido, lo bueno y lo malo, empezó contigo. Y el mar... Eres un padre estupendo, y nosotras somos unas chicas con suerte.

Él se puso a Gloria en la cadera y abrazó a Nikki.

—Yo soy el que tiene suerte —dijo, con la voz ronca—. No lo olvides nunca.

Patsy volvió después de preparar el proyector. Shasta estaba esperando en el aparcamiento del edificio cuando llegaron. Se había vestido como una modelo de los años sesenta, con un vestido veraniego de cintura ceñida, gafas grandes y una banda para el pelo. Llevaba unos zapatos planos de color coral. Nikki, Patsy y ella habían ido a tiendas de segunda mano para encontrar la ropa perfecta. Patsy llevaba unos pantalones vaqueros con calcetines, zapatillas de deporte y una camiseta de caravanas junto a la playa. Nikki había encontrado un vestido ajustado de cuadros amarillos y unas sandalias con abalorios. Su padre y Gloria no necesitaban nada. Parecía que siempre estaban preparados para la playa.

—Oigo música —dijo Nikki, y ladeó la cabeza para escuchar.

—Sí, así es —dijo Shasta. La tomó por los hombros e hizo que se girara hacia la entrada del ayuntamiento—. ¡Ve a ver!

Guy y Patsy precedieron el camino llevando a Gloria entre ellos.

—¿Qué ocurre? —le preguntó Nikki a Shasta. Entonces, oyó los acordes de una canción de los Beach Boys y se detuvo en seco—. ¿Qué has hecho?

—No es cosa mía. Lo ha organizado Cal —dijo Shasta.

El grupo de Sandy estaba tocando en el pabellón que había en medio del césped del edificio. Llevaban camisetas playeras y el pelo despeinado, y estaban tocando clásicos. Allí se había reunido una multitud, atraída por los sonidos y el ritmo irresistible. La gente bailaba y movía los pies.

—Increíble —dijo Nikki, con un sentimiento de alegría. Después, trató de controlarse—. Puede que esto sea un poco prematuro. Ni siquiera se ha votado todavía.

—Es una mera formalidad —dijo Shasta—. Bueno, sería más fácil si yo hubiera ganado las elecciones...

—Ojalá hubiera sucedido —dijo Nikki.

—Lo intentaré de nuevo dentro de dos años. A la tercera va la vencida.

—Mira cuánta gente —dijo Nikki—. ¿Sabrán que hay una reunión del ayuntamiento?

—Muchos han venido a apoyar el parque de caravanas —dijo Shasta—. El consejo tiene que reunirse en el auditorio principal. No hay espacio suficiente en la cámara para albergar a todo el mundo. Puedes agradecérselo a tu amiga Kylie Scarborough. Su vídeo sobre Beachside tiene millones de visitas.

—Solo necesitamos cinco votos, ¿verdad? —preguntó Nikki.

En el consejo había ocho integrantes, y el alcalde tenía el voto decisivo.

Shasta asintió.

—Hay cuatro votos a favor. Solo dos en contra. Greenlee y García son los indecisos, pero estoy segura de que esta noche los vamos a convencer. Quiero decir... mira a tu alrededor.

Nikki sonrió. Todo aquello parecía sacado de un sueño. La preciosa tarde, la música playera, su padre bailando con Gloria, la gente moviéndose al ritmo de las canciones.

—Es perfecto —dijo Shasta—. ¿Por qué iba a salir mal?

Nikki llevaba una cartera antigua como parte de

su atuendo. La abrió para sacar el teléfono y tomar una foto.

—Vaya. Me he dejado el teléfono en la furgoneta. Nos vemos dentro, ¿de acuerdo?

Volvió rápidamente al aparcamiento y encontró el teléfono en el porta-bebidas. Cuando regresó había incluso más gente. Vio a Elise Matson, la mujer con la que había salido Cal, y a Teddy Matson, que había pronunciado un discurso muy emotivo en memoria de su novia, Zoe Camden, durante su funeral. Algunos surfistas habían acudido a apoyar el parque de caravanas. También había algunos comerciantes de la zona, como su amiga de primaria, Irma, que tenía un comercio llamado La tienda en el pueblo. Había gente de la marina y turistas.

Nikki hizo algunas fotos y se quedó al fondo de la multitud, escuchando y maravillándose de todo. Aquel era su pueblo, su comunidad. El lugar donde vivía. Tal vez su padre tuviese razón y, después de todo, su sitio estuviera allí.

—Me alegro de verte, Neil. Y me alegro también de que hayas conseguido dejar ese asunto atrás, ¿eh? —dijo alguien que estaba detrás de Nikki.

La voz se elevaba para hacerse escuchar por encima de la música. Ella miró hacia atrás y vio a una pareja bien vestida y a un hombre vestido de traje con un fajo de sobres.

—Efectivamente —dijo el primer hombre—. Y gracias por tu ayuda con...

Nikki se perdió el resto de la frase debido al volumen de la música.

—Espero que lo celebréis.

—Vamos a ir a cenar con los chicos a Chez Michaud más tarde. Jason tiene que estar primero en la reunión del consejo.

Entonces apareció Cal, y ella le hizo un gesto. Cuando la vio, se le iluminó la cara.

—Mi amor, estás preciosa.

Nikki estaba distraída, a pesar de su sonrisa.

—¿Quién es esa gente? —le preguntó, refiriéndose a la pareja que caminaba hacia el aparcamiento.

—Son... Creo que son Neil Sanger y su mujer.

—¿Los padres de Jason? —preguntó ella—. ¿Y de Milo?

—¿Por qué lo preguntas?

—¿Qué está pasando con la investigación sobre la muerte de Zoe Camden?

—¿Eso? Ya terminó. Hoy mismo he recibido el mensaje en mi correo electrónico. El Departamento de Recursos Naturales lo hará público mañana.

—¿Cómo que se ha terminado?

—Según la investigación, era Zoe Camden la que pilotaba el barco que se chocó con el pilón del puente.

—Zoe no iba al timón —dijo ella—. Eso es algo que ha dicho la gente para que ningún otro niño tenga problemas.

—El caso está cerrado —dijo él—. Es lo que ha decidido el Departamento de Recursos Naturales, y es su caso. Yo entregué las grabaciones de la cámara y el informe preliminar, hice una declaración. Pero, al final, no soy yo quien tiene que investigarlo. Habrá demandas civiles, varias, seguramente, pero no habrá acusación. No hay nadie a quien acusar.

Ella percibió un tono de frustración en su voz.

—No pueden acusar a una chica muerta —murmuró Nikki.

—¿Cómo? —preguntó Cal, mirándola fijamente.

—Les oí decir eso en el hospital, la noche del accidente.

—¿A quién? ¿En el hospital?

—A los Sanger. No llegué a verlos, pero eran ellos. Los oí cuando estaba en urgencias con Gloria. Tenían que estar hablando del accidente. Yo no me di cuenta... supongo que pensé que todo saldría a la luz durante la investigación.

—Dios mío, estáis divinos —dijo Carmella, que se había acercado a ellos—. Vamos a hacernos una foto antes de que todo el mundo se disperse.

Reunió a Guy, a Patsy, a Shasta y a Gloria e hizo unas cuantas fotografías en los escalones del edificio municipal.

—Después tenemos que hablar de lo que oí decir en la sala de urgencias —le dijo Nikki a Cal.

Él le acarició la mano.

—Podemos hacerlo, pero va a ser casi imposible sacar algo del expediente ahora que el caso está cerrado.

A Nikki le pareció que el auditorio era enorme. La gente no dejaba de entrar y llenaban las filas de asientos de los múltiples niveles, todos ellos frente al escenario, donde ya estaban reunidos los miembros del consejo. Se habían colocado en una mesa de juntas muy larga, con jarras de agua, vasos, libretas y bolígrafos. A un lado había un atril con un micrófono y, detrás, una pantalla que llenaba la parte trasera del escenario.

Nikki estaba muy nerviosa. Se sentó en la primer fila para esperar a que llegara su turno.

La primera en intervenir fue Carmella Beach. Tenía aplomo y era brillante, y habló persuasivamente sobre la importancia de conservar el carácter y ambiente del pueblo. Mencionó sus vínculos con la localidad y destacó lo que significaba para ella encontrar un refugio seguro allí.

—Tenemos la oportunidad de conservar lo que hace especial a Alara Cove —dijo—, o podemos dejar que se convierta en otro pueblo más de los que abundan en la zona de la costa y que son indistinguibles los unos de los otros.

Uno de los compañeros de Jason Sanger, un

hombre llamado Parker Ames que era dueño de algunos restaurantes por la zona, ofreció un argumento diferente.

—Esta gente —dijo, y señaló a Guy Graziola con una mirada fulminante— está tratando de apropiarse de fondos y futuros ingresos del pueblo, recibiendo dinero para la conservación, por no mencionar los beneficios fiscales y los incentivos.

Nikki vio que su padre tenía que hacer un esfuerzo por dominarse.

—Deben recordar —prosiguió el señor Ames— que las caravanas ocupan un terreno municipal que es propiedad de todos, y todos conocemos cuál es el valor de los inmuebles en esa zona. Es un parque de remolques, damas y caballeros. Piden dinero a los contribuyentes para financiar un parque de caravanas.

Patsy le puso la mano en el brazo a Guy y le susurró algo. Él respiró profundamente y abrazó a Gloria.

Nikki exhaló un suspiro de alivio. Si su padre perdía los estribos, le daría alas Parker Ames.

Por fin llegó su turno, y ella se encaminó hacia el atril.

—Creí en ese parque de caravanas, señor Ames. Para mí, era mi hogar. Y, para este pueblo, es un icono.

—¡Ah, sí! —exclamaron los surfistas con los que ella había crecido, y se pusieron a aplaudir.

Nikki contuvo la sonrisa y miró al público.

—Pregúntense por qué viven aquí. Por qué les gusta vivir aquí. Por qué están dispuestos a pagar el impuesto municipal de transferencia de bienes inmuebles para financiar los esfuerzos de conservación del patrimonio. Porque Alara Cove es un pueblo único, ¿no? Si no se conserva el carácter de esta comunidad, desaparecerán los motivos por los que ustedes vinieron a vivir aquí.

—Es un peligro para la salud —dijo alguien, desde el público—. El tratamiento de las aguas no es adecuado.

—Y un cuerno —dijo Guy, poniéndose en pie.

—Cuerno —repitió Gloria, aplaudiendo.

Patsy se sentó a la niña en su regazo. Guy no necesitaba micrófono.

—Toda la red de aguas está renovada según la normativa, Earl —dijo—. Y lo sabrías si te hubieras molestado en leer el...

—Es un foco de delincuencia —gritó el director del banco del pueblo.

—¿Quieren hablar de delincuencia? —preguntó Nikki, al micrófono—. ¿Qué pasa con los bancos que procesan los débitos antes que los créditos cuando llegan el mismo día?

Durante aquel último año, se había familiarizado mucho con las turbias prácticas bancarias.

—¿Qué pasa con las penalizaciones por depósito mínimo? Le cobran a la gente por guardar el dinero en su banco...

Se oyó un murmullo por todo el auditorio. El tiempo se acabó, y Nikki no tuvo oportunidad de hablar más. El funcionario encargado del cronómetro golpeó con el mazo y cedió el turno a los miembros del consejo.

Nikki volvió a su asiento frustrada y más nerviosa aún que cuando había empezado la asamblea. Algunos de los miembros del consejo retrataron a su padre como si fuera un caradura y un evasor de impuestos. Otros lo alabaron por ser el protector de un rasgo icónico de la comunidad.

«Solo necesitamos cinco votos», se recordó Nikki a sí misma. Pero, a medida que avanzaba el debate, sus esperanzas disminuyeron. Los cuatro concejales que estaban a favor se mantuvieron firmes, pero Greenlee y García dejaron claro que no iban a votar a favor de la declaración del parque como patrimonio histórico de Alara Cove. El funcionario anunció que habría un descanso antes de la votación. En el césped comenzó la música de nuevo.

Nikki permaneció en su asiento. Se sentía mal. Su padre se acercó a ella y exhaló un suspiro.

—No va a salir bien, ¿verdad?

—Necesitamos cinco votos y solo tenemos cuatro. Jason tiene el voto decisivo, y él va a votar en contra.

—Eso parece —dijo Guy.

—Lo siento. Hice lo que pude.

—Todos lo hicimos, cariño. Hemos trabajado mucho en el parque. Lo hemos convertido en un lugar de exposición.

—Lo siento —dijo ella de nuevo.

—Eh, no es el fin del mundo. Ya se me ocurrirá algo. A lo mejor, ahora que las caravanas están arregladas, valen algo.

A ella no se le escapaba la expresión de su cara. Estaba hundido. El parque era su vida, y empezar en otro sitio iba a ser un suplicio para un hombre como él, con una niña pequeña a la que criar. No tenía ningún plan alternativo. Ahora, ella se sentía como si lo hubiera engañado.

—Papá, te lo compensaré, te lo juro. Ya se me ocurrirá algo.

Él le dio unas palmaditas en la mano.

—Saldremos de esto. Hemos estado en situaciones peores.

Ella intentó sonreír.

—Voy a salir a tomar el aire y a rezar por que ocurra un milagro.

Nikki salió por la puerta que había al lado del escenario. Al ver allí a Jason Sanger hablando por teléfono se le revolvió el estómago.

— ...Milo contigo —estaba diciendo—. Entendido. A las nueve en punto en Chez Michaud.

Cuando vio a Nikki, colgó.

—Vaya, vaya —dijo—. Me parece que esta no es tu mejor noche, ¿eh?

Ella ignoró la provocación.

—¿Vas a ir a Chez Michaud? —le preguntó ella. Nunca había estado en aquel restaurante. Era el más caro del pueblo.

Él le dedicó una sonrisa falsa.

—¿Quieres venir conmigo?

—Parece que tu familia tiene algo que celebrar —dijo ella, en voz baja, con calma—. Parece que vais a celebrar que habéis librado a Milo de todos los problemas.

Él se puso muy tenso, y su mirada se volvió dura y mezquina.

—¿De qué estás hablando?

—Los Sanger tenéis mucha habilidad para salir indemnes de todo —dijo ella—. Por mucho que yo viva, jamás te perdonaré lo que le hiciste a Mark.

—Vete a la mierda, Graziola. Deja de culparme a mí de que tu amigo gay muriera de sobredosis en el instituto.

Ella no reaccionó.

—Eso no es lo que le pasó a Mark, y tú lo sabes. Y Zoe Camden no pilotaba el barco la noche que murió —dijo. Le temblaba la voz, porque estaba tirándose un farol, pero era posible que él no lo supiera. ¿Y si conseguía que admitiera la verdad?—. Van a reabrir la investigación, porque está a punto de salir a la luz nueva información.

—¿Qué demonios...?

—Era otro el que pilotaba el barco.

La miró aún con más ferocidad, pero se quedó lívido.

—¿De qué vas, Graziola?

Ella se quedó en silencio, sabiendo que eso le pondría muy nervioso.

—Lo entiendo. Sé lo que quieres —continuó

Jason—. Será mejor que pienses en lo que es más importante, si el parque de caravanas de tu padre o meter a mi hermano pequeño en problemas.

Ella no había mencionado a Milo. Interesante. Y no pretendía nada. Y, sin embargo...

—Vaya, alcalde Sanger, ¿me está ofreciendo algo? ¿Si guardo silencio, votará a mi favor?

Él le tendió la mano derecha. Ella se quedó mirándolo un momento. ¿De veras estaba haciendo aquello? ¿Le estaba vendiendo su voto a cambio de su silencio? Lo único que tenía que hacer era quedarse callada y conseguiría la aprobación municipal. El proyecto podría seguir adelante. Sería tonta si rechazara una oportunidad así.

Salvo que...

Miró a Jason a los ojos. Vio a un hombre privilegiado y corrupto. Y se dio la vuelta.

—Nos vemos dentro —le dijo.

Entró al auditorio. El consejo se reunió de nuevo y hubo una ronda final de preguntas antes de la votación. Nikki permaneció inmóvil en su asiento, con el estómago encogido.

—Bien —dijo el secretario, tomando su cuaderno—. Vamos a empezar la...

—Tengo algo que decir.

Nikki se puso de pie y se acercó al micrófono.

«Cállate la boca y conserva el parque. Es la seguridad de tu padre y el futuro de Gloria». Lo contrario sería un acto de egoísmo. Pero inclinarse ante Jason Sanger, encubrir un crimen, la convertiría en alguien tan corrupto como él. Jason siempre sabría que había encontrado su punto débil, y no habría nada que le impidiera explotarlo una y otra vez. Intentó dar con la forma de conservar su integridad sin perjudicar a su padre. En aquel mismo instante.

Ajustó el micrófono y respiró profundamente.

—Hace quince años, me puse delante de todo el

mundo y dije la verdad sobre un trágico incidente relacionado con la muerte de un estudiante de Thornton Academy. Y, ahora, me entero de que la investigación sobre la muerte de Zoe Camden ha terminado, que el caso se ha cerrado sin acusaciones. La conclusión ha sido que Zoe pilotaba el barco en el que se mató la noche del accidente. Yo creía que la investigación iba a revelar la verdad, pero parece que no ha sido así.

Hizo una pausa entre los murmullos del público. Marian McGill, que estaba en primera fila, le dedicó toda su atención. Sacó su teléfono móvil y lo dirigió hacia Nikki. Unas cuantas filas más atrás estaba Teddy Matson, que se puso en pie. La mujer que estaba a su lado lo tomó del brazo y le susurró algo. Nikki la reconoció. Era Elise Matson. Un momento después, Elise y el chico bajaron hacia el escenario y se acercaron al atril.

El funcionario dio un mazazo para imponer el silencio.

—Esto no tiene nada que ver con el asunto que está tratando el consejo.

—Tiene que ver con la integridad de nuestros líderes políticos. Tengo más información sobre esa noche —dijo Nikki—. Y Jason Sanger lo sabe. Hace un momento, el alcalde me ha ofrecido comprar su voto a cambio de mi silencio. Espera que consiga la aprobación de mi proyecto por parte del ayuntamiento a cambio de no difundir lo que sé del accidente de Zoe.

—Oh, por el amor de Dios —dijo Jason.

Cal bajó por un pasillo lateral. Estaba tenso y vigilante. Era muy arriesgado exponer así a Jason, en una reunión pública, pero seguramente aquella era la única oportunidad que tenía de ser escuchada. Y, a juzgar por la cara de Teddy Matson, no iba a ser la única que alzara la voz en aquella ocasión. Teddy estaba entre las víctimas del accidente y, como ella, habría pensado que se iba a revelar la verdad. También debía de pensar que tenía que hablar.

Se oyeron mazazos, pero comenzó un estruendo parecido al del mar. Ella se dio cuenta de que había perdido el control de la reunión, así que se dirigió hacia la salida. Tenía que escapar y decidir qué iba a hacer ahora que había hecho estallar todo. En aquella ocasión no había destruido solo su futuro, sino el de su padre y su hermana, por desvelar la verdad sobre la muerte de Zoe.

Atravesó el parque del pueblo y fue directamente a Town Beach. Se quitó las sandalias y caminó por la arena hasta la orilla, y dejó que el agua le acariciase los tobillos. Estuvo así mucho tiempo, notando la sal del mar en la piel y la brisa en el pelo. Aquella noche habría podido tener un resultado muy diferente si hubiera aceptado la oferta de Jason. Ahora, todos estarían brindando por el nuevo patrimonio histórico del pueblo y preparándose para la gran reapertura. En vez de eso...

—Ya me imaginé que estarías aquí —dijo alguien a su espalda.

—Cal —dijo ella, y se giró con gratitud.

—Eres como una tortuga recién salida del huevo. Siempre vas hacia el mar.

—Yo... ¿Cómo ha ido la votación? ¿Mal?

—No se ha celebrado. Seguramente, todavía siguen peleándose. Marian McGill ya está hablando con Teddy Matson.

—Bien. Sé que dijiste que es casi imposible que reabran el caso, pero ella tiene que conseguirlo. Tiene que conseguir que los otros estudiantes que estaban en el barco digan la verdad. Si hubieras visto la cara de Jason cuando le dije que Zoe no conducía, sabrías que está ocultando algo —dijo ella, y se apoyó en Cal. Estaba agotada de frustración—. Yo no pensaba que la investigación fracasaría.

—Eso pasa —dijo él—. Los Sanger son muy habilidosos.

—Sí, consiguieron tapar la historia de lo que le ocurrió a Mark. Por favor, dime que hay forma de abrir el caso de Zoe. De lo contrario, habré destrozado el parque de mi padre por nada.

—No has destrozado nada. Has dicho la verdad. Marian McGill va a ser la próxima fiscal del distrito. No va a dejar pasar esto. Y Jason también perderá la alcaldía.

—Oh, Cal, ¿qué va a pasar ahora?

—Bueno, voy a llevarte a tomar algo a un bar elegante de Front Street y, después, vamos a ir a mi casa y te voy a devorar. A lo mejor más de una vez.

—No, quiero decir que qué va a pasar con...

—Shh... —dijo él, y le puso un dedo sobre los labios—. Esta noche, no.

—Pero...

—Shh —dijo él, y la besó—. Esta noche es para el vino y el sexo. Mañana arreglaremos las cosas.

A ella se le escapó un gran suspiro.

—El vino y el sexo me suenan muy bien.

—¿Verdad? Ahora que mi padre vive en Santa Bárbara, tenemos toda la casa para nosotros solos. Se rumorea que está saliendo con a alguien —dijo Cal, y le tomó ambas manos—. Escucha, Nikki. Tienes que acostumbrarte a ser feliz otra vez. Tienes que confiar en ello. Te he visto rehacer tu vida desde las cenizas, hacer feliz a tu padre, a Gloria... pero ahora te toca a ti.

A ella se le llenaron los ojos de lágrimas, porque él tenía la extraña capacidad de verla como nadie más, ni siquiera Johnny Mercury.

—Eres el hombre de mi vida —susurró—. Y estabas aquí todo el tiempo. Cuando estaba destrozada, cuando no sabía qué hacer conmigo misma... Tú estabas ahí.

—Estaba ahí —dijo él, y la abrazó mientras el mar les rodeaba los tobillos y enterraba sus pies en la arena—. Siempre lo estaré.

Capítulo 24

—Nunca llegaron a incluir la grabación de mi cámara corporal al atestado —dijo Cal.

Estaba en el despacho de Marian McGill, que se paseaba de un lado a otro por la estancia—. Y eso es solo el principio.

Estaba furioso. No debería ser necesario que un ciudadano se viera obligado a hacer una acusación pública para que la justicia funcionara, pero parecía que así eran las cosas con los Sanger.

—Tomo todo lo que tienes —dijo ella—. Ya he hablado con el juez.

Marian tenía la frente arrugada y una expresión de tristeza. La pérdida dejaba sus cicatrices, pensó él.

—Seguramente, estoy despertando viejos recuerdos —dijo Cal—. Lo siento.

—Yo me acuerdo todos los días —dijo ella suavemente.

Después, comenzó a teclear en su ordenador.

—Vamos a revisar la información que has aportado.

Él conocía hasta el último segundo de las luces de los coches de emergencia, los sonidos de pánico y caos de los niños traumatizados. Debido a la confusión y el terror de Teddy Matson, su declaración parecía ambigua, pero después de la reunión en el auditorio municipal había hecho una declaración jurada afirmando que Zoe Camden viajaba en su regazo, así que no podía ir pilotando el barco. Él la había perdido con el impacto.

Todo se reducía a la rivalidad por una chica. El allanamiento y el vandalismo perpetrados en el yate de Elise Matson habían sucedido después de que Zoe rompiera con Milo Sanger.

Al final, los demás estudiantes corroboraron los hechos. Zoe no conducía el barco, sino Milo Sanger. A la luz de aquella nueva información, Marian, que había sido elegida fiscal del distrito, obtuvo tres acusaciones por parte del gran jurado. Milo Sanger fue acusado de pilotar un barco bajo los efectos del alcohol con el resultado de muerte y dos acusaciones de navegación con el resultado de lesiones graves a terceros. Si lo declaraban culpable, iría a la cárcel.

El escándalo repercutió en Alara Cove. Jason tuvo que dimitir y su tío fue censurado por parte del Departamento de Recursos Naturales. Hacía mucho tiempo que deberían haberse llevado a cabo aquellos cambios.

El ayuntamiento nombró a un gestor para administrar el pueblo temporalmente. Cuando se celebraran las elecciones, Shasta concurriría sin oposición. Y uno de sus primeros asuntos sería resolver la situación de Beachside Caravans.

Nikki y su padre estaban sentados, uno frente al otro, en la mesa de la cocina de la caravana en la que ella se había criado. Estaban revisando los documentos definitivos del ayuntamiento. Guy miraba con la cara iluminada de felicidad los papeles que declaraban el parque patrimonio histórico y cultural.

—¿Sabes? Hace treinta y seis años, me senté en esta misma mesa con Boone Garrity cuando me traspasó el parque. No pensaba que pudiera sentirme más orgulloso, pero me equivocaba. Esto es mejor.

—Por poco —dijo Nikki, estremeciéndose.

—No fue nada —replicó su padre—. Solo que el ayuntamiento nos mantuvo en suspense un poco más de tiempo.

La votación final había tenido lugar calmadamente en la cámara del ayuntamiento, y les habían concedido la declaración. La gran reapertura iba a celebrarse dentro de una semana.

—Me gustaría mucho que te quedaras —dijo Guy—. Las cosas no van a ser igual sin ti.

Ella sonrió.

—Necesitas la número siete para los huéspedes, papá. Está reservado todo durante muchos meses.

La caravana que ella había ocupado se llamaba El Atelier, y estaba decorada con algunas de sus obras de arte favoritas. Además, la había equipado con material artístico para que sus ocupantes pudieran utilizarlos.

—Este es tu mundo, no el mío, papá.

—Lo entiendo. Pero voy a echar de menos que estés por aquí.

—Todo ese trabajo gratis. No, necesito un trabajo remunerado.

—En ese caso, estaré bien. Creo que todo está listo.

Él la miró.

—¿Tienes hambre? —le preguntó—. ¿Un pastel de Fritos?

Ella sonrió.

—Suena bien, pero he quedado con Cal en Town Beach cuando salga del trabajo.

—Me parece muy bien. Ese chico siempre me cayó bien.

Nikki asintió.

—A mí, también, papá.

* * *

—No me hagas quedarme despierta mucho tiempo —le dijo Nikki a Cal—. Tengo que trabajar por la mañana.

—¿Trabajar? —preguntó él, con el ceño fruncido.

—Ya sabes, lo que hace la gente para ganarse la vida.

—¿Te refieres a Beachside?

Ella hizo un gesto negativo.

—No. Tengo trabajo en la galería de Carmella Beach. Voy a ser galerista. Tengo que seleccionar las obras y encontrar nuevos artistas para exposiciones.

—Galerista. Eso es genial, señorita —dijo él.

—Sí. Le hice la propuesta a Carmella y me dijo que llevaba siglos esperando a que se lo propusiera. Esta mañana he preparado mi primer escaparate. ¿Quieres ir a verlo antes de bajar a la playa?

—Demonios, claro que sí.

Era un tributo a Zoe Camden. Nikki había elevado sus obras con preciosos marcos y una iluminación espectacular. Cal miró el escaparate durante unos cuantos minutos. Se secó las lágrimas, y ella lo tomó de la mano.

—Así que supongo que esto significa que te vas a quedar en Alara Cove —le dijo.

Ella sintió que su mirada se suavizaba al caminar por Front Street, bajo las farolas y las cestas de flores, con el sonido de fondo de las olas.

—Este pueblo. Este dichoso pueblo. Creo que él y yo podemos hacer las paces.

Bajaron a la playa cuando se ponía el sol. La gente estaba remando en la zona poco profunda de la orilla, lanzando pelotas para sus perros, disfrutando de un paseo. La arena retenía el calor del día y las olas formaban tubos suaves, lo suficientemente grandes como para jugar en ellos.

Entonces, Nikki le hizo a Cal la pregunta que la había estado molestando.

—¿Y tú?

—¿Yo, qué?

—Tú y este pueblo. Te quedaste por tu padre, pero ahora que se ha ido...

Nikki tragó saliva. Le sorprendió lo difícil que fue hacer aquella pregunta, porque la respuesta era muy importante.

—Antes soñabas con viajar por todo el mundo.

—Todavía sueño con eso —dijo él—. Pero lo bueno de viajar es poder volver a casa.

—Cierto, aunque yo tardé quince años.

—Yo no podría estar quince años sin ti —dijo él, tan franco como siempre.

—Cal, ahora eres libre de ver el mundo. Yo no seré quien te retenga.

—Escucha, tú no me retienes. Eres la mujer a la que quiero. Ahora tienes un trabajo y una vida aquí. ¿Por qué iba a querer yo estar en otro sitio diferente?

Nikki lo miró. Sintió que el amor brillaba en ella. Lo tomó de la mano y caminó con él hacia las olas.

Epílogo

Día de iniciación.
Alara Cove, California.

Gloria Graziola sintió que la brisa del mar tiraba de su birrete. Se llevó la mano a la cabeza disimuladamente para asegurarse de que estaba bien sujeto con las horquillas. No quería perderse ni un minuto del discurso de la oradora principal, su hermana Nikki. Se sentía muy orgullosa de Nikki, de su padre, que estaba sentado en la fila de las personalidades importantes con Patsy, Cal y los niños, unos adolescentes desgarbados que estaban a punto de empezar la educación secundaria.

Gloria sabía que Nikki había pasado días y días preparando el discurso, que sería un mensaje de esfuerzo, de tropiezos, de saber afrontar la vida y aprender a resolver los problemas como si fueran olas turbulentas.

En realidad, ella no necesitaba escuchar lo que iba a decir su hermana, porque Nikki siempre había vivido la vida en voz alta, sin ocultar nada.

Aunque se llevaban muchos años, habían estado siempre muy unidas. Nikki le había enseñado a nadar y a hacer surf. Gloria había llevado las flores en su boda. Cuando nacieron los bebés, ella había ayudado a cuidarlos. Nikki había apoyado a Gloria cuando Marnie había llegado al pueblo diciendo que quería formar parte de la vida de su hija y, después de cuatro meses, había desaparecido de nuevo. Y Gloria había sido el apoyo de Nikki cuando murió Carmella Beach, que le dejó la galería en herencia.

Las hermanas habían celebrado la jubilación de su padre, un momento agridulce. Él les había traspasado la gestión de Beachside Caravans a sus antiguos compañeros de surf Manny y a Chassie, que estaban encantados de dirigir su sitio favorito del mundo.

Para las dos hermanas había sido un viaje bonito y largo. Aquella mañana, mientras se arreglaban para la ceremonia, Nikki había declarado que era el momento en que se cerraba un círculo. Gloria no estaba tan segura de si eso también la afectaba a ella, porque estaba a punto de salir de ese círculo e irse muy lejos. Aquel día era su comienzo.

Y, para Nikki, era una especie de final. Ahora, su retrato colgaba en la galería de alumnos distinguidos de la escuela. Sin embargo, Nikki no había ido a la universidad. Nunca había ganado un premio como el Pulitzer o el Oscar. No había hecho ningún descubrimiento que pudiera cambiar el mundo. Se había distinguido construyendo una vida importante en un lugar que era todo para ella.

El director se acercó al podio y la presentó. Cuando empezó a hablar, Gloria se dio cuenta de que todavía quedaban sorpresas.

—Nikki Graziola fue la mejor estudiante de su clase aquí, en Thornton —dijo el señor Ellis—. Y, aunque me estoy saliendo del guion, me gustaría referirme a algunos asuntos que quedaron pendientes aquel día. Aunque ella se ha ganado este honor muchas veces, queda una formalidad por resolver. Nikki, ¿te importaría subir, por favor?

Nikki se acercó con una expresión de cautela. La

brisa movió su túnica y ella tuvo que agarrarse el birrete para que no se le cayera.

—Y, ahora, sin más preámbulos... Nicoletta Fabiola Graziola Bradshaw, Thornton Academy te hace entrega de tu diploma de graduación.

El director le entregó un documento enrollado y atado con una cinta con los colores del colegio.

—Enhorabuena —dijo, y le estrechó la mano.

Todo el público aplaudió atronadoramente. Su hermana debía de parecerse mucho a como era hacía tantos años, guapa, atlética, llena de seguridad en sí misma, una mujer a punto de emprender una vida increíble.

Nikki sonrió y miró a los presentes. Se inclinó hacia el micrófono y dijo:

—Damas y caballeros, estudiantes, miembros de la facultad, distinguidos alumnos, comencemos.

Agradecimientos

Mi más profundo agradecimiento a mis colegas escritoras, que siempre son el lugar más seguro al que acudir para maldecir y para debatir sobre el proceso de escritura de una novela. Me refiero a vosotras, Anjali Banerjee, Lois Dyer, Sheila Roberts, Kate Breslin, Maureen McQuerry y Warren Read.

También estoy agradecida a Cindy Peters y Ashley Hayes por mantener todo fresco online. Las publicaciones interesantes y los vídeos de TikTok son un buen trabajo suyo. Lo lamentable es enteramente mío.

Mi agente literaria, Meg Ruley, y su socia, Annelise Robey, enriquecen y aportan información y conocimientos a cada uno de los libros que escribo, y el increíble equipo editorial de HarperCollins/William Morrow Books, Rachel Kahan, Jennifer Hart, Liate Stehlik, Tavia Kowalchuk, Lindsey Kennedy y Lisa Glover se encargan de darles vida. Además, sus muchos asociados creativos convierten la publicación en una gran aventura.

Mi agradecimiento especial al Equipo Editorial Global de HarperCollins, sobre todo de Reino Unido, España, Alemania, Israel, Hungría, Polonia, la República Checa, Italia, Escandinavia, Francia, Portugal, Brasil y Holanda. Me siento muy orgullosa de que mi obra se publique en lugares lejanos.